擁擠的灰色愛情世界

「五四女作家」小說之愛情書寫研究（1918-1936）

楊雅琄　著

推薦序

五四時代是一個新舊思想交替的時代，東西思潮相激相盪，中國成了西方各種主義、思想的實驗場。在男女的婚戀關係上亦復如是，傳統父權社會尚未退位，女權意識則方興未艾，這種現象在文人作家社群中尤其明顯，許多男性作家固然可以在作品或演講中為女權大聲疾呼，在現實生活中卻又未能擺脫傳統父權的婚戀觀，如果我們說五四是一個愛情混亂的時代應不為過。

五四人物大都在傳統文化的教養與氛圍下長大，青年時期出國學習西方新知，看到西方的文明進步，回顧自己老朽衰敗的祖國，因之把一切落後歸咎於中華文化的因循保守，形成了思想史家林毓生所謂「全面反傳統」的心理。對於西學人物而言，全面反傳統卻是痛苦而艱鉅的工程，要知道這些人大都是舊學深厚，全面反傳統等於要他們自廢武功。因此在思想上五四人物不免新舊衝突、左右矛盾，在言行上又何嘗不然，即以婚姻一事而言，胡適、魯迅、郁達夫皆維持一個傳統的婚姻，卻又大談其新式的自由戀愛。

胡適在留學之初即在母親安排下與讀書不多的江冬秀訂下婚約，後來在美國認識了康乃爾大學的名門閨秀韋蓮司女士，兩人書信往來，問學論事，情愫漸生，但胡適終不敢違逆母命，解除與江冬秀的婚約。

魯迅在一九〇二年赴日留學，四年後奉母命返國與朱安結婚，惟第二天即搬出新房，終身與朱安僅維持夫妻名分。一九二〇年，魯迅任教北京高等師範學校，和學生許廣平熱戀，後來更在上海共賦同居，生下兒子周海嬰。

郁達夫一九一三年東渡日本，也是在四年後奉母命回國與同鄉孫荃訂婚、結婚。一九二七年，郁達夫在上海友人孫百剛家認識了王映霞，從此拋家棄子，成就了一段毀家紀事，浪漫又感傷的戀情。

這些五四人物長於傳統，又都是寡母養大，在孝道的考量下不忍違逆母命，故接受傳統婚姻，但因受到新思潮個人意識覺醒的刺激，所以又追求實現自我的自由戀愛，其言行明顯矛盾與不一。男性文人如此，女性文人也不遑多讓。五四女性作家作品中的婚戀正如社會學家伊莉莎白•貝克《愛情的正常性混亂》一書的書名所顯示的，成了一種正常的混亂。有見於此，當我的學生楊雅琄意欲以博士論文去探討五四女作家的婚戀時，我極樂觀其成，事實也證明，楊博士研究的結果，卓有所成。楊博士好學深思，多聞缺疑，為不可多得之學術人才。畢業後執教南部各大學，有名上庠，教學評鑑屢獲學子肯定。期間又發表多篇論文，多能獨出已見，不同群倫。其博士論文在五四新文學的領域中尤為秀出，女性小說文本結合社會學的研究方法，更開拓現代文學研究的一新視野，楊博士論文議題清晰，所論深入淺出，本人無以加之，但信其論文之出版，當能嘉惠學林，膏脂芳馥，沾丐來者必多。

蔡振念序於西灣

目次

第壹章　緒論

第一節　過往對五四女作家小說愛情書寫的探討

一九八九年，孟悅、戴錦華在其「將社會學批評、符號學、結構主義敘事學、讀者反應批評及解構批評結合在女性主義批評的大旗下」①的名著《浮出歷史地表——現代婦女文學研究》裡進行「中國現代女作家由『女性被講述』到『女性自述』的系譜」②的建構時，便曾肯定過五四女作家以「愛」作為時代旋律的文學價值。③無獨有偶，王德威也曾於〈被遺忘的繆思——五四及三、四〇年代女作家鉤沈錄〉一文，特意指出五四女作家愛情書寫的特殊之處。④

① 林樹明，《多維視野中的女性主義文學批評》（北京：中國社會科學出版社，二〇〇四年），頁三四八。

② 張小虹，〈性別的美學／政治——當代臺灣女性主義文學研究〉，《慾望新地圖》（臺北：聯合文學出版社有限公司，一九九六年），頁一一八。

③ 孟悅、戴錦華，《浮出歷史地表——現代婦女文學研究》（北京：中國人民大學出版社，二〇〇四年），頁一九。

④ 王德威，〈被遺忘的謬思——五四及三、四〇年代女作家鉤沈錄〉，《小說中國——晚清到當代的中文小說》（臺北：麥田出版社，一九九三年），頁三〇三至三〇七。

然而，儘管如此，海峽兩岸專題研究五四女作家小說愛情書寫者，其實並不多見。在相關出版著作方面，據筆者目前所見，只有兩本。一是陳碧月《大陸女性婚戀小說——五四時期與新時期的女性意識書寫》；其以小說中的愛情類型與女性人物形象為線索，比較五四女作家與新時期女作家的女性意識，然後指出：早期女作家「主要取材於親身見聞，從她們最容易投入的主題切入愛情、婚姻與家庭」，新時期女作家則眼界擴大，「已走向要求兩性平等對話的時代」。[①]此書雖有整理爬梳之功，但筆者認為其未能如范銘如所言善用愛情文學挖掘女性對兩性關係之審思與渴望[②]，實為可惜。

陳碧月之外，另還有徐仲佳《性愛問題——一九二〇年代中國小說的現代性闡釋》；該書以文化語境觀察二〇年代小說，除闢有專節探究馮沅君等五四女作家小說中的「女性想像」外，並另以近三千字的篇幅深入討論廬隱（原名黃淑儀，又名黃英，1898-1934）小說「欲望與理性」之間的悖論，足見其

---

① 陳碧月，《大陸女性婚戀小說——五四時期與新時期的女性意識書寫》（臺北：秀威資訊科技股份有限公司，二〇〇二年），頁五〇一。

② 范銘如認為：「女性創作的愛情小說是女性對社會期許的再詮釋，也許是同意，也許是質疑。經由這個最普遍的題材，女作家檢視與切身最密切的經驗，立即而廣大的讀者回響正表示許多人同樣關心她們亟於探索的議題。書寫既是一種權力的行使，知識的追求同樣是權力的渴望。與其將女性書寫與閱讀愛情小說視為對愛情的耽溺，不如將其視為是對兩性關係的審思與操縱的渴望」；范銘如，〈由愛出走——八、九〇年代女性小說〉，《眾裡尋她——臺灣女性小說縱論》（臺北：麥田出版社，二〇〇二年），頁一五三至一五四、一五六。

對五四女作家愛情書寫的重視。① 不過，其將「靈肉一致的現代性愛」視為一九二〇年代性愛問題核心的作法，似乎可再加商榷。由書中所述來看，徐仲佳應是由現代性「包括對有限的身體時間自足性的認同」，進而由「現代性愛思潮第一次發現了人的身體和慾望，為它們尋找到合法的存在性」，導出「現代性愛追求靈肉一致」這樣的結論。② 可是，事實上，根據現代性社會理論來看，現代性發現人的身體和慾望，並不等於必然開始追求靈肉一致，因為當身體成為「享用性的在世者」，最後也可能轉為「身體崇拜」，服膺起身體本然的原則，追求「單純的衝動和快樂或合意的自虐」。③ 社會學大師安東尼・紀登思（Anthony Giddens，1938-）亦曾指出：生殖科技的精進，使得現代愛情雖然擁抱了「性」，卻也同時開始和「性」產生斷裂，因而產生「可塑的性」（plastic sexuality）。④ 如此看來，「現代性」恐怕未必一定會如徐仲佳書中所推論將驅使人們渴望「靈肉一致的性愛觀」。

① 徐仲佳，《性愛問題——一九二〇年代中國小說的現代性闡釋》（北京：社會科學文獻出版社，二〇〇五年），頁一三至一四、一八三至一八八、二四七至二五一。

② 同前註，頁一至四。

③ 劉小楓，《現代性社會理論緒論——現代性與現代中國》（香港：牛津大學出版社，一九九六年），頁三〇五、三二一。

④〔英〕安東尼・紀登思著，周素鳳譯，何春蕤校訂導讀，《親密關係的轉變——現代社會的性、愛、慾》（*The Transformation of Intimacy: Sexuality, Love and Eroticism in Modern Societies*，一九九二）（臺北：巨流圖書有限公司，二〇〇一年），頁二九至三一、三八、四四。

而在學位論文、期刊論文方面，有關五四女作家小說愛情書寫的研究成果，則出現了明顯的地域性差別——大陸地區相關論文發表數量遠遠多於台灣，但台灣地區的表現卻較前者來得突出，不僅研究方法多變，研究成果亦較豐富。① 例如，陳慧文《盧隱的女同性愛文本》以文本細讀方式研究「女同性愛」在廬隱各類文本與五四歷史時空如何再現，並探討廬隱對於異性戀婚姻體制的批判，試圖以此建立廬隱個人的兩性史觀。② 而李志宏〈丁玲〈莎菲女士的日記〉中的女性愛慾及其性別書寫〉則從女性主體身分的追求、性別政治的角力和自我的書寫等層面，分析丁玲（1904-1986）如何在小說中進行「莎

---

① 此外，新加坡國立大學中文系博士、現任馬來西亞拉曼大學中華研究院助理教授的廖冰凌亦有相關研究。廖冰凌〈民主化的情慾認知與實踐——從男性形象論五四女性文學中的兩性關係〉，其獨具慧眼一反前人研究五四女作家筆下女性人物的偏好，在配合五四歷史、社會、文化等背景的條件下，借鑒西方的民主化概念，挖掘出暗藏於小說文本中的男性人物情慾自覺、實踐等民主化情慾訊息。而此文與廖冰凌隔年出版之博士論文《尋覓「新男性」——論五四女性小說中的男性書寫》中的第三章〈稱檠內的流動情慾——從兩性關係談「新男性」的情慾世界〉相去不遠。廖冰凌此書除兩性關係，尚從視覺形象、家庭關係、職業工作等方面探討五四女性小說中的男性形象書寫。感謝王潤華教授提供寶貴意見，予以指正；廖冰凌，〈民主化的情慾認知與實踐——從男性形象論五四女性文學中的兩性關係〉，《政大中文學報》第四期（二〇〇五年十二月），頁一五五至一八二。廖冰凌，《尋覓「新男性」——論五四女性小說中的男性書寫》（臺北：文史哲出版社，二〇〇六年）。

② 由於「女同性戀」一詞在五四時期尚未出現，而五四最常見的「同性愛」或「同性戀愛」女女關係，又與今日的女同性戀呈現出不同的風貌，因此陳慧文乃逕以五四當時通常的詞彙「同性愛」，指稱廬隱文本當中親密的女女關係；陳慧文，《盧隱的女同性愛文本》（新竹：國立清華大學中國文學系碩士論文，二〇〇一年）。

菲」此一女性人物的情慾書寫。①

至於大陸地區的論文研究，其中雖然有從小說意象運用窺探女作家情愛鏡像者，如崔濤〈傳統與現代之間女性的情愛鏡像——凌叔華小說物體意象解讀〉；②但總的來說，大多數研究者若非「從社會歷史的角度，給迥異於古代春閨怨婦式的情愛主題以現代意義上的定位，努力突出現代婦女決絕的鬥爭姿態和全新獨立的社會價值」，便是「從女性主義的角度，更為嚴格地規定了女性情愛主題的性別主體體驗的地位」，試圖以此「暴露出五四女性話語的蒼涼荒原」。③而且，中國西北大學劉慧霞的碩士論文《論「五四」女性文學的小說創作》，其章節命名還恰恰可以借用來統括說明大陸學者的整體看法：首先，在五四女作家之前的女性都是「沈睡」的，五四女作家小說雖以其「對封建家庭與婚姻的挑戰」表現了「作為人的覺醒」；但可惜的是，五四女作家「覺醒後」又「迷茫」，所以才會「在愛情之門前」「遲疑和彷徨」、在「母愛與情愛的衝突」中退卻和軟弱，同時也無力解決「婚姻生活中的妻子們」所

---

① 李志宏，〈丁玲〈莎菲女士的日記〉中的女性愛慾及其性別書寫〉，《臺北教育大學語文集刊》第十二期（二〇〇七年七月），頁二九至五三。

② 崔濤，〈傳統與現代之間女性的情愛鏡像——凌叔華小說物體意象解讀〉，《宿州學院學報》第十九卷第二期（二〇〇四年六月），頁六五至六六、九六。

③ 陳寧、喬以鋼，〈論五四女性情愛主題寫作中的邊緣文本和隱形文本〉，《學術交流》二〇〇二年第一期（二〇〇二年一月），頁一五二至一五六。

發生的「家庭與事業間的衝突」等問題。①

若將大陸研究成果進一步加以細分，又則可歸納為：「重視愛情與母愛的關係」、「肯定小說出現女同性戀」、「注意愛情婚姻裡的不安」、「遺憾小說缺乏性愛描寫」、「指出其因受侷限成就低」等五種。以下，筆者即就此分別進行述評：

一、重視愛情與母愛的關係

大陸研究者對五四女作家小說中愛情與母愛的關係，展現了莫大的興趣。根據劉慧霞的歸納，五四女作家小說中愛情與母愛關係的發展，約可分為下列三階段：一、以馮沅君〈隔絕〉、〈隔絕之後〉（1924）為代表的「對立」；二、以馮沅君〈慈母〉（1924）、〈寫於母親走後〉（1926）、〈誤點〉

① 劉慧霞碩士論文之章節名稱如下：第一章「女性的沉睡」，其第一節為「女性的物化命運」，第二節「女性自身的蒙昧狀態」。第二章「作為人的覺醒」，第一節為「對封建家庭與婚姻的挑戰」，其下又分「愛情神話的構建」與「對性愛的遮蔽」，第二節為「對社會現實的積極參與」。第三章「覺醒後的迷茫」，第一節為「在愛情之門前的遲疑和彷徨」，其下又分「社會層面上的衝突」、「自我層面的衝突」與「母愛與情愛的衝突」，第二節為「精神同盟的破裂」。第四章「婚姻生活中的妻子們」，其第一節為「家庭與事業間的衝突」，第二節「探討婚姻生活中的倫理問題」，最末為「結語」；劉慧霞，《論「五四」女性文學的小說創作》（西安：西北大學碩士論文，二〇〇七年）。

（1928）為代表的「傾斜」；三、以蘇雪林《棘心》（1929）為代表的「回歸」等。①

由於在大陸研究者眼中，五四「母愛主題顯示的是與時代大潮的某種程度的不合拍」，②因此，當馮沅君從〈隔絕〉的「對立」退縮至〈誤點〉的「傾斜」時，論者難免對此頗多微詞。其或認為這是「傳統意義上的母愛親情最終在作者的思想中佔據了上風」，使得馮沅君的創作「走向了說教」，而「這種精神局限使作品的藝術價值受到損失」。③或認為，原本馮沅君〈隔絕之後〉的結局「對嚴酷的社會現實有著比較清醒的認識」，但到了〈慈母〉、〈誤點〉卻「反映了她思想深處仍然沒有完全拋棄調和兩種愛的幻想」。④而對於為成全母愛寧可委屈自己的《棘心》，論者更是直言這是「敘述主體價值觀念的陳舊」、⑤是主體意識虛弱的表現。⑥

---

① 劉慧霞，〈「五四」女作家關于母愛與情愛的抒寫〉，《西安航空技術高等專科學校學報》第二十六卷第二期（二〇〇八年三月），頁九至一〇。

② 樂鑠，〈博愛・母愛・情愛——「五四」女作家主題的演變與「五四」批判理性〉，《中國文化研究》第二一期（一九九八年三月），頁九七。

③ 徐岱，〈民國往事——論五四女性小說四家〉，《杭州師範學院學報（人文社會科學版）》二〇〇一年第五期（二〇〇一年九月），頁二。

④ 陳明秀，〈「五四」女作家筆下知識女性的情智衝突〉，《文藝理論與批評》二〇〇六年第一期（二〇〇六年一月），頁九五。

⑤ 徐岱，〈民國往事〉，頁七。

⑥ 王鳳仙，〈五四女性寫作主體意識的反思〉，《洛陽大學學報》第十八卷第一期（二〇〇三年三月），頁四七。

在眾多批評聲浪中，也有人試圖提出解釋。例如唐寧麗便以女性經驗認為，「母親是五四女性作家成長過程中最親密最重要的人物」，而身為女性的五四女作家也會經歷身為人母的經驗，再加上認同「母親也是封建家庭制度下的犧牲品」，因此女作家肯定母愛並無可厚非。① 李玲則從反父權的角度指出，女作家一旦涉及「我們」與母親的差別，便「不再把兩種分別代表父權專制和個體生命自由的不同道德立場置於新舊對立的歷史進程中進行善惡對照」，故而造成其「對母親的不覺悟不僅沒有批判，甚至也沒有居高臨下的悲憫，只有因感恩而產生的精神仰視」。②

筆者認為，上述解讀固然有其價值，但是只肯定愛情與母愛發生衝突而全盤否定放棄愛情回歸母愛的價值，這樣的思維方式恐怕失之偏頗。

張佩珍在其對臺灣當代文學的探討中，曾利用精神分析派西蒙德・佛洛伊德（Sigmund Freud，1856-1939）、存在主義者西蒙・波娃（Simone de Beauvoir，1908-1986）、分離女性主義者安竺・瑞奇（Adrienne Rich，1929-）、法國後女性主義者露西・伊蕊伽來（Luce Irigaray，1932-）、客體論述者梅蘭妮・克萊茵（Melanie Klein，1882-1960）與南西・巧多洛（Nancy Chodorow，1944-）等六位學者的母女關係分析理論，

---

① 唐寧麗，〈試談五四女性文學的雙重文本〉，《南京師大學報（社會科學版）》一九九八年第四期（一九九八年四月），頁九一。

② 李玲，〈直面封建父權、夫權時的勇敢與怯懼——馮沅君小說論〉，《江蘇社會科學》二〇〇〇年第六期（二〇〇〇年六月），頁一七三。

將母女關係的互動從保守到抗爭，分成：「慈暉映照的母女關係」、「菟絲女蘿的母女關係」、「愛與吞噬的母女關係」、「怨恨交織的母女關係」、「情慾相生的母女關係」等五種。[①]由此可見，母女關係的發展並不能僅以「眷戀—離開」這樣的二分法來概括，五四女作家小說中母女因愛情而產生的種種情感糾葛，也不應僅有「對立—傾斜—回歸」這樣單純的變化。

二、肯定小說出現女同性戀

儘管眾多五四女作家小說之中，明顯屬於同性戀情的篇章僅有廬隱〈麗石的日記〉（1923）、凌叔華（1900-1990）〈說有這麼一回事〉（1926）兩篇，然而，大陸研究者不僅注意到了它們，同時也對五四女作家小說當中出現女同性戀書寫此一現象抱持著肯定的態度，推崇這是「中國文學史上第一次以女人的視點來表現男女兩性間的隔閡，以及對男性的陌生感、異己感、對立感」。[②]

不過，其輩肯定五四女作家小說中出現女同性戀，並不等於認同同性戀的存在。事實上，便有論者直言「同性並不可能達到全身心的交合」，是「性與愛割裂的抽象飄忽的精神戀愛」，因此，五四女作

---

① 張佩珍，《臺灣當代女性文學中的母女關係探討》（嘉義：南華大學文學研究所碩士論文，二〇〇〇年）。

② 常彬，〈「五四」及一九二〇年代女性文學綜論〉，《河北大學學報（哲學社會科學版）》二〇〇八年第三期（二〇〇八年三月），頁一八。

家小說中的同性戀情，只是一種性愛分離的「殘缺的愛」。[①]故此，對於五四女作家小說何以出現同性戀書寫，大部分論者幾乎都同意：此一現象乃「與女性在整個歷史處境中的異己地位和邊緣位置所造成的某種青春心態有關」。[②]而廬隱〈麗石的日記〉中的「女兒國理想」與凌叔華〈說有這麼一回事〉中的「男性化抗議」等等，[③]便是女作家為了表現「女性對社會、對男性、對文化禮儀所要求的女性角色形象的徹底拒斥」所產生的作品。[④]換言之，論者認為：「女同性戀」，只是女性為了掩飾其對男性的恐懼而發生的行為。[⑤]所以，五四女作家小說中的同性戀書寫，便往往因此被解讀成女作家對「戀愛自由、婚姻自主的一種變相的追求」，[⑥]並被認為其中「蘊涵了女性解放中『人的解放』的一個最基本又

① 唐旭君，〈婚姻戀愛與個性解放、人格獨立——五四女作家婚戀小說中的女性世界之二〉，《湖南廣播電視大學學報》第二期（二〇〇〇年六月），頁六。

② 常彬，〈「五四」及一九二〇年代女性文學綜論〉，頁一九。

③ 蘇曉芳，〈女兒國的烏托邦與「男性化抗議」——試論廬隱、凌叔華兩篇同性戀小說之異同〉，《洛陽師範學院學報》二〇〇四年第四期（二〇〇四年四月），頁七一。

④ 李洪源、蔣理，〈純粹之愛——試論廬隱小說的愛情觀念及其成因〉，《湖南大眾傳媒職業技術學院學報》第六卷第五期（二〇〇六年九月），頁九九。

⑤ 眭海霞，〈狹縫間的兩扇門——對「五四」女作家情愛小說的另一種透視〉，《名作欣賞》二〇〇六年第十一期（二〇〇六年十一月），頁二。

⑥ 朱晶，〈論凌叔華小說中的女性形象〉，《邵陽師範高等專科學校學報》二〇〇一年第三期（二〇〇一年六月），頁四七。

是極重要的內容層面」①。也就是在這樣的思路之下，同樣是書寫同性戀，盧隱是可以同情的對象，但郁達夫（1896-1945）卻只能是「種種變態行為中偶而為之的一種」②。

不過，也有少數論者並不同意上述評論。例如，徐岱就曾指出，盧隱〈麗石的日記〉「小說的主旨顯然不在控訴社會倫理的滯後，而著重於表現女性對於生命體驗的敏感與率真」③。

筆者認為，前述看法固然有其見地；但不可諱言的，只肯定小說出現女同性戀而否定同性戀，這樣的思維恐怕會有過度簡化女同性戀成因之虞。

且不論將「出現女同性戀」僅僅視為「對男性的抗議」，其思維背後是如何以異性戀為「正常」標準、是如何以男性為女性「正常」伴侶在進行檢視；事實上，有關女同性戀成因的探討，女同志理論（lesbian theory）早就存在著本質論（essentialism）和建構論（constructionism）兩種不同派別的爭辯。④而且，從李銀河深入訪問四十七位中國婦女而寫成的《中國女性的性與愛》一書，也可以發現：在反封建、反父權的需求不若五四時期，男女地位也比五四更講究平等的今日，中國女同性戀並沒有比五四當

---

① 馬美愛，〈驚濤駭浪裡的自救之舟——論廬隱和石評梅及其筆下女性的戀愛觀〉，《黑龍江社會科學》二〇〇七年第五期（二〇〇七年五月），頁一〇二至一〇四。

② 常立霓、吳小美，〈廬隱的情愛世界——兼與郁達夫比較〉，《中國現代文學研究叢刊》一九九八年第一期（一九九八年一月），頁一八四至一八七。

③ 徐岱，〈民國往事〉，頁四。

④ 林芳玫等合著，《女性主義理論與流派》（臺北：女書文化事業股份有限公司，二〇〇〇年），頁二四五至二四八。

時減少。[1]因此，僅僅以反抗舊社會、反男權壓迫來解釋五四女作家小說中何以出現女同性戀，顯然忽略了其他討論空間的可能。

此外，在李銀河的調查中顯示：「女同性戀者之間，既有感情的交往，也有性活動」；[2]可見，某些論者主張五四女作家小說出現女同性戀是為了割裂性與愛，[3]這顯然是一種誤解。

三、遺憾小說缺乏性愛描寫

大陸研究者幾乎都同意五四女作家小說中所表現的愛情，乃為缺乏肉體慾望的精神戀愛。針對此點，有的論者會採取比較寬廣的視野，認為文學研究會的男作家如許地山（1894-1941）、王統照（1897-1957）、王任叔（1901-1972）等人亦是如此，此種精神戀愛觀並非五四女作家獨有。[4]但是，大多數的論者還是偏好將精神戀愛視為五四女作家小說當中的特殊文學現象來討論。而對於這樣靈肉分離的精神戀愛態度，導致五四女作家小說缺乏性愛場面的描寫，論者通常認為是一種遺憾；或因此懷疑

---

① 此外，李銀河還曾在書中表示，「在二十世紀的世界上，有三分之二的國家和社會默認了同性戀的活動，幾乎找不到完全沒有同性戀的社會」；李銀河，《中國女性的性與愛》（香港：牛津大學出版社，一九九六年），頁一八四至二〇一。

② 同前註，頁一九八。

③ 唐旭君，〈婚姻戀愛與個性解放、人格獨立〉，頁五至六。

④ 李洪源、蔣理，〈純粹之愛〉，頁九八。

小說愛情的真實性，①或認為這是壓抑女性性愛體驗的表現，②正好「暴露出幾千年男權中心的性政治帶給女性的深層恐懼心理」。③

或許是因為孟悅、戴錦華在名著《浮出歷史地表》中，曾指出馮沅君〈旅行〉中「性愛的處理很值得深思」；④最常被提出來討論性愛問題的五四女作家小說作品，即是此篇。大致說來，儘管論者肯定〈旅行〉裡未婚男女同居一室的大膽行徑，認為這代表著中國男女青年的「現代性愛覺醒」；⑤但仍將作者未描寫性愛場面視為一大缺憾。論者認為，性愛場面所以付之闕如，乃因作者受到傳統文學割裂性與愛的影響，⑥可見其「潛意識中深恐遭到傳統倫理道德指斥，畏懼被傳統群體規範拋離的膽怯」；⑦

① 畦海霞，〈狹縫間的兩扇門〉，頁一九。
② 胡芳，〈愛的雜聲・性的缺席——陳衡哲作品新議〉，《廣西師範學院學報（哲學社會科學版）》第二十七卷第二期（二〇〇六年四月），頁五五至五六。
③ 李洪源、蔣理，〈純粹之愛〉，頁九九。
④ 孟悅，《浮出歷史地表》，頁五一至五四。
⑤ 畦海霞，〈狹縫間的兩扇門〉，頁一九。
⑥ 唐旭君，〈婚姻戀愛與個性解放、人格獨立〉，頁五。
⑦ 樊青美，〈覺醒與困惑——論「五四」女性文學中的愛情抒寫〉，《忻州師範學院學報》第二十一卷第二期（二〇〇五年二月），頁二二。

只是「以自我純潔感來維護自我尊嚴感、神聖感」，①僅僅「是從觀念上反傳統」②，根本上還是維持著傳統心理與性道德的表現。③論者並且由此進一步指出，就是因為女作家「身上仍帶有不可磨滅的遠較男性更為沉重濃厚的舊時代的精神陰影」，④才會以一種「逢迎」父權意識形態的方式處理性愛場面，導致無法傳達出「真正意義上的女性性別的性愛經驗」。⑤甚至，還有論者由馮沅君〈旅行〉此篇小說便因此論斷「五四女作家還無力把握愛情的真實意義」、⑥並不瞭解「什麼是真正的、具體的愛情」。⑦

不過，在前述意見之外，也有少數論者對〈旅行〉中的性愛處理抱持著肯定的態度。例如陳寧、喬以鋼便指出，小說〈旅行〉表現了「一個少女對她那具有使命意義和人生意義的初夜所產生的希望與恐懼」；而「那神秘的一幕」，對於女性性別體驗來說，正「是每一個少女最為私密而又最為多姿的玫瑰般的夢想」。⑧王志萍則是認為〈旅行〉採用「女性視角」，便已在某種程度上挑戰了女性作為慾望客

① 李玲，〈直面封建父權、夫權時的勇敢與怯懼〉，頁一七五。
② 范國英，〈「五四」女作家對兩性關係的審視〉，《青海社會科學》二〇〇三年第一期（二〇〇三年一月），頁七三。
③ 王鳳仙，〈五四女性寫作主體意識的反思〉，頁四六。
④ 唐寧麗，〈試談五四女性文學的雙重文本〉，頁九〇。
⑤ 徐仲佳，《性愛問題》，頁一八〇。
⑥ 范國英，〈「五四」女作家對兩性關係的審視〉，頁七三。
⑦ 樊青美，〈覺醒與困惑〉，頁二二。
⑧ 陳寧，〈論五四女性情愛主題寫作中的邊緣文本和隱形文本〉，頁一五四。

體的觀念，值得肯定。①

除上之外，筆者還留意到：論者對馮沅君〈旅行〉迴避性愛的不滿，往往也使其連帶讚揚丁玲〈莎菲女士的日記〉（1928）；②馮沅君〈旅行〉被視為缺乏「完善而健康的性愛觀」指導，③丁玲則被肯定為「純粹的愛」。④

筆者認為，五四女作家小說中缺乏性愛描寫，確實在某種程度上反映了女作家書寫愛情時對「性」的裹足不前。然而，這是否就等於五四女作家的愛情觀「不健康」、「不健全」？恐怕也未必。筆者的理由有三：

首先，在紀登思有關現代社會性、愛、慾的研究中，其曾表示現代愛情雖然擁抱了「性」，卻也同時開始和「性」斷裂，發展出「可塑的性」。既然現代社會中的「性」與「愛」本就是可分可合的關

---

① 王志萍，〈馮沅君愛情敘事的解構之力〉，《烏魯木齊職業大學學報》第十三卷第一期（二〇〇四年三月），頁七九。

② 參見栗慶冬，〈論五四時期女性小說的愛情描寫〉，《中華女子學院山東分院學報》，一九九九年第三期（一九九九年三月），頁四〇至四三。唐旭君，〈永遠的精神流浪——五四女作家婚戀小說中的女性世界之三〉，《湖南廣播電視大學學報》第三期（二〇〇〇年九月），頁一二至一七。彭彩雲，〈女性意識的表層覺醒——論二十世紀初的女性文學〉，《理論與創作》，二〇〇四年第六期（二〇〇四年六月），頁四五至四八。謝海平，〈「五四」女性文學中「愛」的話語〉，《中華女子學院山東分院學報》二〇〇六年第4期（二〇〇六年四月），頁四八至四九。

③ 謝海平，〈「五四」女性文學中「愛」的話語〉，頁四八至四九。

④ 栗慶冬，〈論五四時期女性小說的愛情描寫〉，頁四〇至四三。

係，那麼，精神戀愛也未必「一定」就只是屈服傳統性道德的表現。

其次，性愛描寫本身是一種文學藝術的創作手段，文學作品「應該」處理性愛場面卻迴避，的確損害其藝術價值，但並不是「一定」要出現性愛描寫才能證明它已被「適當」處理；同樣的，僅憑「性愛描寫的出現與否」來檢驗五四女作家小說愛情書寫，恐有削足適履之虞。

再者，馮沅君〈旅行〉中的纗華未能自己解開衣服最後一層鈕子，這儘管是壓抑了其本身的性愛慾望；不過，若綜合李銀河一九九四年開始對中國婦女性壓抑、婚前性行為、初次性交、性慾等項目所做的調查結果來看，二十世紀初的纗華在旅館那一夜的表現，即使放在二十世紀末的中國婦女群裡，其實也並不突兀。①因此，若僅僅因為小說中纗華臨陣退縮不與士軫發生真正靈肉合一的性關係，便斷定馮沅君與其筆下的纗華都不瞭解「真正的愛情」，恐怕過於苛刻。

總之，筆者認為，以出現「性愛描寫」與否來判斷五四女作家小說優劣的作法，是值得商榷的。

四、注意愛情婚姻裡的不安

除了重視女性爭取婚戀自由的馮沅君〈隔絕〉等作品外，大陸研究者對於五四女作家小說如廬隱〈灰色的路程〉（1924）、陳衡哲〈洛綺思的問題〉（1924）、凌叔華〈酒後〉（1925）等經常出現女

① 李銀河，《中國女性的性與愛》，頁一七至二九、五八至六六、九六至一〇一。

性因愛情、婚姻所衍生的種種不安心緒，也頗為注意。

對此，論者幾乎都認為，五四女作家們儘管已經開始思考婚姻家庭的問題，但並無力做出解決。①而無力解決的原因，就是因為女作家們仍舊「認同傳統家庭對女性的角色定位」，未能「進一步探本溯源地去質疑傳統的家庭分工模式」，②所以她們才會在婚姻生活裡感到「困惑與痛苦」，③才會僅僅只能「表面化、膚淺化」的描繪「女性的這一生存困境」。④

批評之外，也有論者深入探究了此一現象的成因。馮曉青便曾指出，廬隱筆下所以出現那麼多女性人物的困惑與衝突，乃是因為「知識文化造成女性的情感困惑」、「婚姻生活的樊籬與女性自我意識的覺醒的衝突」、「身心歸屬形式的困蹇給女性帶來的迷惘」、「女性同盟在男權社會重壓之下的軟弱」等等原因所造成的。⑤

筆者認為，前述看法固然有其見地；不過，婚戀自主後愛情所帶給「人」的複雜感受，的確並不能小覷。

① 樊青美，〈覺醒與困惑〉，頁二一至二四、二八。
② 范國英，〈「五四」女作家對兩性關係的審視〉，頁七四。
③ 王鳳仙，〈五四女性寫作主體意識的反思〉，頁四六。
④ 范國英，〈「五四」女作家對兩性關係的審視〉，頁七四。樊青美，〈覺醒與困惑〉，頁二四。
⑤ 馮曉青，〈廬隱筆下女性情感命運的困惑與衝突〉，《現代文學》二〇〇八年第二期（二〇〇八年二月），頁五三至五五。

女性主義者柏妮絲・羅特（Bernice Lott，1919-2007）曾在其女性心理學研究中明白指出，即使到了一九九〇年代，「女性在談到與男性之間的浪漫愛情時」，「通常描述的」還是一種「充滿激情和痛苦」的矛盾經驗。① 同樣的說法也出現在德國社會學大師烏利西・貝克（Ulrich Beck，1944-）與妻子伊利莎白・貝克－葛恩胥菡（Elisabeth Beck-Gernsheim，1946-）合著的《愛情常混亂》②（Das Ganz Normale Chaos der Liebe）一書。貝克夫婦認為，現代女性在「個人化」（individualization）現代社會裡投入勞動市場的結果，就是使得女性在職場與家庭之間，時時陷入要「為自己而活」或「為他人而活」的掙扎，導致人們結婚和離婚都是為了「愛情」。③ 可見，在愛情婚姻裡感到困惑不安，其實是現代社會

① 〔美〕柏妮絲・羅特（Bernice Lott）著，危芷芬、陳瑞雲譯，《女性心理學》（*Women's Lives: Themes and Variation in Gender Learning*）（臺北：五南圖書出版有限公司，一九九六年），頁二四二。

② 貝克夫婦原書出版於一九九〇年，英譯本一九九五年出版，蘇峰山等人之中譯本，乃根據英譯本而來。中譯本原將書名譯為《愛情的正常性混亂》，此處筆者所用「愛情常混亂」一名乃參考自臺灣大學社會學系孫中興教授二〇〇六年秋季「愛情社會學」之上課講義。筆者認為，「愛情常混亂」一詞，較能傳達出原書探討愛情在現代社會何以總是出現混亂局面的意圖；中譯本書名「愛情的正常性混亂」則可能誤讀為愛情有諸多正常面相，而僅其中一個面相為「混亂」。因此，筆者乃依從孫中興之說，將貝克夫婦書名譯為「愛情常混亂」。感謝孫中興教授同意筆者參考並引用其上課講義，特此致謝；〔德〕烏利西・貝克、伊利莎白・貝克－葛恩胥菡合著，蘇峰山、魏書娥、陳雅馨譯，《愛情的正常性混亂》（臺北：立緒文化事業有限公司，二〇〇〇年）。孫中興教授教學網站及二〇〇六年秋季「愛情社會學」上課講義下載網址：http://catsun.social.ntu.edu.tw/menu.htm。

③ 貝克，《愛情的正常性混亂》，頁三至五、七至八、一〇、二〇、二三、三七至三八、一〇〇至一〇九、一一一至一一三、一二〇至一二四、一八〇至一八一；孫中興：「愛情社會學」上課講義，頁一七二至一七三。

裡一種常見的心理現象和社會現象。

除上之外，從相關學者的實際調查研究，亦可以證明在男女地位遠較五四平等、女性也擁有更多愛情婚姻自主權的今天，不論是中國社會或臺灣社會，女性都同樣還在為二十世紀初的「洛綺思的問題」所苦，而且這些痛苦的掙扎，還如貝克夫婦所言正在加劇、加深之中。①由此可知，雖然中國婦女解放運動帶來了女性的覺醒，婚戀自主也給予了女性選擇對象的空間，但實際上，這一百年來，這些改變並未使中國女性更容易在愛情婚姻裡獲得幸福，相反地還更增添了其對愛情婚姻的困惑與不安。

因而，以此看來，五四女作家小說愛情書寫中對愛情婚姻所展現的不安，非但不該是大陸研究者眼中帶著負面色彩的「軟弱、退卻」，反而還是一種進步的表現，一種五四女作家正前往比當時五四社會更為現代的現代社會移動的進步表現。

① 高淑貴，〈已婚就業女性知識份子的家庭與事業觀〉，收入中國論壇編輯委員會編，《女性知識份子與臺灣發展》（臺北：聯經出版事業公司，一九八九年）。陳方，《失落與追尋——世紀之交中國女性價值觀的變化》（北京：中國社會科學出版社，二〇〇三年）。張李璽，《角色期望的錯位——婚姻衝突與兩性關係》（北京：中國社會科學出版社，二〇〇六年）。

五、指出其因受侷限成就低

大陸研究者為五四女作家小說愛情書寫進行整體評價時，幾乎都同意其為「蹣跚的第一步」；①有些論者還會進一步指出，五四女作家所以成就有限，是因為受到了侷限。除了主張這是女作家的自我侷限，②使得小說內容「流於膚淺、人物形象不夠豐滿、解決問題觸及不到要害」之外；③論者多數都認為，這也是五四時代的侷限所造成的「二十世紀初社會轉型期知識女性的共同心理特徵」。④徐仲佳甚至明白指出，當時五四社會不但「連一個符合現代性愛理想要求的男性都沒有為她們準備好」，也沒有提供女作家足以「自由張揚個人主體性的更大的社會文化語境」；所以，其主張五四女作家小說之所以會產生「性別自我意識的覺醒」與「女性真實的性愛體驗」落差，實在不是五四女作家本身造成的錯誤。⑤

① 眭海霞，〈狹縫間的兩扇門〉，頁一九至二一。
② 胡赤兵，〈母愛與情愛的衝突——馮沅君《卷葹》談片〉，《安順師範高等專科學校學報》一九九九年第一期（一九九九年一月），頁三九至四四。常立霓，〈廬隱的情愛世界〉，頁一七八至一八八。徐岱，〈民國往事〉，頁四。
③ 唐寧麗，〈試談五四女性文學的雙重文本〉，頁八七至九二。
④ 陳明秀，〈「五四」女作家筆下知識女性的情智衝突〉，頁九六。
⑤ 徐仲佳，《性愛問題》，頁二四七至二四八。

有趣的是，儘管抱持著同情的理解，當論者將五四男女作家並比時，往往會流露出對五四女作家的不滿。例如，唐寧麗便曾直指所有五四女作家書寫愛情的成就，都不如偶一涉足其中的魯迅（周樹人，1881-1936）；只因魯迅〈傷逝〉（1925）「深刻」揭示了「女性人格獨立要以社會解放為前提」。①而與唐寧麗持相同看法的栗慶冬，則引用〈傷逝〉中的文字，認為五四女作家並不瞭解「人必生活著，愛才有附麗」，所以表現不出〈傷逝〉的愛情悲劇深度，陷入了愛情至上的虛幻。②魯迅之外，五四男作家中經常書寫愛情的郁達夫，也曾被拿來與女作家比較。③例如李玲認為「從同時代男作家郁達夫對性苦悶的大膽傾訴」，「就可以看出馮沅君尚不能以靈肉統一的尺度來建立現代性愛標準」。④

針對上述看法，筆者不禁要反問：為什麼五四女作家的愛情書寫，「一定」要瞭解婦女解放與社會解放之間的關係、「一定」要表現靈肉合一的性愛感受，才能算是深刻、才能算是有成就？

筆者認為，正是因為這些研究者心中始終有個「一定要如何」的標準，所以，當五四女作家小說能達到那個「一定」的標準，便被肯定是「覺醒」；達不到，就是「困惑、迷茫、墮落」；而有時達得

---

① 唐寧麗，〈試談五四女性文學的雙重文本〉，頁九〇。
② 栗慶冬，〈論五四時期女性小說的愛情描寫〉，頁四〇至四三。
③ 常立霓，〈廬隱的情愛世界〉，頁一七八至一八八。
④ 李玲，〈直面封建父權、夫權時的勇敢與怯懼〉，頁一七五。

到、有時又達不到，便是受到「侷限」無法完全覺醒。如果，僅僅因為作家的性別是女性，便斷定此一文學作品成就不高，是一種偏執；那麼，只在乎五四女作家有沒有寫出瞭解婦女解放與社會解放之間的關係、表現靈肉合一的性愛感受的作品，是不是也同樣狹隘了閱讀作品的視野？

因此，與其將五四女作家小說中的愛情書寫，視為進兩步又退一步的「覺醒」之戰；筆者更希望能從中挖掘五四女作家如何展現她們對於自身愛情處境的性別主體思考。換言之，研究五四女作家小說中的愛情書寫，筆者想問的問題並不是「有何侷限」，而是「有何展現」。

第二節　五四女作家小說愛情書寫值得關注之因

儘管愛情經常被視為無關國計民生的「女兒心事」，愛情書寫也經常被評論家視為女性文學視野狹隘的「閨怨罪證」；但若拋開這些看法來檢視「愛情」，則可以發現：事實上，不論是對女性、現代女性、五四女性、五四女作家小說來說，愛情都具有著重要的意義。

首先，根據孫康宜的看法，當愛情來臨時，無論男女每個人都會變成癡情的「女人」——「她」會為所愛的人患得患失，「她」會忽然情感脆弱容易受傷。而由於愛的模式往往會「隨著時代的變遷而不斷調整、不斷在主動／被動、主體／客體的慾望關係上產生變化」；所以，透過愛情不但可以觀察「女性主體性」（female subjectivity），還能詮釋更深一層的性別問題。[①] 由此可見，愛情之於女性，非但不是柔弱無益的情感，並且還有助於內在探索。

其次，紀登思研究現代社會親密關係時，曾毫不諱言的指出是「女性——包括日常生活裡的一般女性，也包括自覺的女性主義團體」，使得現代社會的情感秩序發生了重大而普及的變遷。[②] 無獨有偶，貝克夫婦合著的《愛情常混亂》也主張是現代女性在「個人化」現代社會所產生的個體生命經歷新變化，導致現代愛情不得不處於一種常態性的混亂（normal chaos）。[③] 由此可知，愛情之於現代女性，非但不是女性視界狹隘的證明，反而還是鏈結現代女性與現代社會的關鍵，其意義已大大不同於過往。

其三，愛情之於五四女性，其意義亦頗為特殊。林芳玫在《解讀瓊瑤愛情王國》一書中，曾探討「浪漫愛」（romantic love）此一概念在中國的變化。其表示，由於二十世紀初浪漫愛與自由戀愛這些觀念在中國的興起，伴隨著當時全面性的社會、政治、文化革命而起，所以此時的「浪漫愛」乃是「一種公共、集體性的意識形態」，是「象徵個人自由及個人主義的現代意識形態」；五四青年因此急切地把

① 孫康宜，〈關於女性的新闡釋（自序）〉，《古典與現代的女性闡釋》（臺北：聯合文學出版社有限公司，一九九八年），頁六至一八。
② 紀登思，《親密關係的轉變》，頁三。
③ 貝克，《愛情的正常性混亂》，頁三、一〇七。

浪漫愛當作反抗父母與反抗舊社會的思想武器，導致他們對愛情的本質無法產生清楚的概念。

換言之，正如「人道主義」、「個性解放」、「科學民主」、「婦女解放」這些僅僅是浮現在五四時人視野但又未必真能被他們看見形象的概念一樣，「浪漫愛」也是當時五四社會渴望擁有但又未能真正看見其具體樣貌的追求物。此由五四社會將愛倫凱（Ellen Key，1849-1926）「自由戀愛」、「自由離婚」的愛情至上主張，簡化為「沒有愛情的婚姻不道德」這樣的思維，便可得知。即便是像梁啟超（1873-1929）這樣肯定革新的人物，在面對自己子女的婚事時也沒有完全放手，而是本身先為子女留意適當對象，然後再權充月下老人進行介紹；這樣擇偶模式的「改良」，正好表現出五四社會熱衷追求「自由戀愛」但又無法全然接受「戀愛自由」的矛盾。

在這樣的時代背景下，愛情之於五四女性幾乎成為燙手山芋。五四社會既期待經歷婦女解放運動的她們能爭取婚姻自由、戀愛自由，卻也同時期待她們戀愛之後必須順利結婚。這暴露出了女性在「沒有愛情的婚姻不道德」此一五四新中國大纛下的艱難愛情處境；因為，除了不斷鼓勵五四女性爭取自身的婚戀權

林芳玫，《解讀瓊瑤愛情王國》（臺北：臺灣商務印書館，二〇〇六年），頁五〇至五二。

孟悅，《浮出歷史地表》，頁八。

有關五四社會因愛倫凱「自由戀愛」說產生的女性愛情處境變化，請詳見本書第二章。藍承菊，《五四思潮衝擊下的婚姻觀（1915-1923）》（臺北：國立臺灣師範大學歷史研究所碩士論文，一九九二年），頁八四。

張朋園，〈梁啟超的兩性觀——論傳統對知識份子的約束〉，《近代中國婦女史研究》第二期（一九九四年六月），頁六〇。

利外，這樣的愛情思維對於五四女性該如何面對有婦之夫的追求、如何解決先性再婚或先婚再性的各種愛情困境，絲毫沒有任何幫助。例如，毛彥文（1898-1999）本是吳宓（1894-1978）留美同學朱君毅的未婚妻，吳宓返國後與陳心一結婚，朱君毅卻移情別戀與毛彥文解除婚約，而後吳宓竟為表現個人追求毛彥文的決心，堅持與陳心一離婚。毛彥文自認個性不若陳心一逆來順受，亦不願接受朱君毅好友的求愛，因此拒絕吳宓的追求；誰知吳宓卻始終對其難以忘情。為此，毛彥文被指為寡情，承受了半個世紀的誤解與責罵。[①]又例如，馬振華與男子汪世昌自由戀愛，卻在婚期底定對方求歡之後，遭其懷疑已非處女，馬振華憤而投河自盡。[②]這些例子都說明了愛情之於五四女性，並非只是婚戀自由的問題而已；五四時人鼓吹「自由戀愛」卻執意將愛情、婚姻綑綁一處的愛情思維，著實使得五四女性的愛情處境更加複雜。

再者，愛情之於五四女作家小說，亦同樣意義特殊。紀登思曾指出：浪漫愛的興起可以與小說的崛起進行連結；[③]女性主義研究者也認為，「小說」此一文類可以提供女作家「在虛構話語和歷史的邊緣

---

① 毛彥文，《往事》（臺北：永裕印刷廠，一九九九年），頁一六七至一七四、一七五至一七九。沈衛威，《吳宓傳——泣淚青史與絕望情慾的癲狂》（臺北：立緒文化出版社，二〇〇〇年），頁一四七至一八六。吳振漢，〈吳宓與毛彥文——鉅變下的兩性關係〉，《人文學報》第二十三期（二〇〇一年六月），頁二三五至二六七。

② 海青，〈傷逝——對民國初年新女性形象的一種解讀〉，收入楊念群編，《新史學——感覺・圖像・敘事》（北京：中華書局，二〇〇七年），第一卷，頁七八至八五。

③ 紀登思，《親密關係的轉變》，頁四三至四四。

地帶創造敘述聲音」的機會。[1] 以此來看，身為受到婦女解放思潮影響最大的五四新女性，五四女作家於五四特殊的時代背景之下，其在新興的現代小說文體中書寫最能觀察女性主體性的愛情題材時，顯然也暗藏蘊藉了范銘如所謂「對兩性關係的審思與操縱的渴望」。

而在實際作品的呈現中，五四女作家小說確實也顯現出與五四男作家迥異的愛情面貌。同樣是書寫愛情，郁達夫等人早已張開雙臂擁抱玫瑰色的浪漫愛情，[2] 但廬隱、冰心（原名謝婉瑩，1900-2000）、凌叔華等身為中國第一批「現代」意義以及「作家」意義的「女」作家，[3] 其小說中的愛情玫瑰卻始終如廬隱小說〈淡霧〉（1923）所喻示的：「遠隱在神秘的淡霧後面」[4]，既沒有浪漫的芳香，也無法讓人感受愛情的美好，更無法讓人將其與「言情小說」聯想於一處。[5] 因而，從愛情探討五四女

① 〔美〕蘇姍・S・蘭瑟（Susan Sniader Lanser）著，黃必康譯，《虛構的權威——女性作家與敘述聲音》（*Fictions of Authority: Women Writers and Narrative Voice*）（北京：北京大學出版社，二〇〇二年），頁一六至一七。

② 李歐梵，〈情感的歷程〉，《現代性的追求——李歐梵文化評論精選集》（臺北：麥田出版社，一九九六年），頁一四四至一五三。

③ 孟悅，《浮出歷史地表》，頁三。

④ 廬隱，《廬隱小說全集・淡霧》（長春：時代文藝出版社，一九九七年），頁五九八。

⑤ 林芳玫認為，「言情小說」的精神乃是在男尊女卑的現實世界中刻畫一個理想世界，使女性於此得以受到尊重、珍視、接納與肯定。所以，言情小說中的女性人物，不分中外總是被動而單方面接受男性對她們的體貼照顧，容許讀者藉此以替代、假想的方式，體驗被照顧呵護的感覺。但據筆者觀察，五四女作家小說鮮少出現這樣女性備受呵護的理想世界；她們筆下的女性總是獨自一人面對愛情生活的波折、面對婚姻生活的無聊與猜忌，男性亦鮮少以保護者姿態

作家小說，不僅有助於挖掘五四女作家們如何思考五四女性的愛情處境，也可藉此突顯在「感時憂國」時代氛圍之下，① 五四男女作家愛情書寫有何差異。

綜上可知，愛情之於女性、現代女性、五四女性、五四女作家小說皆具有特殊意義。本書正是以上述愛情種種特殊意義為前提而展開。在此，筆者好奇的是：五四女性本身即被五四社會視為解放的對象，而當一個被解放的對象又被五四社會鼓勵著去追求被標誌為「現代」的追求物——「自由戀愛」時，握有書寫權力的五四女作家究竟能展現出多少性別主體對兩性關係的審思與操縱的渴望？簡言之，筆者在此針對五四女作家小說愛情書寫所提出並試圖解決的主要問題，即是：**面對因重視「自由戀愛」而為五四女性帶來複雜愛情處境的五四社會，五四女作家如何以其虛構小說的愛情書寫回應現實生活的女性愛情處境壓力？**以下即簡介筆者如何開展本書的文思脈絡。

出現。就此來說，五四女作家小說實難以歸類為「言情小說」；林芳玫，《解讀瓊瑤愛情王國》，頁七〇至七一、一四八。

① 夏志清，〈附錄二——現代中國文學感時憂國的精神〉，《中國現代小說史》（香港：中文大學出版社，二〇〇一年），頁四五九至四七七。

第三節　關於「女性聲音」

所謂「女性主義」，其實是一種思考方式，①本身並無統一理論；其乃是統一在相信女性普遍遭受父權體制壓抑此一信念下，因應不同種族、不同時代、不同地域、不同文化情境所衍生出的各種流派。②而以女性主義眼光審視文學與作者的女性主義文學批評，也因女性之間存在的種種差異性，發展出各種不同的解讀方式。③大致說來，中國女性主義文學批評較傾向英美女性主義文學評論，「重視從歷史淵源、群體概括、社會影響等角度來評價作品」，但並不關注女性自我的重塑，也鮮少「像法國女性主義文學批評理論那樣注重從女性的身體語言和女性欲望宣泄的角度探尋女性特徵（feminine）與女

① 〔美〕亞倫・強森（Allan G. Johnson）著，成令方等譯，《性別打結——拆除父權違建》（*The Gender Knot-Unraveling Our Patriarchal Legacy*）（臺北：群學出版有限公司，二〇〇八年），頁一八五至一八七。

② 張小虹，《後現代／女人——權力、慾望與性別表演》（臺北：時報文化出版企業股份有限公司，一九九四年），頁一四五。顧燕翎，〈導言〉，收入林芳玫等，《女性主義理論與流派》，頁Ⅷ。

③ 〔美〕裘伊・瑪姬西絲（Joy Magezis）著，何穎怡譯，《女性研究自學讀本》（*Teach Yourself Women's Studies*）（臺北：女書文化事業股份有限公司，二〇〇〇年），七六至八八。

性話語寫作（discourse）之間的關係」。①

而為兼顧女性主義對性別問題的獨特觀照與小說文本敘事形式上的各種表現，筆者決定借用美國蘇姍・S・蘭瑟（Susan Sniader lanser，1944-）《虛構的權威——女性作家與敘述聲音》（*Fictions of Authority: Women Writers and Narrative Voice*，1992）一書中的「女性聲音」概念。如此，便可避免前述所提大陸研究者高懸固定標準的窠臼，而能從小說文本本身瞭解五四女作家如何以其愛情論述回應五四女性的種種愛情困境。

「聲音」（voice），在敘事學裏乃指敘事中的講述者（teller），用以區別於敘事中的作者和非敘述性人物；而女性主義者所謂的「聲音」，則通常指「那些現實或虛擬的個人或群體的行為」表達了「以女性為中心的觀點和見解」。儘管兩者差異甚大，但蘭瑟認為，「無論是敘事結構還是女性寫作，其決定因素都不是某種本質屬性或孤立的美學規則，而是一些複雜的、不斷變化的社會常規」；而且「這些社會常規本身也處於社會權力關係之中」。因此，蘭瑟便利用米哈伊・巴赫金（M. M. Bakhtin）「社會學詩學」的概念將女性主義與敘事學對「聲音」這個術語的不同觀念融會於一處，使「社會身分」與

① 林樹明，《多維視野中的女性主義文學批評》，頁三五〇至三五一、三五六至三五七。張岩冰，《女權主義文論》（濟南：山東教育出版社，一九九九年），頁二一七至二一九。嚴明、樊琪，《中國女性文學的傳統》（臺北：洪葉文化事業有限公司，一九九九年），頁二四〇。

「敘事形式」發生關聯。如此一來，敘事技巧不但變成「意識形態」[①]的產物，同時也成為「意識形態」本身。以此之故，在蘭瑟眼中，敘述聲音因而得以位於「社會地位」和「文學實踐」的交界處；敘述者形式上性別所造成的「女性聲音」，也因此成為女作家「意識形態」的鬥爭場所。諸如敘述者（narrator）自我表述的方式、敘述者與受述者（narratee）之間建立的聯繫、敘述者的意識形態和情感方面的立場等文本的實際敘述行為，亦皆因此動態而互相依存的顯現出此種「意識形態」的鬥爭張力。[②]

蘭瑟此種「女性聲音」概念，恰好可以為筆者分析五四女作家小說愛情論述提供一個觀察角度。因為，若敘述者形式上性別所造成的「女性聲音」，可以是女作家社會地位和文學實踐交界處的意識形態鬥爭場所；那麼，探討五四女作家以「女性」擔任小說敘述者所書寫的愛情故事，便也可挖掘出五四女作家針對當時婚戀議題所產生的性別主體思考。

只是，五四女作家所接受的婦女解放運動，實際上與西方並不雷同，五四婦女解放運動乃是期待女人做一個符合男人標準的「人」。王政曾指出：

---

① 蘭瑟所謂的「意識形態」，「乃指各種話語和指義系統」，是「在一定的社會文化中，這些話語和指義系統組成自我信仰觀念，建構個人與群體之間、個人與群體與社會機構、與信仰系統之間的各種關係，並為文化本身的價值體系和社會現實提供合法化和永久化依據」；蘭瑟，《虛構的權威》，頁二六至二七。

② 同前註，頁三至一七。

……西方女權運動來源於歐洲啟蒙運動對女性的排斥，而中國的婦女解放運動的出現則是中國啟蒙運動包括女性的結果。……西方的啟蒙運動既不讓女人享受男人的特權，也不要女人做男人；中國的啟蒙運動既讓女人享受男人的特權，也要女人做男人。這兒的內在邏輯是：若要享受男人的特權，女人必須成為男人，即：以男性價值準則來要求自己，同男人一樣在社會領域裡運作。①

在這樣的婦女解放運動思維下，五四女作家以女性性別主體建立女性聲音的過程當中，也勢必難以驟然跳脫「先做人，再做女人」這樣的思考模式。易言之，正如劉乃慈研究五四女性小說時所提醒的：若要將西方女性主義文學理論「橫向移植」於這樣的中國早期女作家文本，實不可不慎。②以此之故，為顧及五四女性此一特殊時代背景，筆者乃決定將蘭瑟「女性聲音」概念加以擴大運用。③

① 王政，〈「女性意識」、「社會性別意識」辨異〉，《婦女研究論叢》一九九七年第一期，頁一五至一六；又收入杜芳琴、王向賢編，《婦女與社會性別研究在中國（1987-2003）》（天津：天津人民出版社，二〇〇三年），頁八〇至八二。

② 劉乃慈，〈序言〉，《第二／現代性——五四女性小說研究》（臺北：臺灣學生書局有限公司，二〇〇四年），頁 i。

③ 蘭瑟強調，任何人都不可能建立有關女性作家和敘述聲音的權威之論；其因此極力召喚更多對女性小說的研究，更多從不同文化背景，不同有利角度對女性小說的研究。故而，筆者此處對「女性聲音」的擴大解讀，應仍未背離蘭瑟；蘭瑟，《虛構的權威》，頁一七至二六。

首先，陳順馨曾在其「以敘事學為經、女性主義批評為緯」研究中國當代「十七年」小說（1949-1966）的著作中發現：最有力、最能反映作家寫作性別特質的方法，就是觀察「她／他們如何塑造人物，特別是女性人物」。①而由於五四女作家被期待先做一個符合男人標準的「人」再做女人，順此思路，筆者認為其在以無明顯性別特徵的全知敘述者進行「女性人物」愛情故事的相關敘述時，也可能會流露出五四女作家有意無意間暗藏於「人」此一整體意識之下的性別主體思考。故而，凡是五四女作家小說「非男性」敘述者所發出的聲音，筆者都將納為本書「女性聲音」的考察內容。

其次，前曾述及，所有不同形式的女性主義，皆相信女性普遍遭受父權社會壓抑；而根據美國社會學家亞倫‧強森（Allan G. Johnson）在《性別打結——拆除父權違建》（*The Gender Knot-Unraveling Our Patriarchal Legacy*）一書中的說法，父權體制乃是一種以「男性支配、男性認同與男性中心」為基本要素的社會體系，在這個體系中「包含了界定男性與女性的文化觀念，架構出社會生活的關係網絡，以及資源與酬賞不平等分配所暗藏的壓迫」，而且這個父權體制「超乎個人的思考、感受和行為」，「只有透過人們的生活才能存在」。②於是，在不願削足適履生硬套用理論的前提下，筆者乃選擇將蘭瑟位於「社會地位」和「文學實踐」交界處的定義與五四時代背景結合，將父權體制視為一種社會體系的思考

① 陳順馨，《中國當代文學的敘事與性別（增訂版）》（北京：北京大學出版社，二〇〇七年），頁八〇。
② 強森，《性別打結》，頁一四二至一四四。

方式，將本書所探討的「女性聲音」延伸解釋成：五四女作家因關切女性愛情處境而在小說當中對五四父權社會所發出的批判性思考。換言之，即為其愛情書寫所展現之「關於性別及其在社會生活中的位置的批判思維」①。

第四節　關於「五四女作家」及其小說

以下分述本書對「五四女作家」與「五四女作家小說」的界定：

一、五四女作家

在文學史相關論著之中，經常可見「五四女作家」、「五四女作家群」等類似詞語的出現。而筆者曾就手邊可見論著，整理其中各家運用「五四女作家」一詞的指涉對象，發現儘管歸納起來至少有：陳衡哲、白薇（原名黃彰，1894-1987）、袁昌英（1894-1973）、廬隱、蘇雪林、冰心、凌叔華、馮沅君、石評梅、丁玲、林徽因（1904-1955）、陳學昭（1906-1991）、謝冰瑩（1906-2000）、濮舜卿、沉櫻（原名陳瑛，1908-1988）等十五位都曾被納入「五四女作家」的名單；②但各家學者使用「五四女作家」等詞

① 同前註，頁一七〇。
② 見本書〈附錄一：「五四女作家」指涉對象整理〉。

時，確實並沒有一個明確的指涉對象。這些五四女作家，僅僅就是因為五四的時代、女性的性別、作家的職業，而被歸類在一起罷了。①

而筆者此處運用「五四女作家」一詞時的指涉對象，將跟隨楊義說法將此用以指稱陳衡哲、廬隱、蘇雪林（1899-1999）、冰心、凌叔華、馮沅君、石評梅（1902-1928）等七人。②理由是：因為從作家

① 例如丁玲是否該歸類於五四女作家，便是一個最好的例子。司馬長風（1922-1980）在《中國新文學史》上卷（1975）裡，論及一九一八到一九二八年的五四文學時，稱許丁玲是當時小說創作最優秀的女作家；楊義《二十世紀中國小說與文化》（1993）卻認為丁玲是三〇年代的新文學第二代女作家，另外盛英《二十世紀中國女性文學史》（1995）也認為丁玲是一九二八到一九三七年階段的女作家。細究其由，原來，司馬長風是先界定時間斷限再來討論女作家，其認為一九一八到一九二八年這個期間「在小說創作上，丁玲最出色」。而楊義是先觀察女性文學整體的特性，再將其劃分成新文學第一代女作家（即五四女作家）、第二代女作家（即三〇年代女作家）；由於丁玲具有五四女作家「所缺乏的男性度」，而且丁玲「愛的強烈程度和複雜程度」也超越其他五四作家，因此楊義認為丁玲屬於第二代女作家。至於盛英則是用「要求人性解放的五四文學」與「以無產階級和人民大眾的解放為旗幟的革命文學」這樣的觀念來為女性文學斷代，主要創作期在三〇年代的丁玲，作品符合其一九二八到一九三七年「女性文學由面向自我到面向廣闊」的特徵，因此，盛英認為丁玲並不是五四女作家。綜上可知，丁玲所以「是」或「不是」五四女作家，乃皆肇因於各家學者以不同的標準判定「五四女作家」的指涉範圍，與丁玲本人是否為五四時期之女作家，並無必然關係；司馬長風，《中國新文學史》（臺北：古楓出版社，一九八六年），頁一六八至一六九。楊義，《二十世紀中國小說與文化》（臺北：業強出版社，一九九三年），頁一一一至一一三。盛英、喬以鋼等主編，《二十世紀中國女性文學史》（天津：天津人民出版社，一九九五年），頁二二、一八五至一九一、一九八至二三七、三〇五至三一四、三一九至三二六。

② 楊義，《二十世紀中國小說與文化》，頁九七至一一三。

生平來看，此七人在家庭背景、文化背景、教育背景、職業背景上，實有許多相似之處；其背景之相似，約可整理列表如下：

（表一，五四女作家背景之比較）①

	家庭背景	文化背景	教育背景	職業背景
陳衡哲	出身名門，父親、舅舅皆為清朝地方官吏。	一九二〇年應蔡元培之邀回國至北京大學任教。	考取清華學堂赴美留學名額，至瓦沙女子大學求學，後來又至芝加哥大學。	曾任教北京大學、南京東南大學等校。
廬隱	父親為清代舉人，任湖南長沙知縣。	一九〇三年喪父即遷居北京；一九一七年入北京女子高等師範學校就讀。	北京高等女子師範學校畢業。	曾任中學教師和主任，亦曾任北京市立女子第一中學校長。
蘇雪林	祖父署浙江里安縣縣丞。	一九一七年進入北京女子高等師範學校就讀。	北京高等女子師範學校畢業，曾赴法國留學，學習美術和文學。	曾任教蘇州東吳大學、上海滬江大學、安徽大學、武漢大學、臺灣成功大學等校。
冰心	父親先為清朝海軍中級將校，後出任民國海軍部軍學司司長。	一九一三年隨父遷居北京，入北京教會學校貝滿女中，一九一八年考入協和女子大學。	燕京大學畢業，並赴美獲威爾斯利大學碩士學位。	曾任燕京大學、清華大學、北京女子文理學院等校教授。

① 此表乃參考本書〈附錄二：五四女作家大事記〉製成。

凌叔華	父親出身翰苑，當過直隸布政使。	曾參與天津直隸第一女子師範學校的五四愛國運動學生遊行；於一九二二年進入燕京大學就讀。	燕京大學畢業。	曾任教武漢大學、燕京大學、新加坡南洋大學等校。
馮沅君	父親三甲進士，曾任湖北武陽知縣。	一九一七年進入北京女子高等師範學校就讀。	北京大學國學研究所畢業。	曾任教南京金陵大學、上海暨南大學、復旦大學、中法大學、北京大學、中國公學大學等校。
石評梅	父親為清末舉人。	一九一九年進入北京女子高等師範學校就讀。	北京高等女子師範學校畢業。	曾任中學教師和主任。

由上表可知，此七位女作家在家庭背景上皆出身官宦人家或書香門第，在文化背景上皆曾於五四愛國運動（1919）前後居住在當時政治文化中心「北京」，在教育背景上皆受過高等教育，並同樣擁有以教師為業的職業背景。社會學常針對社會中的特定社群進行探究，利用個人的性別、職業、年紀、經歷、教育背景等等社會條件，當成劃分的依據；本書既然與五四女作家對五四社會所產生的性別思考有關，以社會背景相似的陳衡哲等七人為顯然更能代表某一五四新女性之「群體」。除此之外，根據筆者統計，「陳衡哲、廬隱、蘇雪林、冰心、凌叔華、馮沅君、石評梅」等七位亦是最常被論者提及的五四女作家。① 總而言之，筆者認為，以「五四女作家」指稱陳衡哲等七位，應為適當之舉。

① 見〈附錄一〉。在筆者隨機統計的十六種文學史相關論著之中，冰心、馮沅君等二人皆被提及十六次，廬隱、凌叔華各十五次，陳衡哲十三次，蘇雪林十二次，石評梅七次。

二、五四女作家小說

由於「五四」一詞無明確的時間斷代，而且五四運動、五四文學也各有其時間範圍；①因此，為涵蓋最大之時間交集，以顧全五四女作家「生活」的五四社會與「創作」的五四文學，筆者於是先就「廣義五四文學」的「一九一七年到一九三七年」對陳衡哲等七位五四女作家小說進行初步的閱讀與整理。經過整理之後，筆者發現：創作於此段時間之內、與婚戀議題相關、且敘述者非為「男性」的五四女作家小說，約共有六三篇。茲將其依女作家發表數量由多至少排序如下：

① 有關「五四運動」的時間問題，請見周策縱，《五四運動史》（臺北：龍田出版社，一九八四年），頁一至七。至於有關「五四文學」的時間問題，國內中文學界似乎都以一九二七年為時間下限，國外研究則多為一九三七年；參見李歐梵，〈走上革命之路（1927-1949）〉，《現代性的追求》，頁三〇一。又，賀麥曉（Michel Hockx）曾考察「五四文學」此一斷代的由來，其主張揚棄「五四文學」此一冷戰時代所遺留之名詞；〔英〕賀麥曉，〈文學史斷代與知識生產——論「五四文學」〉，收入梅家玲編，《文化啟蒙與知識生產》（臺北：麥田出版社，二〇〇六年），頁一五七至一七一。

〈表二，「五四女作家」小說一覽表〉

（一）廬隱（共二十五篇）

年代	作品篇名	發表處
一九二二	〈一個著作家〉	《小說月報》第十二卷第二號
一九二三	〈傍晚的來客〉	《小說匯刊》五月出版
一九二三	〈麗石的日記〉 〈海濱故人〉	《小說月報》第十四卷第六號 《小說月報》第十四卷第十至十二號
一九二四	〈淪落〉 〈前塵〉	《小說月報》第十五卷第四號 《小說月報》第二十一卷第六號
一九二五	〈幽弦〉 〈勝利以後〉	《小說月報》第十六卷第五號 《小說月報》第十六卷第六號
一九二七	〈藍田的懺悔錄〉 〈何處是歸程〉	《小說月報》第十八卷第一號 《小說月報》第十八卷第二號
一九二八	〈風欺雪虐〉 〈時代的犧牲者〉 〈雨夜〉	廬隱小說集《曼麗》 廬隱小說集《曼麗》 《小說月報》第十九卷第十二號
一九二九	〈雲蘿姑娘〉 〈歸雁〉	《小說月報》第二十卷第一號 《華嚴月刊》第一卷第一至八期（一月）
一九三一	〈象牙戒指〉	《小說月報》第二十二卷第六至十二期

一九三二	〈碧波〉	《申江日報・海潮》第四號
	〈跳舞場歸來〉	《申江日報・海潮》第一五號
	〈補襪子〉	?
	〈人生的夢的一幕〉	《申江日報・海潮》第一七號
一九三三	〈前途〉	《前途》創刊號（一月）
	〈一段春愁〉	《時代畫報》第三卷一一期
	〈一個情婦的日記〉	《申江日報・海潮》第一八至二〇、二二至二三號
	〈女人的心〉	《時代畫報》二月十四日至五月五日連載
	〈好丈夫〉	?

（二）凌叔華（共十六篇）

年代	作品篇名	發表處
一九二四	〈女兒身世太淒涼〉	《晨報副刊》一月十三日刊載
	〈我那件事對不起他〉	《晨報六週年增刊》十二月一日刊載
一九二五	〈酒後〉	《現代評論》第一卷第五期
	〈繡枕〉	《現代評論》第一卷第一五期
	〈吃茶〉	《現代評論》第一卷第二〇期
	〈茶會以後〉	六月
	〈中秋晚〉	《晨報副刊》十月一日刊載
一九二六	〈春天〉	《現代評論》第四卷七九期
	〈說有這麼一回事〉	《晨報副刊》五月三日刊載

一九二七	〈綺霞〉 〈他倆的一日〉	《現代評論》第六卷第一三八、一三九期 《現代評論》第六卷第一四五至一四六期
一九二八	〈瘋了的詩人〉	《新月》第一卷第二期
一九三一	〈旅途〉	《文季月刊》復刊號（六月）
一九三五	〈轉變〉	《武漢日報・現代文藝》第三一至三三期
一九三六	〈無聊〉 〈一件喜事〉	《大公報》六月二十三日刊載 《大公報・文藝》八月九日刊載

（三）馮沅君（共九篇）

年代	作品篇名	發表處
一九二四	〈隔絕〉 〈隔絕之後〉 〈旅行〉 〈慈母〉	《創造季刊》第二卷第二號 《創造周報》第四五、四六、四九號 《創造季刊》第四五期 《創造季刊》第四六期
一九二五	〈緣法〉	《語絲》第四二期
一九二六	〈晚飯〉 〈貞婦〉 〈寫於母親走後〉	《語絲》第六〇期 《語絲》第八六期 ？
一九二八	〈誤點〉	《莽原》？

（四）石評梅（共五篇）

年代	作品篇名	發表處
一九二五	〈只有梅花知此恨〉 〈棄婦〉	《京報副刊・文學周刊》第一二期 《京報副刊・婦女周刊》週年紀念特號
一九二八	〈毒蛇〉 〈林楠的日記〉 〈偶然來臨的貴婦人〉	《世界日報・薔薇週刊》第五八期 《中央日報・紅與黑》十月十七至十八日刊載 《世界日報・薔薇週刊》（八月）

（五）冰心（共四篇）

年代	作品篇名	發表處
一九三〇	〈三年〉 〈第一次宴會〉	《小說月報》第二十一卷第一期 《新月》第二卷第六、七期合刊
一九三三	〈我們太太的客廳〉	《大公報・文藝副刊》九月二十七日至十月十七日連載
一九三六	〈西風〉	《文季月刊》第一卷第二期

（六）陳衡哲（共三篇）

年代	作品篇名	發表處
一九一八	〈老夫妻〉	《新青年》第五卷第四號
一九二四	〈洛綺思的問題〉	《小說月報》第十五卷第一〇號
一九二六	〈一支扣針的故事〉	《現代評論》第五卷第一〇六期

（七）蘇雪林（共一本）

年代	作品篇名	發表處
一九二九	《棘心》	《棘心》

大致說來，其幾乎都屬短篇，僅較晚出版的蘇雪林《棘心》、廬隱〈象牙戒指〉、廬隱〈女人的心〉為中長篇小說。此一情形與二〇、三〇年代的中國現代小說發展概況，頗為相符。

就發表處來說，五四女作家似乎都各有較常發表的雜誌，舉例來說廬隱之於《小說月報》，猶如凌叔華之於《現代評論》、馮沅君之於《創造》和《語絲》。五四文壇當時如文學研究會、創造社等經常各自創辦刊物互別苗頭，上述情況或許是五四女作家因彼此人生態度、文學思想、藝術個性存在明顯差別，不曾一致加入某個社團所導致的結果；①但從另一個角度而言，這也可以說是五四文壇當時普遍並不排斥女作家寫作愛情題材，不同派別的文學刊物都願意刊登。此外，廬隱於一九二八年出版小說集《曼麗》，同年馮沅君小說集《春痕》問世，隔年蘇雪林《棘心》一書也付梓；由當時出版商紛紛為女作家出版小說專書的這點來看，此類小說在五四社會應擁有一定數量的讀者群，接受程度不惡。

而在七位五四女作家之中，廬隱不僅此類作品最多，創作時間也最長，蘇雪林僅有《棘心》一作；同時其也是最晚加入的女作家。值得注意的是，除石評梅一九二八年逝世、廬隱一九三四年逝世外，直至五四時代尾聲，僅剩下冰心、凌叔華兩位仍舊堅持在小說中關切五四女性愛情處境，未受革命風氣日熾影響，其他女作家都停止了此類小說的創作。

由於一九三七年此年並無五四女作家此類小說面世，而且與婚戀議題相關的五四女作家小說最早發表的陳衡哲〈老夫妻〉又出現於一九一八年，故而，本書認定的五四女作家小說，最後乃劃定為「陳衡哲、廬隱、蘇雪林、冰心、凌叔華、馮沅君、石評梅」等七位發表於「一九一八年到一九三六年」之間、與婚戀議題相關、且敘述者非為「男性」的五四女作家小說作品。

① 楊義，《中國現代小說史》，《楊義文存》（北京：人民出版社，一九九八年），第二卷，頁二二二。

以上即為筆者如何開展本書的說明。接下來，第貳章筆者將先從貝克夫婦《愛情常混亂》所論出發，以瞭解現代社會中的女性如何因所得到的教育資源、經濟能力的愛情處境。此外，第貳章亦將檢視五四社會對此一流行愛情思維的追求與接受；並將歸納整理相關歷史文獻記載裡的五四女性愛情處境案例，希能更進一步深入瞭解五四女性的愛情處境。

第貳章　五四社會中的女性愛情處境

在一般人的感覺裡，愛情似乎是極為私密的情感經驗，並且神秘而沒有規則可循。然而，在社會學的研究裡，即使是愛情這樣隱密的私生活，也無法逃脫社會規律的制約。①

舉例來說，為導正受西洋言情小說譯作如《巴黎茶花女遺事》（1899）影響的晚清社會風氣，②新小說家吳趼人（吳沃堯，1866-1910）曾寫作小說《恨海》（1907）企圖教育讀者如何正確看待「情」

---

① 顧忠華，〈序二〉，收入貝克，《愛情的正常性混亂》，序頁一七。

② 例如梁啟超曾於〈小說與群治之關係〉（1902）一文中表示：「今我國民輕薄無行，沉溺聲色，蜷戀床第，纏綿歌泣於春花秋月，銷磨其少壯活潑之氣，青年子弟，自十五歲至三十歲，惟以多情多愛多愁多病為一大事業，兒女情多，風雲氣少，甚者為傷風敗俗之行，毒遍社會，曰惟小說之故」。而金松岑（1873-1947）在《新小說》第一七號所發表的〈論寫情小說於新社會之關係〉（1905）也沉痛呼籲：「若乃逞一時筆墨之雄，取無數高領窄袖花冠長裙之新人物，相與歌泣於情天淚海之世界。此價值必為青年社會所歡迎，而且效果則不可忍言矣……使男子而狎妓，則曰我亞猛著彭也，而父命或梗矣；女子而懷春，則曰我迦因赫斯德也，而貞操可以立破矣；精靈狡獪，媚惑男子，則曰我厄爾符利打，而在此為閨女者，在彼即變名為蕩婦矣」。由此可知，當時文人對西方言情小說譯作對社會青年男女

字，①其並於小說第一回明白指責「但知兒女之情是情」的「俗人」，「把這個情字看的太輕」。②然而，在今日讀者眼中，其實將只在乎兒女之情者說成「癡」、「魔」的吳趼人，才是把愛情看得太輕的那一方！陳平原《二十世紀中國小說史（1897-1916）》（1989）曾以「無情的情場」一詞來形容晚清寫情小說，③這個形容傳神地突顯出了中國在二十世紀初期與末葉兩端對「愛情」的認知差異。

此一差異不僅代表著中國人這一百年前後的轉變，也顯示著中西愛情觀的衝突。吳趼人以忠孝慈義

① 所帶來的負面影響，甚感憂心；以上諸文參見《中國近代文學論著精選》（臺北：華正書局，一九八二年），頁一六一、五二四至五二五；亦見陳平原、夏曉虹編，《二十世紀中國小說理論資料》（北京：北京大學出版社，一九九七年），第一卷，頁五三、一七一至一七二。

② 蔣英豪，〈成也蕭何，敗也蕭何——論吳趼人《恨海》與梁啟超的小說觀〉，收入中國古典文學研究會編，《二十世紀中國文學（會議論文集）》（臺北：臺灣學生書局，一九九二年），頁三九至四一。吳趼人表示：「要知俗人說的情，單知道兒女私情是情；我說那與生俱來的情，是說先天種在心裏，將來長大，沒有一處用不著這個情字，但看他如何施展罷了。對於君國施展起來便是忠，對於父母施展起來便是孝，對於子女施展起來便是慈，對於朋友施展起來便是義。可見忠孝大節，無不是從情字生出來的。至於那兒女之情，只可叫做癡。更有那不必用情，不應用情，他卻浪用其情的，那個只可叫做魔。還有一說，前人說的那守節之婦，心如槁木死灰，如枯井之無瀾，絕不動情的了。我說並不然。他那絕不動情之處，正是第一情長之處。俗人但知兒女之情是情，未免把這個情字看得太輕了」；吳趼人，《恨海・第一回》，收入海鳳編，《吳趼人全集》（哈爾濱：北方文藝出版社，一九九八年），第五卷，頁三。

③ 陳平原，《二十世紀中國小說史（1897-1916）》，《陳平原小說史論集》（石家莊：河北人民文學出版社，一九九七），中卷，頁八一三至八二四。

等「大節」貶低兒女之情的思維，乃繼承中國自古以來的儒家情感傳統；[1]至於做為《恨海》「假想敵」的西方言情小說譯作，其背後所蘊含的則恰恰是西方久盛不衰的浪漫愛。由此可知，晚清社會所經歷的中西文化碰撞，事實上，早已波及人們自以為私密、自以為社會規律無法改變個人意志選擇的愛情領域。而愛情，也並非僅僅只是個人好惡的選擇。

而由於「自由戀愛」在五四社會尚屬新說，且「女性」本身亦被五四時代視為解放的對象，因此，對五四女性來說，面對婚戀議題時所涉及的問題，絕不只是戀愛自由、婚姻自由而已。她們既接收晚清以來的婦女解放運動成果，並擁有過去傳統女性無法得到的教育機會，又願意效法易卜生筆下的「娜拉」走出家庭；[2]其愛情處境的變化實比五四男性來得更為複雜。以此之故，為深入探討五四社會中的女性愛情處境，筆者將先自五四社會的教育資源、經濟能力、愛情思想等三方面入手，檢視時代文化背景對五四女性愛情處境所產生的影響與限制；最後利用相關文獻考察五四社會的實際案例，再更進一步分析五四新舊女性愛情處境，並以貝克夫婦《愛情常混亂》一書對現代女性愛情處境的社會學觀察，就

---

① 余國藩《重讀石頭記》一書，曾就儒家典籍探討古典「情觀」；余國藩著，李奭學譯，《重讀石頭記——《紅樓夢》裡的情欲與虛構》（*Rereading the Stone: Desire and the Making of Fiction in Dream of the Red Chamber*）（臺北：城邦文化事業股份有限公司，二〇〇四年），頁九七至一六九。

② 許慧琦，《「娜拉」在中國——新女性形象的塑造及其演變（1900s-1930s）》（臺北：國立政治大學歷史系，二〇〇三年），頁一一五至一五四。

婚戀問題對五四女性愛情處境進行更深入的探討。

第一節　五四女性在教育與經濟方面所獲得的成長助力

貝克夫婦認為，使現代社會的女性愛情處境產生重大變遷的關鍵，就在於「現代女性（female）個體生命經歷產生的新變化」。①其指出：

> 教育開啟了天窗：它讓婦女逃離家庭主婦的宿命；它讓兩性不平等喪失其合法性；它加強女性的自尊，使她願意挺身為自己以前不被允許的榮耀而戰；女性有自己的收入，能夠提高自己在婚姻中的地位，使她不必單純為了經濟理由而結婚。這一切未必真的消除了不平等現象，卻加強我們對不平等的感受，使我們覺得不平等是不合乎正義，令人良心不安，在政治上必須正視的問題。②

簡單的說，由於教育機會和經濟收入的改變，現代女性越來越懂得照顧自己，這使得她們越來越不願意像母親和曾祖母一樣逆來順受地忽視兩性之間的不平等；也使得愛情世界裡的另一個性別——

① 貝克，《愛情的正常性混亂》，頁一〇〇。
② 同前註，頁一四。

男性，不得不開始摸索一個同時足以滿足兩性需求的新生活模式，展開貝克夫婦所謂的「地位鬥爭」（klassenkonflict; status struggle，或譯為身分鬥爭）。①

而「教育」和「經濟」這兩項因素，除了是貝克夫婦眼中使現代女性個體生命經歷產生變化的新動力之外，②亦是五四時人討論女子解放時的焦點，③也是五四當時城市婦女得以進行社會階層流動的主要途徑。④所以，從這兩個方面來探討五四現代社會中的女性愛情處境變化，應屬適當。以下即分從「教育」和「經濟」來討論：

① 同前註，頁三；孫中興：「愛情社會學」上課講義，頁一七二。

② 貝克，《愛情的正常性混亂》，頁一四、一〇七。

③ 經常介紹西方婦女問題理論的《星期評論》，一九一九年曾多次刊登有關「女子解放從哪裡做起？」的專題討論，包括：胡適（1891-1962）、胡漢民（1879-1936）、廖仲愷（1877-1925）、蒨玉、劉大白（1880-1932）、戴季陶（1891-1949）、沈仲九、沈玄廬、朱執信（1885-1920）、查光佛（1886-1932）、李漢俊（1890-1927）等十數位論者，都曾參與討論。諸家意見之中，將「教育」視為女子解放先決條件者最多，其次則為「經濟獨立」與「廢（改組）家庭」。筆者認為，「廢（改組）家庭」之見，乃是「傳統女性性別角色的扮演」與「女性需要被解放的自我意識」兩者之間產生衝突所致；換言之，此一意見討論的是五四女性在教育、經濟上接受解放後所產生新變化的「果」。因此，筆者乃將「教育」、「經濟」這兩項視為五四時人討論女子解放時的焦點；以上有關《星期評論》之研究成果，請見呂芳上，《革命之再起──中國國民黨改組前對新思潮的回應（1914-1924）》（臺北：中央研究院近代史研究所，一九八九年），頁四三六至四四四。

④ 李明偉，《清末民初中國城市社會階層研究（1897-1927）》（北京：社會科學文獻出版社，二〇〇五年），頁五六一。

一、從「教育」方面來看

中國傳統的女子教育，自古皆以東漢班昭（45-117）《女誡》所流傳下來的「三從四德」為原則，旨在培養賢妻良母，既不重視知識教育，亦未曾專門設置女子學校。① 故此，女子學校出現在中國，其實是西潮東漸的影響。

最早的中國女子學校，乃是由西洋傳教士先行興辦，② 而後國人方陸續加入自辦，③ 最後再由國家

---

① 陳東原，《中國婦女生活史》（上海：上海文藝出版社，一九九〇年），頁一至三一三；趙淑萍，《民國初年的女學生（1912-1928）》（臺北：國立臺灣師範大學歷史研究所碩士論文，一九九六年），頁一一至一五。熊賢君，《中國女子教育史》（太原：山西教育出版社，二〇〇六年）。

② 中國境內的第一所女子學校，是英國傳教士「東方女子教育協進會」（Society for Promoting Female Education in the East）社員靄爾特稅女士（Miss Aldersey）在鴉片戰爭後的第二年，即道光二十四年（1844），於開放五口通商的寧波所創立。這些由教會學校培養的女子，日後為國人創辦女子學校提供了不少師資；俞慶棠，〈三十五年來之女子教育〉，《江蘇教育》第四卷第一至二期（一九三五年二月），收入李又寧、張玉法編，《中國婦女史論文集》（臺北：臺灣商務印書館，一九八一年），頁三〇一。喻蓉蓉，《五四時期之中國知識婦女》（臺北：國立政治大學歷史研究所碩士論文，一九八七年），頁一七至一八。盧燕貞，《中國近代女子教育史》（臺北：文史哲出版社，一九八九年），頁二六。熊賢君，《中國女子教育史》，頁一七七至一八四。

③ 一八九七年（光緒二十三年）經元善在上海龍華附近創辦經正女學，四年後吳懷疚在上海西門生生里創辦務本女學，招收師範中學兩科學生，成績可觀；同年蔡元培等亦於上海創辦愛國女學，對提倡女權貢獻頗大。而後，各省設立私

將女子教育納入正規教育系統。① 這時已是一九〇七年（光緒三三年），距離中國境內出現第一所女子學校，悠然已六十幾載。

民國成立以後，教育部頒佈「壬子癸丑學制」，同意女子高小以上可再設立女子中學、女子師範、女子高等師範，至此，中國女子教育制度終於稍稱完備。② 一九一九年（民國八年），中國第一所國立女子高等學府——北京女子高等師範學校成立，展現了當時國家對女子教育的重視。③ 待到一九二二年教育部模仿美國不分性別的單軌制頒訂了「新學制系統改革令」，中國女子教育自此才真正開始走進了男女平等的時代。④

① 一九〇七年學部奏定「女子小學章程」、「女子師範學堂章程」，第一次將女子教育正式列入中國學校教育的系統；陳東原，《中國婦女生活史》，頁三五一。盧燕貞，《中國近代女子教育史》，頁二一〇至二二三。

② 盧燕貞，《中國近代女子教育史》，頁五四至五八。

③ 五四以前，中國只有教會辦的北京協和女大（又稱燕京女子大學）、南京金陵女大、福州華南學校等三所私立女子大學；陳東原，《中國婦女生活史》，頁三八八至三九〇。盧燕貞，《中國近代女子教育史》，頁九八。熊賢君，《中國女子教育史》，頁二七八至二八一。

④ 盧燕貞，《中國近代女子教育史》，頁六三至六六。

那麼，在上述女子教育制度的改革之後，到底有多少五四女性因中國女子教育制度的沿革而受惠呢？根據筆者目前可見的統計來看，一九〇五年全國女學生總人數不過一千七百六十一人；而兩年之後，也就是清廷決定將女子教育納入國家正規教育的那一年，女學生人數已有一萬四千六百五十八人，受惠者增加一萬多人；[①]而十六年後，到了一九二三年，女學生人數不但暴增為四十一萬七千八百二十人，比例更提高至百分之六點三二。[②]由上可知，近三十年間接受教育的女性已增加四十多萬人。

此外，接受初等教育、中等教育、職業教育、師範教育、高等教育、國外留學的女學生人數，亦逐年成長。下表所示即為清末至五四接受各級教育的女學生人數及其所佔之比例：[③]

---

① 熊賢君，《中國女子教育史》，頁二一七。

② 朱經農等，《教育大辭書》（上海：商務印書館，一九三三年），頁一〇五二，轉引自喻蓉蓉，《五四時期之中國知識婦女》，頁四一。

③ 留日女學生人數因資料不足，並未列入此表。又，本表資料來源眾多，包括：陳啟天，《最近三十年中國教育史》（臺北：文星書店，一九六二年），頁八〇、二七五至二七七，轉引自盧燕貞，《中國近代女子教育史》，頁四二至四三、九八至一〇〇。俞慶堂，〈三十五年來之教育〉，頁三五一；孫邦正，《六十年的中國教育》（臺北：正中書局，一九七一年），頁三七，轉引自盧燕貞，《中國近代女子教育史》，頁一二〇至一二三。李澤珍，〈建國三十年與中國婦女運動〉，《東方雜誌》第三十八卷二號，頁六，轉引自鮑家麟編，《中國婦女史論集續集》（臺北：稻鄉出版社，一九九一年），頁三二四。顧敦鍒，〈百年留美教育的回顧與前瞻〉，收入《中國近代史論叢》，教育頁一七八，轉引自盧燕貞，《中國近代女子教育史》，頁四四。盧燕貞，《中國近代女子教育史》，頁一二五至一三〇、一三六。熊賢君，《中國女子教育史》，頁二五一至二五七、三一一、三一三。

（表三，女學生人數及所佔比例一覽表）

（一）初等教育

西元	女子學校數目	女學生人數	女學生所佔比例	備註
1905	71	1,761		
1907	402	11,936		
1918-1919		190,882	4.3%	
1922-1923		368,560	6.3%	初等小學
1922-1923	889	35,182	6.04%	高等小學
1929		1176,186	16.52%	

（二）中等教育

西元	女子學校數目	女學生人數	女學生所佔比例	備註
1922-1923	25	3,249	3.14%	
1929-1930		23,072	13.30%	
1930-1931		56,851	14.94%	

（三）職業教育

西元	女子學校數目	女學生人數	女學生所佔比例	備註
1917	20	1,719		
1923		1,452	7.13%	甲種職業學校
1923		1,757	8.58%	乙等職業學校
1930-1931	69			職業學校

（四）師範教育

西元	女子學校數目	女學生人數	女學生所佔比例	備註
1916-1917		約5,800		
1923	67	6,724	17.6%	師範學校
1929-1930		15,495	23.58%	師範學校
1931-1932		22,612	24.17%	師範學校

（五）高等教育

西元	女子學校數目	女學生人數	女學生所佔比例	備註
1919		874	2.43%	專門學校
1922-1923	2	887	2.54%	大學（含教會學校）
1928-1929	8		6.86%	專門學校
1928-1929		1,485	8.59%	大學

（六）赴美留學

西元	女子留學人數	女留學生所佔比例	備註
1908	15		
1911	52	8%	
1914	9	10%	清華學校派出
1916	10	22%	清華學校派出
1918	9	11.5%	清華學校派出
1925	640	約40%	

由上表來看可知，五四女性所擁有的教育資源與選擇機會，實已遠多於傳統女性，不容置疑。而且，根據研究，接受新式高等教育的五四女性，不論作為「人」的主體與作為「婦女」群體的自覺意識，皆已產生「新」的覺醒與成長，表現出不同於傳統的女性意識。①

可惜的是，實際上，五四女子教育的整體內涵，仍舊與劉向《列女傳》、班昭《女誡》以來傳統女教的「賢妻良母」思想相去不遠。②清末時期的女子教育，以「為女、為母、為婦」之道為重；③民國建立後的「壬子癸丑學制」儘管給予女性與男性同等的求學機會，但「賢妻良母」仍是女子教育的最高準則。④甚至，直到國民政府在遷都南京到抗戰之前（1927-1936），其女子教育也還在強調培養「母性特質」。⑤而五四此時，除了國家始終以替社會養成「更進步的賢妻良母」為女子教育政策的目標之

① 李曉蓉，《五四前後女性知識份子的女性意識》（高雄：國立高雄師範大學教育學系博士論文，二〇〇一年），頁一五八至一八九。

② 羊憶容，〈女性知識份子成長歷程中的衝突〉，收入中國論壇編輯委員會編，《女性知識份子與臺灣發展》（臺北：聯經出版事業公司，一九八九年），頁五〇。

③ 陳東原，《中國婦女生活史》，頁三四一至三四三。

④ 李曉蓉指出，此時不單是制度規定，教育的教授方針和材料也都朝向賢妻良母這個目標進行；即使女學生出洋學習的內容也受制於此，留學美國女性多為學習醫護，留日又以接受師範教育為主。可見，其時雖有女子留學的開明風氣，但教育目標依舊侷限在培育與教育下一代的女教師而已。李曉蓉，《五四前後女性知識份子的女性意識》，頁七一。

⑤ 盧燕貞，《中國近代女子教育史》，頁一一三。

外；在許多長輩與年輕女性的心中，「學歷」也只是增加女子身價的「嫁妝」，並非增廣學識之用。①

二、從「經濟」方面來看

受到東漢班昭《女誡》等傳統女教的影響，幾千年來中國女性幾乎皆以「相夫教子」為業，並將「賢妻良母」視為終生職志，鮮少自願外出開創事業。而在經歷晚清世局變動與婦女解放運動洗禮之後，五四時人為了尊重女性，也為了增加國家生產力，開始將「經濟」視為解放婦女的重要關鍵。②於是，五四女性開始被鼓勵外出工作。五四女性可以選擇的職業種類，亦因而遠較傳統女性為多；③包括商業（如銀行行員、商店老闆）、輕工業（如紗廠工人）、教育業（如中學教員、大學教授）、服務業（如店員、奶媽）、醫護業（如醫生、護士）、娛樂業（如歌星、演員）、公家機關（如警察、海關職

① 高山，〈今日女子教育的缺陷〉，《婦女雜誌》第九卷第六期（一九二四年六月），頁二至四。蔡玫姿，《發現女學生——五四時期通行文本女學生角色之呈現》（新竹：國立清華大學中國文學研究所碩士論文，一九九七年），頁七八至七九。李曉蓉，《五四前後女性知識份子的女性意識》，頁一八七至一八八。

② 張三郎，《五四時期的女權運動（1915-1923）》（臺北：國立臺灣師範大學歷史研究所碩士論文，一九八五年），頁七一至八一。鮑家麟，〈民初的婦女思想（1911-1923）〉，頁三一七至三二二。王緋，《空前之跡——一八五一至一九三〇中國婦女思想與文學發展史論》（北京：商務印書館，二〇〇四年），頁四六五至四六六。

③ 五四以前，女性可以從事的職業種類非常有限；喻蓉蓉，《五四時期之中國知識婦女》，頁七五至九三。

員）、文化事業（如作家、記者）……等諸多行業，當時都可見到女性參與的身影。①

其中，由於女子高等教育的推波助瀾，「教師」遂成為五四女性知識份子最普遍的就業選擇。②五四女作家陳衡哲、蘇雪林、廬隱、冰心、凌叔華、馮沅君、石評梅等七人，便全都擔任過教師一職。③另一方面，下層社會婦女則大部分成為「女工」，「女工」這份工作也是最多五四女性投入的職業項目。根據一九二〇年北京政府的統計，當時全國女工人數高達十六萬七千三百六十七人，佔全國職工百分之四十點五之多。④這個數字遠遠超過五四時期在國內接受各級教育的女學生人數，因而有研究者估計五四女工可能約有百分之八十四到百分之九十八為文盲。⑤

高於農業所得的收入，雖然使女工們擁有個人經濟能力，得以脫離傳統的家族束縛，獲得較多的個人自主權利；⑥不過，女工們的工時長、工資低廉、工作環境又惡劣，⑦勞動待遇和五四女性知識份子比起來，簡直判若雲泥；如此看來，教育程度的高低，似乎決定了五四女性經濟收入的多寡。

① 張三郎，《五四時期的女權運動》，頁八八至九二。
② 陳東原，《中國婦女生活史》，頁三九七。
③ 參見本書〈表一〉、〈附錄二〉。
④ 王清彬等，《第一次中國勞動年鑑》（北平：北平社會調查部，一九二八年），頁五四九，轉引自張三郎，《五四時期的女權運動》，頁八九。
⑤ 陳慈玉，〈二十世紀初期的女工〉，收入鮑家麟編，《中國婦女史論集續集》，頁三五二。
⑥ 同前註，頁三五二至三五五。
⑦ 張三郎，《五四時期的女權運動》，頁九四至一〇二。

投入職場擁有優勢社經地位的五四女性知識份子，[1]經常對下層社會婦女伸出援手。例如，董竹君（1900-1997）開辦的「富祥女子鞋襪廠」（1924-1929），便提供鄰近地區的貧戶女孩工作機會，教導女孩們如何提昇自己各方面的生活，展現出女性群體意識的凝聚。[2]如此看來，不論擔任何種工作，投入勞動市場擁有個人經濟收入，都有助於五四女性邁向獨立之路，使其在某種程度上脫離傳統女性無法自立的困境，也使其不再以仰賴男性扶養為滿足。

然而，儘管五四女性無論職業種類、就業人數或經濟收入都大大超越了傳統女性，但五四女性並未因為擁有了這些經濟收入，便同時獲得了經濟獨立的能力。前曾述之，五四女子教育仍以養成賢妻良母為主要目標；因此，在經濟獨立這個議題上，大多數五四女性的思考框架，事實上仍然難以跳脫依靠婚姻尋找長期飯票這樣的傳統女性思路。就像許慧琦所指出的：五四女性僅僅只是學到易卜生（Henrik Johan Ibsen，1828-1906）《玩偶之家》（*A Doll's House*，挪威文*Et dukkehjem*，1879）當中娜拉（Nalas）尋求出走的舉動，但並不具備其覺醒的意識。[3]

此由她們著名的封號——「花瓶」即可得到證明。這個封號最先是從國民政府所在地南京流傳出來，之後「花瓶」一詞便被廣泛流傳用來形容女書記、女祕書、女事務員、商店女職員以及機關女辦事

[1] 喻蓉蓉，《五四時期之中國知識婦女》，頁一一五至一二三。
[2] 李曉蓉，《五四前後女性知識份子的女性意識》，頁二一九至二二二。
[3] 許慧琦，《「娜拉」在中國》，頁二五五。

員等從事不同職業的五四女性。[①]顧名思義，「花瓶」二字即可顯示社會各界在當時對五四女性工作能力的懷疑。既然不信任，又需要因應時代潮流招募女性員工，「以貌取人」的僱用觀，便理所當然地佔了上風；具有優秀工作能力的五四女性反而不被重視。如此一再劣幣驅逐良幣的結果，又加深了五四女性重視出色外貌勝過優異工作能力的認知。[②]縱然，偶有五四女性希望增進個人工作技能，也往往求助無門。因為，最該提供這方面訓練的學校教育，鮮少注重女性工作能力的養成；即使是女子職業學校的課程設計，也是偏重在家事方面的安排。[③]

五四職業女性既被社會各界視為「花瓶」，實際工作能力又有限，再加上當時社會經濟不景氣、失業問題嚴重，工作朝不保夕；這便難怪大多數五四未婚女性都只將工作視為暫時的棲身之所，視為結婚進入另一個家庭之前的「度小月」手段，甘心淪為「花瓶」。[④]貝克夫婦書中所說驅使女性外出闖天下

① 楊振聲，〈女子的自立與教育〉，《獨立評論》第三二號，一九三二年十二月二日，頁一一。顧綏人編著，（張鴻飛插圖）《女性群象插畫本》（上海：千秋出版社，一九三七年），頁九七；以上皆轉引自許慧琦，《「娜拉」在中國》，頁二五三。

② 許慧琦，《「娜拉」在中國》，頁二五二至二六二。

③ 盧燕貞，《中國近代女子教育史》，頁九三至九七、一三五至一三六。熊賢君，《中國女子教育史》，頁二八二至二八三。

④ 許慧琦，《「娜拉」在中國》，頁二五〇至二五二、二五四至二五五。

的那種工作成就感，①自然也難以發生五四女性身上。

綜上可知，五四社會為女性所提供的教育資源，雖然為五四女性開啟個人視野的天窗，讓五四女作家這類接受新式高等教育的女性知識份子形成主體意識；但對大多數五四女性而言，「學歷」還是附屬於「賢妻良母」的裝飾品。而五四女性在獲得經濟能力後，雖然使一部分女性感受到女性「獨立」的需求與可能；但同樣的，對大多數的五四女性而言，開創個人事業的吸引力仍舊比不上婚後必須承擔的妻職與母職。

至此，有關五四社會中女性愛情處境的影響因素，已討論過教育、經濟兩方面的影響；而當時席捲五四全國的愛倫凱「自由戀愛」思想，影響五四青年男女愛情觀甚鉅，亦不可不論。下節即就此論之。

第二節　五四社會對愛倫凱「自由戀愛」的追求與修正

「愛情」，在傳統中國常被視為不如君臣父子等五倫情感重要的兒女私情；這情況直到西方浪漫愛情觀於晚清傳入才逐漸有了轉變。而使愛情在五四中國思想界掀起滔天巨浪的重要人物，莫過於瑞典女

① 貝克，《愛情的正常性混亂》，頁一〇七。

權作家愛倫凱，愛倫凱主張女性問題的核心就在「自由戀愛」。①

雖然周作人、沈雁冰也曾在文章中介紹愛倫凱「自由戀愛」之說，但愛倫凱之所以能為國人所熟知，最大功臣仍當推《婦女雜誌》。例如，在翻譯的部分，《婦女雜誌》第六卷第三期有四珍（即茅盾）節譯愛倫凱同名原著的文章〈愛情與結婚〉，第八卷第七、八期又連續刊載董香白所譯〈愛倫凱的婦人道德〉。至於詮釋的部分，在第八卷第四期有吳覺農〈愛倫凱的自由離婚論〉（1922），第八卷第七期有黃肅儀〈戀愛結婚之真義〉（1922），第十一卷第一期又有沈澤民〈愛倫凱的「戀愛與道德」〉（1925）等。除此之外，其亦經常刊登倡導愛倫凱自由戀愛的時人文章，如第六卷第十期的瑟盧〈近代思想家的性慾觀與戀愛觀〉（1920），文中瑟盧不但以較長篇幅來介紹愛倫凱，更將愛倫凱與叔本華、易卜生、托爾斯泰等近代著名的思想家並列；由上可知，《婦女雜誌》對於愛倫凱自由戀愛思想的推廣的確不遺餘力。①

就《婦女雜誌》刊載的內容來觀察，主張「自由戀愛」的愛倫凱顯然十分重視愛情，其所謂的愛情既不純是肉慾、也非純為精神層次，而是「從肉體裡、精神裡湧出來的靈的戀愛」。愛倫凱認為，靈肉一致的戀愛和宗教一樣具有陶冶人性的能力，並且可以「創造比現在更完全、更豐富的人類」。由於在

① 藍承菊，《五四思潮衝擊下的婚姻觀》，頁八三、九三、一〇二。

② 徐仲佳，《性愛問題》，頁三五至三八。

愛倫凱眼中愛情如此重要又應該靈肉合一，因此其主張愛情可以支配婚姻；婚姻不能支配愛情。靈肉合一的戀愛，不管有沒有合法的婚姻做為後盾，愛倫凱都認為是道德的；但若婚姻失去愛情的支撐便是不道德的，應該給予當事人自由離婚的權利。既然愛情比婚姻更重要，愛倫凱對於一般世俗認為能保障女性婚姻幸福同時女性也被三申五令要保衛的「貞操」，自然也以愛情為重，主張守貞操是指因愛而性的性行為，既不是獻身男性的第一次，亦非婚姻內合法的性。①

從上來看不難發現，愛倫凱「自由戀愛」涉及的顯然並不僅是愛情問題，還包括婚姻、貞操等層面。或許正是因此，儘管對急於破舊立新的五四社會來說，西來的「自由戀愛」有著強烈的「新」吸引力，甚至整個五四時代都莫名地集體陷入一種將愛情視為新道德象徵的狂熱之中；②可是，一旦真正觸及自由戀愛的具體實踐，五四時人便踟躕了起來。

---

① 本書所引《婦女雜誌》之期刊文章，皆下載自中央研究院近代史研究所之數位資料庫，特此說明；愛倫凱著，四珍譯，〈愛情與結婚〉，《婦女雜誌》第六卷第三期（一九二〇年三月），頁一〇。瑟廬，〈近代思想家的性慾觀與戀愛觀〉，《婦女雜誌》第六卷第十期（一九二〇年十月），頁六至八。愛倫凱著，董香白譯，〈愛倫凱的婦人道德〉，《婦女雜誌》第八卷第七期（一九二二年七月），頁一六、二〇、二一。愛倫凱著，董香白譯，〈愛倫凱的婦人道德（續）〉，《婦女雜誌》第八卷第八期（一九二二年八月），頁二〇至二五。中央研究院近代史研究所數位資料庫之《婦女雜誌》下載網址：http://www.mh.sinina.edu.tw/fnzz/index.htm#。

② 李歐梵，〈情感的歷程〉，頁一四七。

例如，愛倫凱一再強調愛情是「從肉體裡、精神裡湧出來的靈的戀愛」，而從一九二一年《民國日報》、一九二三年《婦女週報》等報章雜誌有關靈肉問題的討論，便可以發現大力贊同愛倫凱的五四時人，實際上頗困擾於「如何使戀愛中的兩個人靈肉合一」這些實踐層次的問題。① 下面這位署名尚文的讀者發表於《婦女週報》的心聲，恰好可以為箇中代表：

……以靈為門的，於靈的偏愛必深，偏愛既深，則彼此瞭解深了一層，必又再要求更深一層的瞭解，層層級進，勢將沒有止境。如此，倘然吾人的創造或適應力的質量相等，而且能以相等的速度將生命向著無限的長途進展，那兩人自然沒有問題；萬一質量上、速度上有些參差不齊，使將感到隔膜而有懊喪之氣了，此時將如何解決？其次，從靈入肉我覺得還有一個難題要請先解答。就是方才入肉的時間，靈上必然大有波浪，在此時間最易使戀愛當事人感到所謂「幻滅」的悲哀，講究戀愛者，所以說結婚為戀愛的墳墓或說結婚為戀愛最危險的時期，我想就是為此。還有一層，就是入肉的時期以後，彼此究竟能否斷定一般人都能以靈制肉，靈合了肉就可以不管？我自信可制，所問者是否能責諸一般人？②

① 藍承菊，《五四思潮衝擊下的婚姻觀》，頁九八至一〇一、一一八至一一九。
② 尚文，〈戀愛中的難題〉，《婦女週報》第六號（一九二三年九月二十六日），轉引自藍承菊，《五四思潮衝擊下的婚姻觀》，頁九九。

或有人以為，諸如上述這些有關靈肉如何合一的困惑，正是五四時人思想高度未能超越愛倫凱的表現；[1]然而，就筆者來看，五四時人卻恰恰是在此類困惑上展現了其渴望具體實踐愛倫凱自由戀愛的努力。

在浪漫愛傳入中國以前，愛情僅被視為兒女私情，因此，一旦涉及愛情糾紛，問題焦點難免經常陷在個人如何「向外」掙脫道德倫常之縛，鮮少「向內」探索精神肉慾之愛，更別說要探討靈肉合一的愛情內涵。既然「靈肉合一」是傳統中國紅男綠女鮮少擁有的生命經驗，那麼，當五四時人開始渴望擁有「崇尚自由意志」並且渴望「從肉體裡、精神裡湧出來的靈的戀愛」時，除非將愛情當成信仰，刻意忽略戀愛雙方的感受；[2]否則很難不像尚文一樣困惑於：「怎麼靈肉合一？怎麼才能確保靈肉合一的永恆存在？」這些實際的「操作」問題。

因而，在筆者看來，正是由於五四時人致力於實踐愛倫凱自由戀愛的「靈肉合一」，方能夠察覺到：在「愛倫凱靈肉合一的主張」與「五四社會兩性互動的現狀」之間，兩者其實存在著強烈的落差，並且對這樣的落差感到困惑。只是，這樣的困惑，固然展現五四時人落實愛倫凱自由戀愛的努力，不可諱言的，其同時也揭示了五四時人將在此與愛倫凱分道揚鑣的可能。

---

① 藍承菊，《五四思潮衝擊下的婚姻觀》，頁一〇一。

② 周敍琪，《一九一〇～九二〇年代都會新婦女生活風貌——以《婦女雜誌》為分析實例》（臺北：國立臺灣大學出版委員會，一九九六年），頁一七六至一七九。

再例如，五四時人實踐愛倫凱自由戀愛的過程中最令他們感到疑惑不安的問題，莫過於：追求自由戀愛，真的要追求到像愛倫凱那樣連婚姻、貞操等各項事務都以愛情為判斷的準則嗎？因而，有意無意間，五四時人便在某種程度上修正了愛倫凱的說法。下述兩段引文乃出自同一篇文章，而署名Y.D的作者對愛倫凱「自由戀愛」前後不同的解讀，便表現了五四時人此種「欲迎還拒」的心態：

> 所謂戀愛的自由（Love's freedom），即是男女憑著「自由的意志」（Freedom of Will），不受任何的拘束，獲得相互的靈肉結合，而達於「戀愛之春」（Spring Time of Love）。這就是戀愛的自由。
>
> 但是假使青年們對於戀愛沒有自制（self-control）的修養，不明白戀愛對於子女、社會及世界的關係，只圖肉欲的滿足，假借戀愛之名，行自由性交之實，我們無以名之，只得名之曰「濫用的自由戀愛」。①

引文第一段所解釋的「戀愛的自由」意義內涵與愛倫凱「自由戀愛」並無二致，可見作者應贊同愛

① Y.D，〈戀愛自由與自由戀愛——讀了鳳子女士的答客問〉，《婦女雜誌》第九卷第二期（一九二三年二月），頁四二。

倫凱之說；然而，引文第二段期待青年自制的言論，卻又明顯與其南轅北轍。愛倫凱確實主張戀愛是可以給人幸福快樂的宗教，對子女、社會、世界都極為重要，但從未要求青年必須為此自制情感；相反的，愛倫凱還鼓勵青年千萬不要控制情感，因為其乃主張人無法禁錮自己的情感。[①]既然如此，愛倫凱怎麼可能贊同青年對於戀愛需要具備「自制的修養」？因此，五四時人諸如「濫用的自由戀愛」一類警語，事實上透露出的正是其輩對愛倫凱「自由戀愛」的猶豫。

另一個可以證明五四時人尚未完全接受「自由戀愛」的例子，就是一九二三年張競生（1888-1970）在《晨報》發表〈愛情的定則與陳淑君女士事的研究〉（1923）所引發的熱烈討論。[②]

陳淑君女士在家鄉原已與沈厚培情投意合，不過，世事多變，陳淑君至北京求學時，又愛上喪妻不久的姊夫譚熙鴻，兩人很快便由戀愛而結婚。沈厚培為此大鬧北京，並於《晨報》痛斥譚熙鴻言行卑鄙，陳淑君不堪其擾出面辯駁，表示：往日既未與沈訂婚，如今各自婚嫁有何不可？一時之間，滿城為之沸沸揚揚。張競生便將陳淑君此事與個人自創的愛情理論結合，提出「愛情定則」的四個主張：一、

① 愛倫凱，〈愛倫凱的婦人道德〉，頁一八。

② 這場討論從一九二三年四月二十九日一直延續到同年六月二十五日。當時《晨報副鐫》主編孫伏園共收到五十四封來函，最後刊出魯迅、許廣平（筆名維心）等三十五篇文字，當時各界討論非常熱烈；呂芳上，〈一九二〇年代中國知識份子有關情愛問題的抉擇與討論〉，收入呂芳上編，《無聲之聲（I）——近代中國的婦女與國家》（臺北：中央研究院近代史研究所，二〇〇三年），頁七七。

愛情縱然神聖不可侵犯，但愛情是有條件的，條件愈完全，愛情愈濃厚；二、愛情既然有條件，便是可比較的；三、愛情可比較便可選擇，有選擇便可見異思遷；四、夫妻為朋友的一種，是比好朋友更密切的一種朋友。①

愛倫凱「自由」戀愛的真義，乃在於「沒有外界的命令能使戀愛發生，也沒有外界的命令能把戀愛禁制住」。②可是，張競生卻為愛情制訂含有規範性的「定則」，這個舉動本身在精神上就與愛倫凱背道而馳。而由下表又可知，在讀者熱烈討論的投書之中，眾人對張競生愛情定則最不以為然的即是「愛情可變遷」此條：

（表四，愛情四項定則回應表）③

主張	贊成次數	反對次數
愛情有條件	11	7
愛情可比較	6	8
愛情可變遷	7	14
夫妻為朋友的一種	10	7
合計	34	36
百分比	**49%**	**51%**

① 張競生，〈愛情的定則與陳淑君女士事的研究〉，《晨報》，一九二三年四月二十九日，轉引自藍承菊，《五四思潮衝擊下的婚姻觀》，頁二一六。呂芳上，〈一九二〇年代中國知識份子有關情愛問題的抉擇與討論〉，頁七五至七八。

② 愛倫凱，〈愛倫凱的婦人道德〉，頁二〇。

③ 此表為藍承菊所製。由於讀者來信並非皆以四項定則為焦點提出回應，亦有單純表達個人意見者，藍承菊乃以次數統計；另外，在「愛情有條件」方面，凡同意愛情要有條件，不論是精神或物質條件，藍承菊皆列入贊成的一方；藍承菊，《五四思潮衝擊下的婚姻觀》，頁二一七。

此外，論者大多認為「變遷只限於訂婚前，才有再次選擇的權力」，否則就應該要遭受輿論譴責。① 此種以婚約、輿論限制愛情的想法，顯示出表面上熱衷自由戀愛的五四時人，骨子裡其實與自以為看重「情」字的晚清吳趼人相去不遠，仍期待以婚姻關係來保護愛情的純潔，② 並未完全認同愛倫凱「愛情可以支配婚姻，但婚姻卻不能支配愛情」的說法。

故此，綜上可知，五四時人對於戀愛結婚的嚮往、對於婚戀自由的爭取，實不能逕此等同於其輩願意完全實踐愛倫凱「自由戀愛」之說。特別是在「自由」二字的意涵上，愛倫凱與五四時人顯然分歧甚大。愛倫凱因推崇戀愛靈肉合一的崇高價值，而鼓吹應使愛情、婚姻、貞操等各方面皆不受外界命令控制的「自由戀愛」；但五四時人卻一再試圖為「自由戀愛」劃定某些界線，或可不被濫用、或可有定則依循、或可知如何操作。換言之，五四時人所追求的「自由戀愛」，實際上，仍只是有限度的自由。

常言道：「橘生淮北而為枳」，在五四時人只想追求有限度的自由戀愛，又對愛情本質和異性相處技巧缺乏清楚概念的情況下，③ 涵括靈肉合一及女權思想的愛倫凱「自由戀愛」，於是被五四時人「修正」為「無論怎麼樣的結婚，凡是有戀愛的，便是有道德。雖經過法律上種種手續而結婚，倘沒有戀

① 同前註，頁二一九。
② 周敘琪，《一九一〇～一九二〇年代都會新婦女生活風貌》，頁一八〇。
③ 林芳玫，《解讀瓊瑤愛情王國》，頁五二。

愛，便是不道德」；[1]最後再進而簡化為：「沒有愛情的婚姻不道德」這樣的口號。[2]五四愛情論述的焦點，也因此很自然地從「自由戀愛的追求與實踐」轉向了「婚戀自由的爭取」。

然而，正如《恨海》裡連逃難都不忘對未婚夫避男女之嫌的女主角棣華所演示的，[3]傳統婚戀的進行模式應為「**訂婚↓定情↓完婚↓肌膚之親**」，婚戀自由的限制，為「愛情」與「性關係」帶來了婚姻的穩固保障。於是，當五四青年們開始捨棄傳統模式，熱衷於體會「**靈肉合一的戀愛↓結婚**」這樣新模式時，其結果便是使得「戀愛自由」、「性自由」、「婚姻自由」三者越來越糾結不清，也使得原本就在諸多自由議題裡身處弱勢地位的五四女性，其愛情體驗變成了一場必須同時爭取「戀愛自由」、「婚姻自由」、「性自由」的艱鉅挑戰。下節筆者即就相關文獻整理若干五四女性愛情個案，以更深入瞭解五四社會中的女性愛情處境。

第三節　從五四社會事件來看當時新舊女性的愛情處境

貝克夫婦《愛情常混亂》認為，現代女性的愛情困境乃因現代社會個人化過程在教育、經濟等方面

① 瑟廬，〈近代思想家的性慾觀與戀愛觀〉，頁六至八。
② 藍承菊，《五四思潮衝擊下的婚姻觀》，頁八四。
③ 吳趼人，《恨海・第二回》，頁一〇至一二。

所提供女性的成長新助力，使現代女性擁有更高的自我期許，也使其在愛情中不得不經常處於要為自己活還是為別人活的掙扎。[①]而在五四女性此一性別群體當中，並非每個女性都有機會得到婦女解放運動的成長助力，所以本節有關五四女性愛情處境的討論，將依五四女性是否接受新式教育、是否擁有個人收入等「現代化程度」等粗分為新、舊女性來進行，以利探究。

一、舊女性

在筆者目前可見的資料中，受到愛倫凱自由戀愛新思潮衝擊最大的，並不是五四時期的新女性，而是未蒙新式教育之利、不具個人經濟能力的舊女性。五四男性經常以此為理由對舊女性提出退婚、離婚或分居。

藍承菊曾針對《民國日報》一九二〇至一九二三年「覺悟」專欄裡的婚姻問題討論進行整理，發現五四男性最常以「未婚妻沒讀過書」的理由提出解除婚約的要求。[②]縱使結了婚，後來被迫離婚的舊女性也大有人在，東南大學教授鄭振壎和其元配啟如的故事就是一個例子。

一九二三年二月一日《婦女雜誌》第九卷第二期，刊登了東南大學鄭振壎教授以親身經歷所寫的

① 貝克，《愛情常混亂》，頁一〇、三七。
② 藍承菊，《五四思潮衝擊下的婚姻觀》，頁一九八至二〇一。

〈我自己的婚姻史〉。在這篇文章中，鄭振壎詳敘自己如何接受父母安排與夫人啟如訂婚、如何與啟如在婚姻關係中互動、如何心灰意冷走上分居之路的種種過程；同時，鄭振壎也在其中誠實的抒發了個人感想。起先，他認為啟如雖然沒有接受過新式教育、還纏過足，但「她既有改良的希望，就不妨認她為知己」。可是，過了新婚蜜月期以後，啟如卻未能順從鄭振壎之意不擦粉、不纏足，兩人因此時起摩擦；而最令他感到受傷的是，啟如竟然無法在他生氣難過的時候馬上安慰他。於是，最後鄭振壎身心俱疲地提出離婚，並為啟如開出豐厚的條件，他自認這樣是對雙方最好的結局。鄭振壎這篇文章在當時引起五四社會極大的迴響。①

很明顯，接受過新式教育的鄭振壎，期待的是一個「進步」而「現代」並懂得戀愛的妻子；可是，在鄭振壎筆下的啟如，表現的卻是全然「傳統的」妻子。因此，從這個角度來看，鄭振壎與啟如之間的愛情所以失敗，並不是男方不夠用心訓練，也不是女方不努力學習；而是兩人對愛情的認知存在著巨大的落差。簡單的說，鄭振壎要的浪漫愛情，啟如給不起；啟如傾全力能給的，也不是鄭振壎想要的浪漫愛情。

類似的落差在徐志摩（1897-1931）與張幼儀（1900-1988）身上更為明顯。對徐志摩這位浪漫多情的丈夫來說，不管張幼儀怎麼改變自己，他愛的都不是她。然而，張幼儀那廂卻始終都很難理解：為甚

---

① 鄭振壎，〈我自己的婚姻史〉，《婦女雜誌》第九卷第二期（一九二三年二月），頁七至八。藍承菊，《五四思潮衝擊下的婚姻觀》，頁二二九至二四五。

麼他們兩人的婚姻會像「小腳與西服」的搭配永遠不可能協調。①

離婚之外，五四舊女性也經常飽受丈夫出軌的愛情困擾。由於「先成家再立業」的傳統觀念以及早婚的習慣使然，五四男性赴外地求學謀職前多已在家鄉娶妻；再加上「沒有愛情的婚姻不道德」這樣的口號，又為五四男性在婚姻之外另謀新歡提供了新道德的保障，婚外情事件因而在五四社會屢見不鮮。②

屈指數來，諸如：陳獨秀（1879-1942）、胡適、郭沫若（1892-1972）、郁達夫、茅盾（沈雁冰，1896-1981）、徐志摩等人都曾為了另有所愛而冷落髮妻。③魯迅更曾直言元配朱安（1878-1947）只是母親贈送的禮物，無關愛情。④朱安也因此與魯迅做了多年有名無實的夫妻。

五四男性總認為難以和舊女性發生浪漫的愛情，而她們也果真難以明白什麼是浪漫的愛情，這正是五四舊女性愛情處境最困難也最令人唏噓之處。五四舊女性雖然生活在追求個人主義的五四社會，但卻

---

① 張邦梅著，譚家瑜譯，《小腳與西服——張幼儀與徐志摩的家變》（臺北：智庫股份有限公司，一九九六年）。

② 蘇雪林，《浮生九四——雪林回憶錄》（臺北：三民書局股份有限公司，一九九一年），頁四五。梁惠錦，〈婚姻自由權的爭取及其問題（1920-1930）〉，收入呂芳上編，《無聲之聲（Ｉ）》，頁一二二至一二三。

③ 蔡登山，《人間四月天——名人的愛情故事》（臺北：翰音文化事業股份有限公司，二〇〇〇年），頁五六至六六、七一至七五、七九至九三、九六至一〇八、一二四至一三三、一四〇至一四五。

④ 曹聚仁，《魯迅評傳》（上海：復旦大學出版社，二〇〇六年），頁二二三至二二四。

得不到五四社會在教育、經濟兩方面提供給女性成長的助力，又與婦女解放運動關係疏遠，面對「沒有愛情的婚姻不道德」這股夾雜沛然之勢而來的婚戀流行思潮，舊女性幾乎毫無招架之力，根本無法也無暇感受新思潮，更遑論是去思考個人對婚姻、對愛情、對自我的期許。

而更令人感傷的是，除了少數如張幼儀曾口述那段歷史並由姪女張邦梅（Pang-Mei Natasha Chang）紀錄成《小腳與西服》（1996）一書傳世外，絕大多數在五四愛情中處於弱勢地位的舊女性皆無法為自己發聲，只能是別人筆下被同情、被討論的對象。①例如，前述鄭振壎〈我自己的婚姻史〉中的女主角啟如，其形象便是透過鄭振壎這個想將離婚合理化的丈夫而存於史料文獻中的；至於啟如到底對這段婚姻、對丈夫的轉變、對自己的未來有何想法，早已淹沒在歷史的煙塵裡，外界並未能得知。

二、新女性

相較於舊女性的沉默委屈，受過新式教育或擁有個人收入的新女性，其面對愛情的態度已然強勢不少，特別是教育為五四女性開拓的新視野，更讓她們勇於實踐自由戀愛，追求有愛情的婚姻；這點從五

① 藍承菊在整理一九二〇年至一九二三年上海《民國日報》副刊〈覺悟〉當中有關婚姻問題的討論後，曾感嘆：「以男子為主的婚姻痛苦，讀者可以看得清楚，但是我們看不到被男子嫌棄的未婚妻或妻子的反應是什麼？」藍承菊並認為，這是因為「參與婚姻問題的討論者，仍以男性知識份子為主」，而婦女基於「美德」和普遍為文盲的限制，所以無法表達自己個人的需求；藍承菊，《五四思潮衝擊下的婚姻觀》，頁二〇九。

四當時通行的雜誌文本喜好以女學生為愛情故事主角，[1]便可略窺一二。

只是，五四新女性雖然比舊女性嚐到更多甜蜜的愛情滋味，不過當時將「戀愛自由」、「婚姻自由」與「性自由」綑綁於一處的五四愛情思維，也讓新女性比舊女性飽受更多愛情痛苦的折磨。以下，筆者即將其愛情掙扎概分為「選擇結婚對象，要顧全愛情？還是親情？」、「戀愛以後，要先性再婚？還是先婚再性？」、「成為第三者，要重視愛情？還是輿論？」、「愛情生變，要繼續婚姻？還是另謀出路？」、「婚姻，是愛情的勝利？還是墳墓？」等五種來討論。

（一）選擇結婚對象，要顧全愛情？還是親情？

五四青年經歷過新式教育洗禮，自然容易認同戀愛結婚的重要；可是，一路和現實搏鬥過來的五四家長們，在柴米油鹽的現實之中體會到卻是「貧賤夫妻百事哀」，不免希望子女能在婚姻中獲得生活安定的幸福。面對父母如此「善意」的婚姻安排，為人子女者並不容易拒絕，親情的牽絆越深，尤其越難直抒己見。舉例來說，五四女作家中的蘇雪林，便是為了母親而與已無好感的未婚夫完婚。[2]

---

① 蔡玫姿，《發現女學生》，頁四九至五四、一五〇至一七五。

② 蘇雪林，《蘇雪林自傳》（淮陰：江蘇文藝出版社，一九九六年），頁五八、六二、一五四至一五八。

而另一位五四女作家凌叔華，則選擇了以溫和理智的方式來向父母爭取婚戀自由、實踐個人意志。一九二四年，就讀燕京大學的凌叔華認識了當時的北京大學教授陳源（1896-1970），之後兩人便秘密地陷入愛河。凌叔華的父親凌福彭非常守舊，為使這段戀情可以順利開花結果，他們故意在凌叔華大學畢業那年的六月央求一位世交長輩前去說媒。這位嫻熟世故的長輩假意拜訪故交，先從自家門庭談起，再閒聊凌家子女，有意無意提到凌叔華如今學業有成，終身大事也應有所著落，接著再大力吹捧陳源的才華、地位和名聲，卻隻字不提他倆已自由戀愛；凌福彭最後高興地同意這門親事，兩人旋即於同年七月舉行了婚禮。①

凌叔華這樣爭取婚姻自由的方式，不僅符合舊中國期待女性「在家從父」的期望，也符合新中國期待女性爭取戀愛自由、婚姻自由的期望，聰慧的為父母親情與男女愛情之間的掙扎找出了解決之道，創造出父母與子女雙贏的機會，實乃難得。

除上之外，選擇以激烈手段向父母表達個人意願的，其實也大有人在。根據一九二八年九月二十一日上海《申報》〈自由女控父母阻止真愛情〉的報導，內外棉第四廠女工孫小妹本與青年王書義相戀，誰知好事多磨，父母將其另許他人，孫小妹因此離家出走。孫家父母一怒告上法院，控告王書義誘拐良家婦女；孫小妹不甘示弱出面反告父親「不合潮流」，並請求法院保障她自由戀愛的婚姻。雙方最後各

① 蔡登山，《人間花草太匆匆——卅年代女作家美麗的愛情故事》（臺北：里仁書局，二〇〇〇年），頁一四至一六。

執一詞，並未庭外和解。[1]

儘管親情與愛情之間衝突自古即有，但孫小妹公然與父母決裂、甚至對簿公堂，其對「在家從父」此一律條的挑戰明顯強過傳統女性。筆者認為，孫小妹所以能在親情與愛情的掙扎之間如此「強勢」，原因可能有三：一是經歷過婦女解放運動與愛倫凱自由戀愛思想洗禮的五四社會，此時已願意給予孫小妹這類主動爭取有愛婚姻的女性較多的支持，而事件的發生地上海，風氣又較開放，孫小妹因此容易得到社會支持；此點從上海法院並未逕判孫小妹敗訴或駁回告訴，便可得證。[2]二是孫小妹與王書義之間當時可能正當濃情蜜意，彼此渴望長相廝守的心意亦值堅定，故而孫小妹可無「後顧之憂」的對抗父母。三則是孫小妹身為女工擁有個人收入，經濟上不需仰賴父母扶養，父母的牽制力較為有限，其展現個人意志的空間亦因此得以較傳統女性更為寬大。總而言之，孫小妹的例子，正好清楚展現了五四新女性如何因為五四社會教育、經濟、愛情思想等方面的助力，更願意正視自我對於愛情的渴望、更願意在愛情上表現個人的主體性。

---

① 佚名，〈自由女控父母阻止真愛情〉，《申報》，一九二八年九月二十一日，轉引自許慧琦，《「娜拉」在中國》，頁二〇五至二〇六。

② 民初承襲清律，規定男女結婚需經父母和祖父母等主婚人的同意；而一九二六年國民黨第二次全國代表大會通過「婦女運動決議案」，算是初步奠定了婚姻自由權的基礎。一九二八年孫小妹為婚姻自主權與父母對簿公堂之時，法院能給予庭外和解的機會，已可見出五四社會當時女性婚姻自主權的空間已明顯大於過往；參見藍承菊，《五四思潮衝擊下的婚姻觀》，頁六〇。梁惠錦，〈婚姻自由權的爭取及其問題（1920-1930）〉，頁一〇四。

（二）戀愛以後，要先性再婚？還是先婚再性？

愛倫凱既主張戀愛要靈肉合一，而沒有愛情的婚姻又不道德，如此一來，愛情道德勢必會與中國女性過去為婚姻關係所桎梏的「性道德」產生正面衝突；五四新女性亦因此不得不面臨「戀愛以後，要先性再婚？還是先婚再性？」這樣的難題。馬振華的遭遇就是一個例子。

馬振華受過正規高小教育、也上過刺繡專門學校，接受不少新式思想的薰陶。其在一九二七年與男子汪世昌自由戀愛，兩人開始交往時，馬振華便一再向對方強調自己並非「自輕自賤」之人；託人說媒時，其也頗擔心一旦失敗將貞名盡毀；待到婚期終於底定，馬振華又因兩人發生性關係時遭到汪世昌懷疑並非處女，多次與其發生爭吵，最後含怨寫下血書投河自盡，以死明志。此事當年在上海轟動一時。①

且不論馬振華之死是否愚笨，很明顯的，使其走上絕路的，不是別的，正是「處女情結」。即使馬振華、汪世昌明明是以新式的自由戀愛方式在進行交往，即使愛倫凱主張的自由戀愛明明也不將貞操定義成獻身男性的第一次；②但是，顯而易見的，在這一對情人心中，男方仍將「非處女」視為女方的

---

① 海青，〈傷逝〉，頁七八至八五。

② 愛倫凱，〈愛倫凱的婦人道德〉，頁一六、二〇、二一；愛倫凱，〈愛倫凱的婦人道德（續）〉，頁二〇至二五。

缺點，女方亦以男方指控其「非處女」為恥。由此可知，愛倫凱自由戀愛的靈肉合一，雖然以時代新思潮的力量「提醒」五四新女性：在精神享受戀愛的同時必須直視肉體的需求；不過，傳統的貞節規範顯然並未完全鬆動其桎梏，仍以「失節事大」的性道德觀念要求新女性「看守」個人身體，切勿所託非人。於是，「靈肉合一的自由戀愛」與「失節事大的女性貞操」這兩種衝突的觀念在五四社會所造成的矛盾期待，便造成了馬振華這類五四新女性在享受自由戀愛滋味的同時，也不得不陷入「失貞焦慮」之中。

（三）成為第三者，要重視愛情？還是輿論？

如果說，「沒有愛情的婚姻不道德」這樣的思維為五四社會層出不窮的男性婚外情事件提供了道德正當性；那麼，這些有婦之夫的追求，也把五四新女性推向了痛苦的深淵，使未婚的她們在擁有愛情的同時，不斷飽受輿論的非議。為此，有人不顧一切與男方共築愛巢，如廬隱之於郭夢良（1898-1925）；也有人索性希望自絕於情愛之外以避免糾纏，如石評梅之於高君宇（1896-1925）。

廬隱與郭夢良兩人在同鄉會初識之時，廬隱正是芳華青春的女高師學生，郭夢良則是已在家鄉娶妻的北京大學學生。兩人本先互許為精神上的知己，終究仍情愫漸生、無可自拔，這招來輿論非議的愛情曾令廬隱十分痛苦，然而郭夢良的熱烈追求也同樣令廬隱難以割捨；一九二三年，兩人終以「同室」名義於上海舉辦婚禮。而郭夢良的髮妻一直待在福建老家服侍公婆，以致廬隱在郭夢良死後護送靈柩返鄉時，遭受到了侮辱。①

而石評梅則是赴北京求學時，與同在異鄉求學的吳天放戀愛。後來卻發現吳天放不僅已婚還奢望享受齊人之福，傷心不已的石評梅只好斬斷情絲。不久，高君宇闖入石評梅的愛情生活；石評梅一方面自慚形穢認為她不配擁有愛情，一方面也不願再接受和吳天放同為有婦之夫的高君宇。沒料到，高君宇卻是一個不同於吳天放的癡情種子，不但為她設法與家鄉元配離婚，還因她的狠心拒絕一病不起，石評梅至死都對這個遺憾悔恨不已。②

綜上來看，有婦之夫的追求，顯然使五四新女性在婚姻道德與愛情道德之間產生了矛盾的困境。就五四流行的愛情道德而言，她們是爭取有愛婚姻的勇士，努力完成自我期待；但就中國傳統的婚姻道德而言，她們也是介入他人婚姻的第三者，破壞他人家庭幸福。所以，筆者認為，自由戀愛帶給五四新女性的，並非僅有符合時代潮流的成就感，實際上還夾雜著自我品德墮落的罪惡感。其間的心理掙扎與惶恐，豈是「覺醒」到自己是個「真正的人」這樣的時代光環就可以輕易撫平？廬隱與石評梅這對知交的愛情境

---

① 廬隱，〈郭君夢良行狀〉，收入廬隱著，吳丹青編，《廬隱散文全集》（鄭州：中原農民出版社，一九九六年），頁一八七至一八九。蔡登山，《人間花草太匆匆》，頁六八。盧君，《廬隱新傳——驚世駭俗才女情》（臺北：新潮社，一九九六年），頁五九至九三。

② 廬隱，〈石評梅略傳〉，收入《廬隱散文全集》，頁五三六至五三九。蔡登山，《人間花草太匆匆》，頁一五三至一六五。

遇，正好說明了愛情之於五四新女性，絕對不是靠勇氣、靠反抗舊禮教就能建構出幸福城堡的幸運物。

（四）愛情生變，要繼續婚姻？還是另謀出路？

每個人總希望愛情天長地久，然而，現實中的愛情卻往往既脆弱又善變。例如，在狂熱追求自由戀愛的五四社會，時有所聞的便是：「情書沒寫兩個MISS就要求婚」的浮蕩少年，其動輒以哭、跪、自殺等癡纏的哀兵手段求愛，又以始亂終棄收場。①

此外，愛情善變易逝的現實，也使得原本「有愛情的婚姻」可能轉變成「沒有愛情的婚姻」。《婦女雜誌》第九卷第十二期就曾刊載一篇〈戀愛的悲劇〉，梅淑娟本與CH君、某君是研究學問的好朋友，一日某君向梅淑娟求婚，梅淑娟自認某君比CH君與她在學問興趣上更相切，加上她有意反對父母之命的婚姻，於是便同意求婚。頑固的父親果然反對這件婚事，梅淑娟為了表示抗議因此改名「笑孝」，藉此嘲笑父親竟意圖以「孝順」綑綁女兒，並逕自與某君結婚。誰知，某君返回原籍之後，竟又順從父母之命再婚，梅淑娟為此含悲而死。②

---

① 沙菲，〈婚姻不是女學生的急務〉，《婦女雜誌》第十一卷六期（一九二五年六月），頁九二九至九三〇。雲菁女士，〈男女同學中的女同學之二〉，《婦女雜誌》第十一卷六期（一九二五年六月），頁九七八。藍承菊，《五四思潮衝擊下的婚姻觀》，頁一一五至一一六。

② 黃亞中，〈戀愛的悲劇〉，《婦女雜誌》第九卷一二期（一九二三年十二月），頁三七至四一。

面對這樣的愛情現實，有人像梅淑娟一樣含悲而死，但也有人像范成金選擇離婚。[①]范成金和梅淑娟同樣也是為自由戀愛和男友私奔結婚，而當家庭經濟、第三者介入等因素，使得當初極力爭取的婚姻變成了沒有愛情的不道德婚姻，范成金索性走上了離婚一途。[②]

值得注意的是，嚐到愛情易逝善變苦果的並不都是「女性」，還有少數像盧隱這樣以五四新女性之姿使男性嚐到愛情善變苦果的例子。盧隱十七歲時認識林鴻俊，林鴻俊是盧隱姨母的親戚，曾留學日本，當時隻身一人停留在北京。他非常喜歡盧隱並向她們家提親。盧隱母親黃夫人起初並不贊成，對林鴻俊有些好感的盧隱卻表示自己同意此事，母親深知盧隱個性執拗，只好同意兩人訂婚。盧隱中學畢業後，先後任教北平公立女子中學、安徽安慶小學及河南女子師範學校，接著又考入北京女子高等師範學校國文系，知識漸多、見聞日廣，與林鴻俊之間日漸出現裂痕。最後當林鴻俊表示有意到軍閥政府擔任官僚時，盧隱終於忍無可忍提出解除婚約的要求，家人雖無法理解盧隱的反覆無常，還是讓步同意了此事。[③]

---

① 根據陳慧的研究，五四新女性不但在婚姻缺乏愛情時，願意主動離婚，也勇於撰文討論離婚意見，或是以經濟獨立的行動證明離婚無害女性，展現出強烈的女性意識；陳慧，〈蹣跚的第一步——從婚戀家庭視角透視五四運動後女性意識的嬗變〉，《牡丹江教育學院學報》二〇〇五年第六期（二〇〇五年六月），頁一三至一四。陳慧，〈從五四後新女性離婚態度的改變透視女性意識的嬗變〉，《滄桑》二〇〇八年第四期（二〇〇八年四月），頁二七至二八。

② 明星，〈評一個離婚者〉，頁一五二。

③ 盧隱，〈盧隱自傳〉，收入《盧隱散文全集》，頁四八〇至四八一、四九六至四九八。蔡登山，《人間花草太匆匆》，頁六七。盧君，《盧隱新傳》，頁三一至五八。

為了忠於自我的愛情感受，廬隱不但挑戰家長權威，也勇於否定自己過去所做的決定與判斷；同時違背了中國傳統社會與五四現代社會對女性的期待。前者期待柔和順從的女性，後者則期待一個不濫用自由戀愛的新賢妻良母。由此看來，廬隱完成自我愛情期許的渴望，顯然十分強烈。

綜上可知，儘管在五四時人的觀念裡，戀愛自由、婚姻自由應是綑綁於一處的；可是，在五四新女性的實際情感經驗裡，卻已經發現愛情並不能保障婚姻的長久，而除了由男性付出的愛情可能善變外，新女性自己同樣也開始會在愛情裡改變心意，不再堅持從一而終。

（五）婚姻，是愛情的勝利？還是墳墓？

俗語說：「結婚是戀愛的墳墓」；而追求「有愛情的婚姻」在五四社會既然如此重要，女性一旦踏入婚姻，自然更容易對戀愛生活與婚姻生活的不同感到失落。舉例來說，五四女作家中的廬隱便是如此。雖然她與郭夢良的婚姻得來不易，郭夢良待她亦真情真意，可是，廬隱結婚以後並不快樂。

她曾在自傳中表示：

> 在這種變化中，我的心情是複雜的。一方面我是滿足了——就是在種種的困難中，我已和郭君結了婚。而一方面我是失望了——我理想的結婚生活，和我實際的結婚生活，完全相反。在這種心

情中，又加著家庭的瑣事，我幾乎擱筆半年不曾寫文章。①

由上來看可知，五四新女性即使能戀愛結婚，也不能保證婚姻生活可以如愛情生活一般美麗；這對相信「沒有愛情的婚姻不道德」、以為自由戀愛是婚姻幸福保障的五四新女性來說，不啻是一種嚴重的打擊。

此外，五四新女性若婚後繼續工作成為職業婦女，其婚姻生活更是雪上加霜。陳東原《中國婦女生活史》（1928）曾指出：

> 中國今日從事職業的女子怎樣呢？
>
> 女教員們，一週擔任二三十小時功課，回家還要帶小孩子，燒飯，洗衣。晚上還要改卷子，預備功課，一有閒暇，還想打毛繩衣，做小孩鞋襪，即使僱有女僕，有許多事還是要親自做的，這生活該有多苦，但這是平時的現象，如果又懷了孕，便不得不為生育著急了。差不多的時候，便得暫停職業，一個孩子出了世精神衰頹了一大半，對於職業，就要發生厭倦了。所以那結過婚的女子，從事職業總是不長久的……②

① 廬隱，〈廬隱自傳〉，頁五〇六。蔡登山，《人間花草太匆匆》，頁六八至六九。盧君，《廬隱新傳》，頁五九至八八。

② 陳東原，《中國婦女生活史》，頁三九八至三九九。

可見，夾處在家庭與職場之間的五四新女性，實在有如蠟燭兩頭燃燒，為兼顧工作與家庭而備受煎熬。五四女作家陳衡哲就是這樣的一個例子。

陳衡哲曾考取清華學堂留美名額才華出眾，留學美國之時又頗得胡適敬重，再加上學成尚未歸國之際，便已獲得北京大學校長蔡元培（1868-1940）聘用，由此皆可見出陳衡哲確實才能非凡。此外，由一九二四年陳衡哲參與調停朱君毅與毛彥文解除婚約之事時，對毛彥文猶然袒護朱君毅的見異思遷竟一度氣憤到想退席抗議，亦可得知陳衡哲並非贊同中國傳統女性柔順處事價值觀之人。①然而，其卻在夫婿任叔永（1886-1961）到南京擔任國立東南大學副校長之後，先是轉至東南任教，後來更為了教育家中的三個子女選擇辭去教職，②專心戮力母職。③可見，即使是如陳衡哲這般優秀的女性，要在工作與家庭之間保持平衡亦非易事，否則婚前盡力為自己爭取求學權利的陳衡哲，婚後也無必要捨棄教職全心經營家庭。

陳衡哲這樣的例子，與貝克夫婦《愛情常混亂》裡德國第二現代女性情願執著自己的期待放棄婚姻的狀況，④明顯有異。筆者認為，之所以會出現這樣的差異，除了是因為《愛情常混亂》此書的研究對

---

① 毛彥文，《往事》，頁一七二至一七三。

② 喻蓉蓉，《五四時期之中國知識婦女》，頁一二四至一二五。

③ 根據黃嫣梨的研究，陳衡哲乃將母職視為神聖而且特殊的事業，並認為母職就是家庭教育年輕人的工具；黃嫣梨，〈中國近代史上的革新婦女——陳衡哲的女性意識〉，《徐州師範大學學報》第三十卷第四期（二〇〇四年七月），頁二。

④ 貝克，《愛情的正常性混亂》，頁一〇八。

象乃一九六〇年之後的德國第二現代社會，[1]跨越一九二〇、三〇年代的五四社會與其社會發展型態本就不同之外，應也與中國的婦女解放運動與西方的發展過程不同有關。婦女解放運動的目的應該是要讓女人做女人，但五四中國婦女解放運動卻是要讓女人做男人，期待女人做符合男人標準的「人」。[2]因此，儘管五四現代社會已經歷過婦女解放運動，但其性別（gender）觀念的水準仍舊很難與西方現代社會同步，其對女性的性別角色期待自然也很難真正從傳統觀念裡得到「解放」。

中國傳統女性要恪守三從：「未嫁從父，既嫁從夫，夫死從子」，[3]這是中國對女性扮演性別角色的傳統期待。而五四女子教育期待培養出的則是「進步的賢妻良母」，希望五四女性像中國傳統女性一般的「賢良」，如西方現代女性一般的「進步」。換言之，縱然五四社會對女性有著新的、進步的需求，可是實際上對於女性如何扮演妻子、母親的期待並沒有發生太大的改變，仍是期待她們以家庭為重、仍是希望她們成為家庭的附屬品。所以，身處其中的五四新女性，根本得不到改變妻子、母親這兩個性別

---

① 劉維公，〈愛情與現代性——評Ulrich Beck與Elisabeth Beck-Gernsheim《愛情之完全正常混亂》〉，《東吳社會學報》第一〇期（二〇〇一年五月），頁二九九至三一一。

② 王政，〈「女性意識」、「社會性別意識」辨異〉，頁一五至一六；又收入《婦女與社會性別研究在中國》，頁八〇至八二。

③ 《儀禮‧喪服》：「婦人有三從之義，無專用之道。故未嫁從父，既嫁從夫，夫死從子」；〔漢〕鄭玄注，〔唐〕賈公彥疏，〔清〕阮元審定、盧宣旬校，《十三經注疏‧儀禮注疏》（臺北：藝文印書館，一九九三年），第三十卷，頁一五，新編頁三五九。

角色扮演方式的資源與機會，因此較難如貝克夫婦所言為妻職與母職產生重大的性別角色衝突。①特別是在母職上。五四此時無論是整體社會期望、中國傳統婦教、扮演丈夫的男性、甚至女性自己，都不希望「兒女的母親」會成為追求自我期許的「個人」。故而，在筆者目前可見的資料中，也鮮少有五四新女性為個人事業放棄母職。之前提及對婚後生活不滿的廬隱，便曾猛力抨擊：「娜拉究竟是極少數，而大多數的婦女呢，仍然作著傀儡家庭中的主角」②，憤慨之情溢於言表。就連陳衡哲這般優秀的女性，最後也為了孩子的教育辭去工作專心照顧家庭。基進女性主義者（radical feminists）認為，「母親角色」正是使婦女不得自由的根源，③由此看來似乎所言不虛。

而若將貝克夫婦《愛情常混亂》中的德國第二現代女性愛情處境，與本章對中國五四新舊女性愛情處境的探討加以比較，筆者發現：

首先，受新式教育、擁有個人經濟收入的五四新女性，其愛情壓力的來源，除了《愛情常混亂》所

---

① 貝克夫婦書中有不少章節探討女性在妻子、母親這兩個性別角色上所遭遇的男女地位鬥爭問題，例如第三章〈自由戀愛與自由離婚〉、第四章〈對孩子的摯愛〉、第五章〈夏娃最後的蘋果〉等皆是。此外，該書對母職的討論份量並遠多於妻職；貝克，《愛情的正常性混亂》，頁一三九至二八八。

② 廬隱，〈今後婦女的出路〉，收入《廬隱散文全集》，頁一六一。

③ 林芳玫等，《女性主義理論與流派》，頁一三八至一四二。〔美〕羅思瑪莉・佟恩（Rosemarie Tong）著，刁筱華譯，《女性主義思潮》（*Feminist Thought: A Comprehensive Introduction*）（臺北：時報文化出版企業股份有限公司，一九九六年），頁一四四至一六〇。

提及女性身處職場與家庭之間的衝突外，其實還包括許多其他的因素：比如，父母家人對婚姻自由的關心所造成親情與愛情的衝突，以及貞操道德、婚姻道德等觀念介入自由戀愛的過程所產生的糾葛……等。而五四時人又每每樂於討論社會各類愛情事件，①並不將愛情視為旁人無權置喙的個人私事，這些輿論的壓力往往又更加重了五四女性面對愛情時的心理負擔。這樣看來，五四女性的愛情處境，的確是遠比德國第二現代女性來得更為複雜。

其次，五四新女性與貝克夫婦所論的德國第二現代女性最大不同之處，乃在於該書甚少提及未婚女性的愛情掙扎，但這卻是五四新女性眾多愛情處境裡掙扎最深的地方。為追求有愛情的婚姻，她們不但要如貝克夫婦所言努力與愛情世界中的另一個性別「五四男性」進行現代愛情的「地位鬥爭」，②而且還要挑戰中國傳統「在家從父」的觀念，面對諸多五四社會將戀愛自由、婚姻自由、性自由混雜一處的非議與質疑，處境實是多舛。愛情處境如此動輒得咎，難怪會有某些五四女性最後選擇獨身或自殺來逃避婚姻。③

---

① 藍承菊，《五四思潮衝擊下的婚姻觀》，頁二一五至二四五。許慧琦，《「娜拉」在中國》，頁一八九至二三六。海青，〈傷逝〉，頁七八至一〇七。

② 貝克，《愛情的正常性混亂》，頁三。

③ 藍承菊，《五四思潮衝擊下的婚姻觀》，頁一一九至一二〇。游鑑明，〈千山我獨行？──二十世紀前半期中國有關女性獨身的言論〉，《近代中國婦女史研究》第九期（二〇〇一年八月），頁一二五至一八七。海青，〈傷逝〉，頁六四至六八。

此外，由前述石評梅與吳天放、高君宇等有婦之夫戀愛的例子可知，舊女性儘管屈居愛情弱勢，但對同處五四社會的新女性而言，仍舊會帶來「本是同根生，相煎何太急」的壓力。

本章小結

貝克夫婦《愛情常混亂》一書認為，現代社會的個人化過程，會使因教育機會和經濟收入得到改變的現代女性重視自我期許，經常夾處於職場與家庭之間的性別角色衝突。但是，綜上探討可知，對身處五四社會的女性來說，使五四女性愛情產生混亂的因素，除了職場與家庭間的性別角色衝突，更重要的其實是五四社會對女性性別角色的「新」「舊」期待；以及五四時人一方面鼓吹自由戀愛，另一方面卻又將戀愛自由、婚姻自由、性自由綑綁於一處的矛盾思維。

而綜合本章的探討來看，五四社會中的女性愛情處境，或可以概括為三類：

一是五四舊女性容易因為丈夫期待一個「懂得愛情的妻子」，而在婚姻中與丈夫發生情感衝突。

二是五四新女性容易因為父母期待一個「溫順守禮的女兒」，而在決定結婚對象時與父母發生情感衝突。

三是五四新女性容易因為男性期待一個「『新思想舊道德』①的女性伴侶」，而在其戀愛開始到結婚以後，都與男性親密伴侶不斷發生與愛情、婚姻相關的各種掙扎。諸如：「選擇結婚對象，要顧全愛情？還是親情？」、「戀愛以後，要先性再婚？還是先婚再性？」、「成為第三者，要重視愛情？還是輿論？」、「愛情生變，要繼續婚姻？還是另謀出路？」、「走入婚姻，是愛情的勝利果實？或墳墓？」等等都是。

若將此三種五四女性愛情處境再加歸納統整，其困難之處則又可概分為二：一是婚前為爭取婚姻自由而與父母家長發生衝突，另一則是戀愛後或婚後因種種婚戀問題與情人或丈夫發生衝突。

五四女作家身為新女性、並同時身處五四社會之中、又能親身感受五四女性愛情處境的困難與複雜，其會如何在小說虛構世界中回應上述這些現實社會中的五四女性愛情處境難處呢？

① 語出章錫琛。其表示，在五四時人所想像的「現代的」戀愛裡，女性形象乃應是「新思想舊道德的新女子」。而這樣的女子「新是在思想上的；她們會剪髮、會穿旗袍，會著長統絲襪和高跟皮鞋，她們也會談女子解放，男女平權，乃至最時髦的國民革命。然而，你如果一考察她們的道德觀念，她們卻依舊崇拜孝親敬長之風，勤儉貞淑之德，夫唱婦隨之樂。在舊式小姐身上，穿上一套新式的衣服，這正是現代的所謂的『新女子』」；章錫琛，〈新思想舊道德的新女子〉，《新女性》第三卷第六號（一九二八年六月），轉引自海青，〈傷逝〉，頁八六。

本書的第參、肆章，即就上述兩種衝突將五四女作家小說愛情論述分成「爭取婚姻自由」、「探索性別主體」兩大面向觀察，試圖藉此深入挖掘女作家為五四女性愛情處境而發出的女性聲音。接下來的第參章，筆者將先針對五四女性在決定結婚對象時容易與父母家人發生之愛情與親情衝突，分析五四女作家小說如何以「爭取婚姻自主」為其愛情論述之主要議題。

第參章　五四女作家小說愛情書寫之主要議題：爭取婚姻自由

由於得到五四社會在教育、經濟等方面所提供的成長助力，五四新女性對於完成自我期待具有著比舊女性更強烈的渴望；[1]而這樣的渴望反映在婚戀問題上，最明顯的影響就是使其很容易就因為「渴望『未來擁有』一個有愛情的婚姻」，在決定結婚對象時與期待一個「溫順守禮的女兒」的父母家人發生衝突；婚姻自主權的爭取，因此成為五四新女性追求自由戀愛的重要手段。例如，一九一九年轟動當時社會的湖南長沙趙五貞自刎案，趙五貞就是為了表示自己拒絕接受父母家人所安排的婚姻，在出嫁當日自盡於花轎之內。[2]如何從父權社會的家長手中取得婚姻自主權，也因此成為五四女作家小說關切的主要議題。

[1] 見本書第貳章〈社會中的五四女性愛情處境〉。

[2] 藍承菊，《五四思潮衝擊下的婚姻觀》，頁一七八至一九一。

五四女作家小說之中，新女性因爭取婚姻自由而發生愛情與親情衝突的篇章並不少見，如：廬隱〈麗石的日記〉、馮沅君〈隔絕〉、馮沅君〈隔絕之後〉、馮沅君〈慈母〉、石評梅〈只有梅花知此恨〉（1925）、馮沅君〈寫於母親走後〉、凌叔華〈說有這麼一回事〉、陳衡哲〈一支扣針的故事〉（1926）、馮沅君〈誤點〉、蘇雪林《棘心》、廬隱〈女人的心〉（1933）等篇皆多有著墨。若綜觀此類作品，就作者來看，馮沅君篇數最多，廬隱則內容變化較為多端。

有趣的是，儘管自由戀愛已成為五四引領風潮的新思想，儘管五四女作家也個個皆是欣然領受新思潮的高級女性知識份子，可是其小說中的愛情與親情衝突，除了馮沅君〈隔絕〉、〈隔絕之後〉、〈慈母〉等三篇堅持為自由戀愛而奮戰外，其他五四女作家小說最後的結局都一反時代潮流，讓愛情終究屈服於以親情勢力為屏障的舊禮教之下；此點實堪玩味。總而言之，本章的寫作目的，即在探討五四女作家小說中有關爭取婚姻自由的愛情書寫。以下，筆者便以此為中心將五四女作家小說愛情論述分成：「建立在國族論述上的愛情認同」、「困頓在母女關係中的角色衝突」、「暗伏在異性婚制下的女同心聲」三節探究，期能因此更立體的呈現出其反父權思考之深度。

第一節　建立在國族論述上的愛情認同

愛情之於五四時代，並不僅僅只是男歡女愛；對急於破舊立新的五四新中國來說，「自由戀愛」乃是五四青年反抗父母、反抗舊社會的重要思想武器，[①]這使得整個五四文學都莫名地集體陷入一種將愛情視為新道德象徵的狂熱之中。[②]易言之，肯定婚姻自主權的爭取，亦即肯定了新中國的重建。從這個角度來說，五四國族論述與愛情論述之間，確實有著重大的交集。

而馮沅君〈隔絕〉、〈隔絕之後〉、〈慈母〉這三篇在愛情與親情衝突中堅持為自由戀愛奮戰的五四女作家小說，不但突出了此一交集的存在，更清楚突顯出五四社會將愛情認同建立在國族論述之上的特殊現象。由於前兩篇小說在情節上乃相互連貫，因此筆者將一併討論。

一、馮沅君〈隔絕〉、〈隔絕之後〉

〈隔絕〉是以五四新女性纗華（纗，音墜、攜、衛）為第一人稱的「我」，敘述自己被母親幽禁逼嫁，後來幸得表妹傳信，與情人士軫暗中約定夜裡十二點前來接應的故事。

而〈隔絕之後〉正如篇名，是〈隔絕〉的延續，但〈隔絕〉結尾替纗華暗中傳信的表妹，在〈隔絕之後〉變成了第一人稱敘述者旁觀事件的發展，敘述在纗華與士軫約定逃走的那天晚上，纗華母親忽然病重，家中大亂到三點多，纗華自知逃走無望又不願意順從母意出嫁便留下遺書自殺。纗華母親發現愛

① 林芳玫，《解讀瓊瑤愛情王國》，頁五〇至五二。
② 李歐梵，〈情感的歷程〉，頁一四七。

女香消玉殞，不顧個人病痛哀傷不已，而士軫到場後又毅然選擇殉情，遂使擔任敘述者的表妹同時見識到了姑母對纗華的偉大母愛，以及纗華與士軫間的愛情魔力。①

從小說的主題來看，馮沅君在〈隔絕〉、〈隔絕之後〉這兩篇小說想要傳達的，同樣都是五四新女性試圖調和個人親情與愛情之間的衝突卻終不可得的悲哀。在〈隔絕〉裡，敘述者纗華曾對受述者士軫說：

> 我愛你，也愛我的媽媽，世界上的愛情都是神聖的，無論是男女之情，母子之愛。試想想六十多歲的老母六七年不得見面了，現在有了可以親近她老人家的機會，而還是一點歸志沒有，這算人嗎？我此次冒險歸來的目的是要使愛情在各方面的都得到滿足。不想愛情的根本是只一個，但因為表現出來的方面就矛盾得不能兩立了。（《馮沅君小說・隔絕》，頁二至三）

明知此行危險卻又堅持歸來，只為了使各方面得到滿足；利用這樣的自我表述，敘述者纗華成功為自己返家向母親爭取戀愛自由、婚姻自由的舉動加添了「慷慨赴義」的悲涼。而且，在〈隔絕之後〉裡

① 馮沅君著，孫曉忠編選，《馮沅君小說——春痕》（上海：上海古籍出版社，一九九七年），頁一至一七。又，為免註腳繁瑣，此後將以（《馮沅君小說・篇名》，頁碼）表示。

的纖華，又與趙五貞、趙瑛、陳賜端等人同樣為抗議被剝奪婚姻自主權而選擇「以死明志」；[①]這更成就了纖華為追求自由戀愛不惜犧牲一切的烈士形象。

因此，對照於纖華「偏向虎山行」的慷慨悲涼，在小說敘述裡，一再將自由戀愛視為大逆不道並以死亡為手段要脅兒女的纖華母親，實是愚昧固執。（《馮沅君小說・隔絕》，頁一至三）就此一角度來看，如果說敘述者纖華有意將自己的死咎責於「禮教吃人」，那麼，無疑地，其也有意暗示母親便是吃人禮教的「幫凶」。

不過，若從另一個角度來思考，卻可以發現：纖華這個不斷訴說個人如何掙扎於親情與愛情衝突之間的敘述者，其實所言並不可靠。因為，纖華此趟返鄉之行根本缺乏溝通調停的誠意；其所謂的「各方面都得到滿足」，指的僅僅只是希望母親祝福自己的愛情。小說中，敘述者纖華談及愛情，總是充滿著理直氣壯的驕傲：

---

① 根據藍承菊的研究，這樣以死明志的抗議手段，在五四當時已幾乎成為一種社會現象。藍承菊，《五四思潮衝擊下的婚姻觀》，頁一七八至一九一。

身命可以犧牲，意志自由不可以犧牲，不得自由我寧死。人們要不知道爭戀愛自由，則所有的一切都不必提了。（《馮沅君小說・隔絕》，頁二）

我們統共都只活了四五年，學問上不能對於社會有所貢獻，但是我們的歷史卻是我們自己應該珍重的。我們的精神我們自己應該佩服的。無論如何我們總未向過我們良心上所不信任的勢力乞憐。我們開了為要求戀愛自由而死的血路。我們應將此路的情形指示給青年們，希望他們成功。（《馮沅君小說・隔絕》，頁一一）

由上述兩段引文來看可知，纗華顯然深受自由戀愛新思潮的影響，將戀愛自由視為人世間最重要的價值，不願屈就於任何勢力之下。這就是為什麼她會認為自己和士軫「只活了四五年」，因為在自由戀愛之前，他們從未真正「活著」。對纗華來說，自由戀愛是如此重要，但母親竟然把這樣神聖、高尚、純潔的愛情看作是卑鄙污濁的，還要強迫她放棄戀愛並出賣自己的婚姻自由，當然也就沒有溝通的必要了。纗華堅信，母親這樣輕蔑自己追求愛情，乃是人類自私天性、污濁心思的表現。故而，不論在〈隔絕〉或〈隔絕之後〉，聲言要使愛情各方面得到滿足的纗華，讀者並沒有真的看見她以實際的行動去向母親溝通自己真正的想法，纗華所做的就只是氣憤和哭泣而已。（《馮沅君小說・隔絕》，頁八、一〇）

纏華自殺之前，在敘述者纏華眼中，母親是個愚昧固執的守舊者；纏華自殺之後，在敘述者表妹眼中，她又是一個因不知自由戀愛的可貴而賠上愛女性命的懺悔者。纏華拒絕與母親溝通的責任，便因此被順勢淡化，自始至終都保有著不畏艱難爭取自由戀愛的烈士形象。若由此而言，小說篇名的「隔絕」，除了可以指追求自由戀愛新思潮的纏華被舊禮教幫凶的母親幽禁於小屋，與外界隔絕；亦可以說是纏華將自己隔絕在自由戀愛烈士的孤獨城堡裡，只歡迎志同道合的人進入。

耐人尋味的是，其實就連纏華的情人士軫，也在某種程度上被纏華隔絕在這座愛情城堡之外。因為，小說中支持纏華邁向自由戀愛烈士之路的，並不是愛情本身，而是纏華個人對自由戀愛新思潮光環加身的嚮往。

紀登思曾在其研究現代社會性、愛、慾的著作《親密關係的轉變》裡指出，浪漫愛會帶著某種程度的自我質詢，諸如：對方在我心中的感覺如何？我在對方心目中的感覺又是如何？我和對方之間的感情是否「深刻」到可以支撐長期的關係……等。[①] 簡言之，浪漫愛並不僅僅是個人在向外探求一個「愛我的人」，也在向內質問「我」愛這個人有多深。但是，小說中纏華非僅沒有出現這種自我質詢，而且她對士軫的情感也似乎不是伴侶間的愛意，她總是用一種「指揮官」的口氣在督促士軫：

① 紀登思，《親密關係的轉變》，頁四八。

你現在也許悲悲切切的為我們的不幸的命運痛哭，也許在籌劃救我出去的方法，如果你是個有為的青年，你就走第二條路。（《馮沅君小說‧隔絕》，頁一）

我能跑出來同你搬家到大海中住，聽悲壯的濤聲，看神秘的月色更好，萬一不幸我是死了，你千萬不要短氣，你可以將我們的愛史的前後詳詳細細寫出，六百封信，也將它們整好發表。……（《馮沅君小說‧隔絕》，頁一一）

從上述引文的敘述口吻，不難發現：與其說士軫是纗華一往情深的對象，不如說纗華是將士軫視為共同參與反抗舊禮教爭取戀愛自由聖戰的同袍。此點正如《浮出歷史地表》一書所言，馮沅君小說裡敘述的其實是「男女二人以戀愛方式共同構起一座反封建叛逆營壘的故事」。① 這就是為什麼小說中兩人第一次的接吻，最後使纗華這顆處女芳心得以就範的，既不是士軫對纗華的一往情深，也不是纗華對士軫的女兒柔情，而是為了纗華感覺自己答應士軫接吻的要求，像是「受了什麼尊嚴的天使」。（《馮沅君小說‧隔絕》，頁六）

① 孟悅，《浮出歷史地表》，頁四八。

另外，纗華這位敘述者在敘述個人戀愛行為時，也鮮少出現浪漫愛情意亂情迷的夢囈，卻經常引用維特、夏綠蒂、Ibsen、Tolstoy、Hamlet、Irvin等人的話來理性詮釋自己在戀愛中的各種決定。（《馮沅君小說・隔絕》，頁六至八、一〇至一一）彷彿，有了這些新思潮的加持，被母親誤解為大逆不道的自由戀愛便具備了足夠的正當性，可以讓自己的「不孝」獲得合理化。

因此，綜上來看可知，真正推使纗華在愛情與親情的衝突裡堅持為自由戀愛奮鬥的原因，並不是某一特定對象（士軫）所帶來的愛情感受；而是以「自由戀愛」為武器反抗舊中國、舊禮教所帶來的榮耀光環。也就是說，作者所以安排小說敘述者纗華受困在這個愛情與親情無法調和的悲劇衝突裡，最終的目的並非是為了關切遭受五四父權社會壓迫的女性愛情處境；而只是要利用此一衝突宣揚纗華這樣的五四新女性堅持與舊中國、舊禮教奮戰的勇氣。

既同為反抗舊中國而寫，〈隔絕〉以纗華為敘述者，而〈隔絕之後〉改由「表妹」擔任敘述者，便也成了順理成章之舉。

〈隔絕〉中的敘述者纗華，既參與故事又在故事內，還以與受敘者「你」（士軫）對話的方式進行敘述，這樣的敘述者位置與感知程度，成功地在讀者心中突出了纗華此一女性人物被困在親情與愛情無法調和的封閉困境當中不得自由的苦悶。至於，在〈隔絕之後〉，曾暗中為纗華傳信的表妹，其年輕、認同自由戀愛新思潮的人物背景，本就與纗華相似；並且還能於纗華死亡前後「在場清楚看見」纗華母親痛心疾首、士軫為情殉死的過程，故而得以取代瀕臨死亡意識不清的纗華進行敘述。

為了加強作為纗華代言人的代表性，〈隔絕之後〉的敘述者「表妹」採取了類似於〈隔絕〉的敘述方式——與隱含讀者進行對話；藉著對受敘者（不特定對象）陳述纗華之死的機會，發聲控訴舊中國的禮教吃人，以代替壯烈成仁的纗華繼續為自由戀愛反抗舊中國的「大業」而奮鬥。就此一意義來說，這位無名無姓僅以「年輕」「女性」的特徵出現於小說之中的纗華表妹，不僅是接續〈隔絕〉中為愛情違抗親情的纗華進行〈隔絕之後〉的小說敘述者，也是在較年長的女性為愛情「隔絕」犧牲「之後」，接手為自由戀愛奮鬥的年輕後繼者。

二、馮沅君〈慈母〉

馮沅君〈慈母〉雖與前述〈隔絕〉、〈隔絕之後〉存在著某些差異，但其敘述者「我」的遭遇卻與纗華有許多雷同之處。例如：女主角同樣拒絕舊婚制，同樣想保護自由戀愛的尊嚴，同樣離開家鄉至北京求學六年，也同樣認為母親對自己的逼迫是出於人類自私的天性，並且同樣因為擔憂返家後可能會被迫結婚而與情人相約要一起跳海；此外，纗華有表妹傳信，〈慈母〉中的「我」也有好友香谷陪伴返家，兩者皆有女性友人相助。由此看來，〈慈母〉敘述者「我」與纗華的愛情處境顯然頗為相似，同因夾處於親情與愛情的衝突之間而痛苦不已。（《馮沅君小說．隔絕、隔絕之後、慈母》，頁二、一〇、一一、一六、二八、二九、三二）

不過，與〈隔絕〉大不相同的是，在〈慈母〉敘述者的敘述裡，其母不僅慈祥和藹，還願意平心靜氣的與敘述者「我」溝通解除婚約之事，這是纗華母親遠遠不及的。以下便自小說中擷取兩段文字來比其母親形象的差異：

〈隔絕〉：

我的母親向來是何等慈善的性質，此刻不知怎樣變得這樣殘酷，不但不來安慰我，還在隔壁對我的哥哥數我的罪狀，說我們的愛情是大逆不道的。（《馮沅君小說・隔絕》，頁三）

〈慈母〉：

我又將我要同那家解除婚約的理由極委婉的向她說了，她也不曾大生氣。在我說得輕的時候，她便用勸戒的口氣說些什麼人當樂天知命的話。我說到沉痛處，我哭了，她便默默無言的陪我哭。她只說了這樣的幾句話：「你們要代我想，我要是這樣做了，怎有臉再見你們的伯叔們。……但是我雖想得到而沒有勇氣去做。把你強送去……我不忍看你受委屈。……你們若以你們主意為是，你們便照你們所認為是的去做，我這個老人任她難受去吧！……」她拉著我的手，攬我在懷裡，這樣說，說完了，便又沉默了，時而仰頭，時而搖頭，時而長嘆。一更二更打過了，哥哥們都散去了，小姪們更是睡得正濃的，四鄰的人聲也都消沉，她還是拉著我的手，坐著，搜尋來解決這個難題的方法。（《馮沅君小說・慈母》，頁三四至三五）

與〈隔絕〉相較，〈慈母〉敘述者所塑造的母親形象顯然更為通情達理，性格也更見豐富圓滿。而除此之外，〈慈母〉的敘述者還先鋪陳了自己為恐母親逼婚不願回鄉的自私猜忌，再對比其返鄉之後所感受的無私母愛光輝，深刻表現出遊子的懺悔；因此，雖然這三篇小說同樣涉及愛情與親情的衝突且情節相似，但如果說纗華這位敘述者在〈隔絕〉裡把「母親」描述成舊禮教守門人，那在〈慈母〉裡敘述者「我」則刻意削弱了〈隔絕〉裡母親的固執愚昧，突顯出了小說篇名「慈母」二字的意義。

有趣的是，儘管慈母之愛令遊子自慚，既深感母愛偉大，又難捨母親為己受屈，還自責想回北京的自己「沒出息」，但〈慈母〉小說敘述者「我」還是如期「又」離家北上。（《馮沅君小說・慈母》，頁三六）筆者認為，這正是〈慈母〉此篇小說最耐人尋味之處。敘述者這樣言行不一自相矛盾的自我表述，在某種程度上，正好以突出母愛偉大的方式反襯了愛情如何更勝親情一籌。這就是為什麼在小說一開始敘述者「我」便表示說：

> 我已經在北京整整住了六年，我不但常把北京當作故鄉看待，故鄉的影兒在我心中也漸漸的模糊暗淡了。我常說北京彷彿是我的情人，故鄉彷彿是我的慈母；我便是為了兩性的愛，忘記了母女的愛的放蕩青年。（《馮沅君小說・慈母》，頁二八）

在這段文字裡，敘述者表面上比較的是「北京」與「故鄉」，實際上指的卻是「北京的情人」與「家鄉的母親」。而其所謂「我」居留北京多年以後，「故鄉的影兒在我心中也漸漸的模糊暗淡了」，指的其實也是：自從有了情人莪如之後，母親在敘述者「我」心中的地位便逐漸下降，下降到即使對母親滿懷罪惡感，「我」仍舊會選擇擁抱愛情、犧牲親情。換言之，敘述者在小說開始、結尾兩處有關不孝的自責，其實都是為了突顯出「慈母誠可敬，愛情價更高」這樣的思維。

如此一來，小說明明出現「慈母」、明明引用感懷慈母恩德的「遊子吟」，但偏偏卻無「孝女」回報三春慈暉這樣不合常理的安排，也成了馮沅君小說〈慈母〉特殊用意的設計。從這個角度來看，〈慈母〉與〈隔絕之後〉的情節設計，其實「異曲同工」。亦即：不論這母愛的表現是如何，只要母親逼迫女兒接受「沒有愛情的不道德婚姻」，在當時創作〈隔絕〉、〈隔絕之後〉、〈慈母〉的馮沅君心中，都註定只能在這場愛情與親情的衝突裡敗北。

小結

就本節所論而言，馮沅君〈隔絕〉、〈隔絕之後〉與〈慈母〉這三篇堅持為自由戀愛奮鬥宣揚愛情至上的小說，雖然為了新中國試圖為五四女性指出一條女性應當爭取戀愛結婚的人生道路，但卻鮮少關注五四女性面臨愛情與親情衝突時的心理掙扎。小說中，纗華等女主角們都僅僅是感受到親情與愛情無法兩全的痛苦，心中早有「無戀愛自由、無婚姻自由，即毋寧死」的定見；這樣「外在世界」發生衝突而「內在世界」不曾動搖的女性心理描寫，或許有助於渲染纏華等人勇於接受新思潮反抗舊禮教的壯烈，但不可諱言的，也在某種程度上使其仍舊成為缺乏自我個性的傀儡。兩者最大的差別，僅在於過去依循父母之命的舊禮教，現在順從自由戀愛的新思潮。

研究父權體制的社會學家強森曾指出：

> 父權體制只有透過人們的生活才能存在……人們經驗到父權的存在就好像它是外在於個人的，但這並不表示父權體制可以跟我們分隔開來，它就像我們所居住的房子。相反地，我們參與父權體制，父權體制是我們的，我們也是父權體制的，兩者經由彼此而存在，另一方皆無法和另一方分開來而自足存在。①

由此可知，馮沅君這三篇將愛情認同建立在國族論述上的小說，儘管表面上看來最勇於向父權家長爭取婚姻自主權，然而事實上由於其僅將父權體制視為外在於五四女性的壓迫物，未能深入發掘女性反抗父權體制時的內心思維轉變；故此，此三篇小說所展現的反父權意義乃僅止於宣傳反抗，尚未足以撼動父權體制的深層結構。

---

① 強森，《性別打結》，頁一五二至一五三。

第二節　困頓在母女關係中的角色衝突

正當五四社會狂熱追求愛情之時，五四女作家小說中選擇背棄愛情而屈服於母愛的女性人物，卻遠比成為自由戀愛戰士者多了許多。換言之，比起在小說中宣揚建立在國族論述上的愛情認同，五四女作家們更熱衷於敘述因此種愛情認同而生的種種母女關係衝突。諸如馮沅君〈寫於母親走後〉、馮沅君〈誤點〉、石評梅〈只有梅花知此恨〉、陳衡哲〈一支扣針的故事〉、蘇雪林《棘心》、廬隱〈女人的心〉等便皆出現了此類情節。

為使討論焦點集中，本節僅以較能提供五四女作家小說對母女關係特殊處理的作品為代表進行探討。筆者此處探討的三篇小說，為：一是同為馮沅君所作且情節相似，但結局卻與前述〈隔絕〉諸篇大不相同的〈誤點〉，藉以觀察同一位女作家在不同時期的表現有何轉變；二為對女兒何以願為母親犧牲愛情有與馮沅君不同探索深度的蘇雪林長篇小說《棘心》，藉以觀察不同女作家如何書寫類似的女性心理掙扎；三則是五四女作家小說中唯一發生女性人物身兼女兒及母親雙重身分而產生情感衝突的廬隱〈女人的心〉，藉以觀察五四女作家對母女關係的思考有何特殊的深度表現。

一、馮沅君〈誤點〉

就情節來看，馮沅君小說〈誤點〉中的繼之，與〈隔絕〉、〈隔絕之後〉、〈慈母〉、〈寫於母親走後〉等篇的女主角，皆處在類似的愛情與親情衝突裡。其同樣擔心母親逼嫁，同樣心繫自由戀愛的情人，也同樣在由慈母的愛和情人的愛相互衝突構成的悲劇裡擔任主角。（《馮沅君小說‧誤點》，頁三七、四一、四四）不過，前述〈隔絕〉諸篇的女主角都身兼敘述者，而且經常採取「在場者」的方式暴露自己的敘述行為直接與受述者對話；小說〈誤點〉則不但由異故事的敘述者來敘述女主角繼之的遭遇，其敘述者採取的亦是僅僅只是客觀敘述故事「隱蔽者」姿態。

首先，在小說〈誤點〉開始，敘述者便以近乎三頁長的篇幅鋪陳繼之在北京飯店與同學師長聚餐的陶醉與沈迷，然後再以同樣多達三頁的長度敘述她收到電報之後的脫序失常。（《馮沅君小說‧誤點》，頁三七至四四）如此一來，小說敘述的前後對照，自然足以展現出繼之忽然性情大變的詭異與可怖，吸引讀者的好奇心，同時也強烈突顯出繼之對母親逼嫁一事的恐懼。

接著，敘述者方使繼之的情人漁湘登場，讀者至此也才瞭解繼之的恐懼不僅是為拒絕母親逼嫁，更是為了想與所愛之人廝守一生。相較於繼之的哀傷，漁湘顯然堅強許多，漁湘選擇讓繼之獨自回鄉，並以「我們各人有各人的前途」為由投入了革命事業。（《馮沅君小說‧誤點》，頁四四至四八）漁湘由愛情轉向革命，固然與小說完成於「革命加戀愛」流行的一九二八年有關，① 但此一選擇，也使得漁湘不再像〈隔絕〉裡的士軫僅只是跟隨自由戀愛女烈士行動的附屬品。纗之沒有情人漁湘支持、也沒有友人淵如結伴同行，仍舊為「母念妹病劇」的電報訊息隻身返家探母，纗之這樣「明知山有虎，偏向虎山行」的勇氣，實更勝纗華等人，也更突顯出纗之對母親的感情有多深厚。

當纗之返家後，每天生活在家人親情的圍繞裡，不禁感覺到「她同她的母、兄對人生的見解各異」，於是對情人思念之心更盛，「她行也想他，坐也想他；吃飯時便想及他在軍營中吃得粗糲飯食；睡覺時便想及他在冰天雪地中休息的處所；見哥嫂們喁喁細語」，「便想及他倆歡聚時的情況」。（《馮沅君小說・誤點》，頁四八至五一）此處，敘述者以「人生見解」拉開了纗之與家人的心理距離，又以「異地相思」拉近了纗之與情人的實際距離，顯現出纗之對婚姻自由的爭取，並不是為了對神

---

① 茅盾曾分析一九二〇年代末期文壇流行的「革命與戀愛」文學現象。其認為，主要先是「為了革命而犧牲戀愛」，強調戀愛會妨礙革命；後來又轉變成「革命決定了戀愛」，訴說追求者如何因投入革命獲得伊人芳心；再後來便是「革命產生了戀愛」，書寫一對革命同志如何因為志同道合而結成愛侶。王德威則指出，在一九二七年「共產黨第一次革命」（即國民黨的「清黨」）之後，便出現了「革命與戀愛」的症候群。而根據徐仲佳的說法，是一九二五年的五卅運動使得文學開始轉向為革命服務，因此，小說中「做為個人幸福感體現的戀愛越來越依附於革命」，遂於一九二八至一九三〇年間出現了大量重複「革命加戀愛」此一公式的小說；茅盾，〈革命與戀愛的公式〉，《文學》第四卷第一號（一九三五年一月一日），收入《茅盾全集》（第二十卷）（北京：人民文學出版社），頁三三七至三三八。王德威，《歷史與怪獸——歷史、暴力、敘事》（臺北：麥田出版社，二〇〇四年），頁二二至二五；徐仲佳，《性愛問題》，頁二五二至二五三。

聖自由戀愛的盲目推崇，而是為了其與漁湘因人生見解相契而生的情感。由此來看，繼之、漁湘這對情侶之間的愛情深度，實遠遠超過〈隔絕〉裡纗華、士軫這對自由戀愛的殉情烈士。

而就在繼之擔憂漁湘從軍生死未卜之時，漁湘忽然來信，並表示已為繼之安排好脫身返回北京之法。繼之於是得以順利辭別家人回返北京，誰知，來到車站，火車竟因時局不靖而發生誤點。繼之原本就為母親送行時的慘沮神色難過不已，在不知火車何時到站而兄長又急著離去的兩難情況下，繼之最後決定放棄空等先行返家。母親見到繼之去而復返驚喜不已，繼之不禁更為母愛感動。不過，儘管如此，人在家鄉的繼之，心還是在北京，仍舊牽掛北京的漁湘、淵如。（《馮沅君小說・誤點》，頁五一至五五）此處，敘述者特意讓讀者知道繼之牽掛北京的因素，除了情人漁湘還有友人淵如；如此一來，北京對繼之來說，不但家鄉與北京對比時的象徵「愛情」，更象徵其「理想生活」。筆者認為，這就是為什麼〈誤點〉的敘述者需要在小說一開始要耗費多頁篇幅描寫繼之的北京生活。繼之所遭遇的母女關係衝突，也因為敘述者這樣的安排，得以從〈隔絕〉等篇裡的「自由戀愛」與「傳統禮教」之爭的口號層次，轉而提升到「個人追求的理想人生」與「家人期待的安定人生」之爭的現實層次。

此外，繼之最後回到母親身邊，竟然只是因「誤點」此一意外所做的衝動決定，而且事後心中還是著牽掛另一邊。此處敘述者所呈現的繼之形象，與〈隔絕〉裡從頭到尾抱持定見的纗華，完全迥異。或有人以為，這樣的繼之是怯懦、動搖、軟化、屈服、喪失鬥志的；[1]然而，筆者認為並非如此。

---

[1] 胡赤兵，〈母愛與情愛的衝突〉，頁四三至四四。

情感衝突中最使人痛苦不堪的，往往不是「不知該選哪一個」，而是「不想放棄任何一個」，於是經常為了某個意外的發生做出衝動的決定，事後又後悔不已。誤點本就是個意外，而〈誤點〉的敘述者所以刻意將繼之的愛情故事暫停在這個誤點的意外，將小說的敘述停止在繼之母親連夢中也關切女兒何以深夜未眠的囈語，並對這個愛情與親情衝突的故事保持著一定的敘述距離，就是為了把女性夾處衝突之中難以抉擇的掙扎心境，不帶主觀評價而且立體的突出在讀者面前。就此來看，一九二八年寫出〈誤點〉的馮沅君，比起四年前創作〈隔絕〉的馮沅君，明顯更願意深入探索女性掙扎於愛情與親情之間的自我面貌，同時也更清楚地意識到了：並不是接受新思潮喊喊口號以後，五四女性的愛情困境便能立即迎刃而解得到改善。

據說，小說〈隔絕〉乃馮沅君根據表妹吳天的故事所改編，其本不是以死明志的悲劇；①但，或許是馮沅君寫作當時有意藉此故事反抗舊禮教，故而刻意以死亡強化了愛情與親情衝突的悲劇性，將纗華與母親各自放在時代光譜的兩個極端，強烈對比「纗華以死明志的堅定」與「母親固執守舊的愚昧」，

① 根據陸侃如的說法：「吳天和當時一切地主家的女兒一樣，從小就由父母作主，許自己給另一地主的兒子牛漢陶。這牛漢陶是個蠢貨，天天催逼吳天馬上嫁他。吳天堅決反對，就和她母親發生激烈的衝突。吳天的母親從封建禮教出發，認為女兒反對婚姻是家門的奇恥大辱，使他家人無臉見人。又因吳天在北京讀書時，認識了在北大物理系讀書的同鄉王某，兩人經常通信，為吳天母親所知悉，便決心把吳天鎖閉在一間小屋裡，不許她再到北京上學。吳天又表示堅決反對母親的壓制，便絕食自殺。幸而這時吳天的兩個哥哥，剛從美國大學畢業回家，吳天的婚姻鬥爭得到兩位哥哥的支援，向母親疏通，結果將吳天釋放回北京繼續上學。這個插曲就是沅君小說《隔絕》和《隔絕之後》等篇的寫

以鼓吹五四女性為自由戀愛而奮戰。可是，到了寫作〈誤點〉的馮沅君，對於如何解決五四女性因爭取婚姻自主權而與母親發生的衝突，其已與〈隔絕〉時堅持「不自由毋寧死」有所不同。筆者認為，這便是為什麼小說〈誤點〉的序言出現了下面這些關於女主角內心深層衝突的敘述：

> ……我自己承認我是個弱者，我的煩惱都是自討的。……慈母的愛，情人的愛，兩種愛構成了幕相互衝突的悲劇，特聘我來扮演這幕戲的主角；使我在精神上感受到五牛分屍般的痛苦。拋不下戀愛的悱惻纏綿的浪漫生活，捨不了我的刻板拘泥而誠摯樸實的家庭！……蹈白石，冒矢石，死而不悔的，未必是強者，認定自己的目標，不受愛的撥弄的，才是強者。……（《馮沅君小說・誤點》，頁三七）

引文中受愛所撥弄的弱者「我」，並不同意「以死明志」的是強者。此一看法明顯迥異於〈隔絕〉中的纖華。因此，正是由於馮沅君的立場已有轉變，才使得這篇屬稿於一九二四年而四年後完成的小說〈誤點〉，結束在繼之選擇母愛後的心神不寧，並且願意對母愛做出某種程度的屈服。繼之這樣的女主角形象，雖然並不是自由戀愛的戰士，但卻更深刻而細微的展現出了五四女性愛情處境的困難之處，也

作背景」；陸侃如，〈憶沅君——沈痛悼念馮沅君同志逝世四週年〉，轉引自許志杰，《陸侃如和馮沅君》（濟南：山東畫報出版社，二〇〇六年），頁一七九至一八〇。

更清楚的表現了父權體制對女性心理的壓迫之深。

二、蘇雪林《棘心》

蘇雪林《棘心》所敘述的，是五四新女性杜醒秋赴法留學，歷經愛情、宗教等西方思潮洗禮後，最終如母所願返國與未婚夫完婚的故事。①

而在諸多涉及愛情與親情衝突的五四女作家小說中，《棘心》的特別之處，即在於女主角醒秋雖然先後遭遇過兩次愛情與親情的重大衝突，可是事實上卻從未有過真正「戀愛進行式」的情人。她既沒有士軫那樣共同反抗舊禮教的同袍，也沒有漁湘那樣人生見解相契的情人。正如，趙五貞當日以死明志爭取婚姻自由時，並無芳心暗許的對象；②醒秋也無情人待嫁卻仍渴望父母成全己志解除婚約，由此可見，使五四新女性面臨愛情與親情衝突的原因，除了是如〈隔絕〉纗華等人為實際存在的戀愛對象而爭取戀愛自由、婚姻自由外，也可能是如醒秋只為了守護個人心中的理想愛情。

小說《棘心》的敘述者不僅不參與故事、站在故事之外進行敘述，而且在敘述過程中還不斷評論故事中的人物，具有較高的敘述權威。③所以，比起前述所論馮沅君〈隔絕〉諸篇，讀者對於小說女主角

① 蘇雪林，《棘心》（臺中：中臺印刷廠，一九五七年）。又，為免註腳繁瑣，此後引用將以（《棘心》，頁碼）表示。
② 藍承菊，《五四思潮衝擊下的婚姻觀》，頁一七八至一九一。
③ 陳順馨，《中國當代文學的敘事與性別》，頁一七至二〇。

的認知，明顯受到《棘心》敘述者較多的影響。

小說《棘心》的敘述者告訴讀者，為了母親，醒秋共遭遇過兩次愛情與親情的衝突。第一次是因為秦風。其時，醒秋初初赴法留學，為了不想讓國內的母親擔心，也為了自己對秦風本就「並無欽慕的心」，醒秋一再拒絕秦風。然而，秦風既懇切又熱情的追求，終究還是讓醒秋「陷入了煩擾的境地」：

> 她憐憫他從前戀愛的不幸，憐憫他現在戀愛的空虛，同時又帶些女子第一次聽人對她求愛時的滿足。她這時候的情緒很難分析：說是決絕，又很纏綿；說是淒涼，又很甜蜜；一方面徘徊於事實的範圍中，顧慮一切；一方面又想突飛猛進，衝入窅遠的理想境界，做一個浪漫詩劇的主人公。她古井般的心，已湧起了波瀾，多年以來深藏心坎的愛情，像經了春風吹煦的花兒，大有抽芽吐蕊的傾向。（《棘心》，頁五七）

由上不難發現，在敘述者眼中，醒秋其實此時已為秦風意亂情迷，不知所措。而醒秋終究未曾接受秦風追求的原因，並非是如其所稱——對秦風毫無「欽慕」，是只要一想到「她這樣是要活活的將母親憂死、氣死、愧死」，她便裹足不前了。醒秋這樣的心理掙扎，直到某日家裏來信，說國內謠傳她在異鄉與人結婚並跳海死了，愛母之心這才終於讓醒秋就此決心與秦風斷絕來往。（《棘心》，頁五七至六〇）

縱使從未與秦風正式戀愛交往，這樣既情迷意亂又擔憂母親受累的矛盾情緒，仍然令醒秋飽受了愛情與親情無法兩全的精神折磨。而也就是在這個意義上，《棘心》敘述者道出了一個和前述馮沅君〈隔絕〉諸篇層次不同的愛情與親情衝突故事；〈隔絕〉諸篇誓死捍衛婚姻自主權而不惜與母親決裂，《棘心》則為因爭取婚姻自主權而憂心母親受苦。

根據敘述者的說法，醒秋事後曾在寫給北京一位女友的信上表示：

我戰勝了，我戰勝自己了！這不過是一場迷惘，不能算什麼戀愛。人生隨時隨地都有迷惑的時候。但我這一次若不是為了母親，則我幾乎不免。……雖然是母親的愛，我自己也不能說沒有定力，謠言未發生之前，我雖深深陷在情網裡，卻始終固守心關，沒有對他降服，——始終沒有對他吐露半個「愛」字。（《棘心》，頁六〇至六一）

由敘述者刻意揭露的這些信件片段可知，醒秋將自己所以能從愛情與親情的衝突中脫身，歸功於「母愛」與「自己的定力」；其並把此事定義成「戰勝自己的勝利」。然而，如果說，醒秋放棄秦風的愛情是「戰勝自己」，那麼，不就表示秦風的愛情確是醒秋「自己」所渴望的嗎？因此，儘管醒秋在信中一再強調自己並沒有「愛上」秦風，但是在轉述這封信的全知敘述者看來，醒秋的芳心早已經被秦風的愛情吹皺了一池春水，而且還在醒秋心中形成了一度足堪與醒秋母親那份重量級親情拔河的力量。

為何醒秋明明已為秦風所亂，卻仍堅持要以「欽慕之心」來斷定自己是否愛上秦風呢？對此，俯瞰故事全局的敘述者也提供了答案。原來，醒秋自幼受到林紓翻譯浪漫小說的影響，對愛情懷抱著極大的憧憬，其所期待的理想男子必須是：「有學者冷靜的頭腦，詩人熱烈的性格，同時又有理學家的節操，為愛情可以赴湯蹈火，犧牲一切；為事業，也可以窒情絕欲，終身不娶」；可惜秦風並非如此。於是醒秋始終都只將自己對秦風的動心，定義成自己與誘惑之間的征戰，認為只要自己未將「愛」字吐露出口，此事便無關愛情。換言之，對醒秋這位深受新思潮的新女性而言，其心目中的「愛情」不僅是理想男子的出現，還要自己承認「愛」才會開始發生的情感。（《棘心》，頁三一、五七至六一、一一二、一八八）這樣的愛情認知，以今日來看雖然有些幼稚，不過若就五四當時將自由戀愛概括等同於戀愛自由、婚姻自由的愛情認知來說，蘇雪林《棘心》對對女性心靈深處愛情感受的探索，確實是比馮沅君〈隔絕〉來得更為深入和細緻的。

只是，醒秋的未婚夫「叔健」，這位她原本因不忍母親傷心又以為對方品學相當應可相戀而接受代訂婚事的未婚夫，其實也並不符合她的愛情期望。於是，這又讓醒秋經歷了愛情與親情的第二次衝突。

某次，醒秋因為自己滿腔柔情蜜意全被叔健的不解風情化為怒火，氣憤地寫信回家要求解除婚約，父母當然無法為這樣理由同意離婚，醒秋因而大罵父親是「舊禮教的奴隸」，可是卻抵抗不了母親的哀求。一想到祖母會為此大肆刁難母親，醒秋實在不忍「為一己的幸福，而害了母親」。左右為難之際，醒秋決定受洗皈依天主教好出家成為修女，藉此擺脫與叔健的婚約束縛。結果，當家人一再來信告知母親病勢沈重凶多吉少之時，醒秋又擔心將就此與母親天人永隔，便改變決定回返中國，最後並如病榻上的母親所願，與叔健順利完婚。（《棘心》，頁一八八、一九〇至一九六、二二〇至二二一、二三一、二四一至二四二）

或有人以為，這樣的結果，是母親的介入使醒秋對於舊禮教無可抗拒；是女性的「稚嫩與軟弱」使其從馮沅君〈隔絕〉裡的反叛、抗爭回歸到母愛的懷抱。[1]不過，筆者並不作此想。

首先，在愛情這一邊，纗華等人都有真實的情人給予行動上的支持，醒秋則只有虛擬的理想情人。在缺乏真正的情慾糾葛之下，醒秋相對不容易如纗華那樣產生不願割捨所愛的劇烈情感牽絆，也較容易「合理化」自己放棄愛情的決定。小說中，《棘心》敘述者曾解釋過醒秋為什麼會決定答應嫁給自己並無愛意的叔健，其表示：

> 她不必和一個男人結婚，她心裡卻可以愛一個男人，這男人是誰？還是叔健。……她所愛的叔健並非叔健本人，卻是她那理想所構成的神秘影子。叔健本人便說是溫柔可愛，和她沒有惡感，也不及這神秘影子可愛的百分之一。……這是她戀愛的偶像……這偶像是完全的、偉大的、聖潔

---

[1] 盧松芳，〈蘇雪林——女性意識的覺醒與堅守〉，《江漢大學學報》第二十三卷第二期（二〇〇四年四月），頁五二。劉慧霞，〈「五四」女作家關於母愛與情愛的抒寫〉，頁一〇。

的，不但叔健當不起，恐怕這世界裡沒有一人當得起吧。不過除叔健之外，沒有認識別個男人，沒有將愛情向別人輸注過，所以勉強抓住了叔健的名字，題上她的偶像罷了。（《棘心》，頁二三三至二三四）

根據敘述者的說法，醒秋認為，既然自己渴望的理想愛情陳義過高，「這世界裡沒有一人當得起」，那麼叔健符合不了醒秋的理想亦情有可原；而且答應嫁給叔健並不算是犧牲愛情，她心中仍舊能愛著她想愛的「戀愛偶像」，只是現在為了母親她必須嫁給叔健而已。

醒秋這樣將戀愛自由與婚姻自由、性自由切割的作法，儘管有合理化自我行為的嫌疑；然而，其實也可以說，這是醒秋對於戀愛自由的重視遠遠超過婚姻自由、性自由的表現——不論結婚與否、不論與誰發生性關係，都不會影響她對「戀愛偶像」的愛意。就這點來說，必須藉由爭取婚姻自主權方能彰顯愛情存在價值的纖華，其對愛情信仰的堅定其實反而是不若醒秋的。

其次，在親情這一邊，母親之於醒秋的意義也較纖華來得強烈。敘述者曾這樣評論醒秋與其母的關係：

在舊時代賢孝女人的典型裡，「一代完人」的考語，醒秋的母親，確可當之而無愧！

就像這樣，醒秋對她的母親，天然骨血之愛上，再加上平日對她的崇敬，她們母女的感情，自異乎尋常。現在她面臨這樣重大的問題，她當然是要考慮的。

假如母親的地位換了她的祖母，則醒秋家庭革命的旗子早扯起來了。假如她母親是尋常庸碌自私的婦女，或對子女惟知溺愛，不明大義的為母者，則醒秋也顧慮不到這麼許多。不幸的是她現在家庭革命的對象，偏偏是這樣一個母親，那麼，她犧牲母親呢？還是犧牲自己呢？

有時她想母親禮教觀念雖強，對女兒終究慈愛，她解除婚約之後，母親雖暫時不快，將來母女見面，母親還是會寬恕她的。不過，祖母的咕噥，叫母親怎受得下？這一位家庭裡的「慈禧太后」對於這個飽受新思潮影響，滿腦子充塞革命觀念的醒秋，固毫無辦法，對於那多年絕對服從她的媳婦，則仍可控制自如。她是要透過她的關係來壓迫孫女的。（《棘心》，頁一九五至一九六）

前曾述及，馮沅君小說中纗華的母親是帶著舊禮教守門人的色彩干涉女兒的愛情；但由引文來看卻可以發現，在醒秋心中，母親非但不是壓迫她屈服舊禮教的兇手，還是一個犧牲者，夾處在舊禮教的祖母與新思潮的女兒之間，動輒得咎。因此，醒秋面對愛情與親情的衝突時，她的母女關係並不像纗華等人那樣緊張；而且相反地，由於感受到母親的偉大、母愛的深厚、祖使母親遭受的委屈，醒秋不僅未將母親視為該反抗的對象，反而還亟欲保護無法反抗舊禮教的母親。

於是，在這樣深厚的母女情感背景下，為了讓母親安心，原本「自命為受過新思潮洗禮」的醒秋，會在返國服侍病母七個月後嫁給原本堅持不想嫁的未婚夫叔健，便也顯得理所當然了。（《棘心》，頁

七七、二四一）

蘇雪林本人並不諱言《棘心》是個人自傳性質的小說（《棘心》，頁四至五），而《棘心》的敘述者主要又是以俯瞰全局的全知姿態出現，並且不斷評論故事；如此一來，《棘心》全知敘述者對小說人物醒秋的關注，便產生出了一種類似「以現在的我看過去的我」的敘事效果。

在最後一章，小說曾出現兩個「敘述層次」（narrative levels）。第一層敘事（first-diegetic），仍由原來的全知敘述者講述叔健在上海黃埔江工廠宿舍看信的經過；第二層敘事（second-diegetic）即為信件的內容，由醒秋擔任故事內且同故事的第一人稱敘述者。在第二層敘事中，醒秋以充滿感性的語調敘述「我」如何答應與叔健結婚、如何感激叔健願意在母親面前扮演恩愛夫妻、如何後悔自己赴法留學時為個人前途傷害母親的自私與任性；使第二層敘事充斥著熱烈的情感。可是，當回到第一層敘事時，全知敘述者卻刻意不進入叔健的內心，隱蔽敘述者的感知程度，僅讓讀者看見叔健「他臉上的神情似嚴肅，似微笑」，聽見他嘆氣的說：「愛情！愛情！為什麼你們文人這麼當真？在我竟不覺有何意義」；這使得第二層敘事的主觀熱情與第一層敘事的旁觀冷靜，呈現出強烈的對比。（《棘心》，頁二四一至二五一）

筆者認為，《棘心》這兩個敘述層次的對比，其用意除在以醒秋坦誠相對的熱情對比叔健莫測高深的冷靜，暗示醒秋婚後的愛情現實處境外；也在表現第一層全知敘述者（即寫作當時的蘇雪林）對第二層敘述者醒秋（即新婚當時的蘇雪林）所懷抱的複雜情緒。小說外的蘇雪林，在個人理想愛情與母女深厚親情的衝突裡選擇向母愛屈服，結果換來的是不愉快的婚姻。[①]但是，尚有諸多親朋好友在世，家醜豈可外揚？故而，寫作當時的蘇雪林化身的全知敘述者，在最後一章以外的其他小說章節裡，雖然總是忙著解釋醒秋的作為、忙著評論包括叔健在內的小說人物；可是在最後一章卻只是透過不同敘事層次對比出叔健的冷漠與醒秋的熱情，並刻意對叔健的反應「保持沉默」。不過，此種沉默其實也可視為女作家質疑五四男性的表現——戀愛不能一個人談，婚也不能一個人結，但五四男性到底能懂得多少五四新女性內心對於愛情的渴望？

因此，就筆者看來，蘇雪林《棘心》中醒秋最終放棄爭取婚姻自主權而嫁給叔健，與其說是醒秋反抗舊禮教的失敗，實不如說是醒秋正視了在接受新思潮與反抗舊禮教之間的灰色地帶，注意到接受新思潮的自己儘管肯定婚戀自由但也並無法隨心所欲順利爭取的事實。母親之於醒秋，就算不再代表舊禮教守門人，其卻仍舊是醒秋反抗父權的一道重大關卡；愛情之於醒秋，雖然代表著新中國新思潮的理想追求，其卻仍舊只是一場醒秋從未曾真正實現的夢。以此而言，《棘心》可說展現了父權體制的無孔不入、與被壓迫者試圖反抗的徒勞無功。

---

① 蘇雪林曾於自傳中表示，其與張寶林「結婚雖三十六年，同居不到四年」，「因他所要求是個三從四德、竭忠盡智、服侍他有如王太子一般的女性。可憐我雖會弄弄筆頭，家事半點不會」，這婚姻遂因此不得幸福；蘇雪林，《蘇雪林自傳》，頁一五四至一五八。

三、廬隱〈女人的心〉

至今，本章所討論的五四女作家小說，幾乎都以年少未婚的女學生為小說主角；而石評梅〈只有梅花知此恨〉、陳衡哲〈一支扣針的故事〉男女主角出場時雖皆已婚，甚至〈一支扣針的故事〉女主角西克夫人還為子女犧牲愛情，但其愛情皆發生於未婚之時。因此，女主角以少婦身分追求「自由戀愛」主動離婚並再婚的廬隱小說〈女人的心〉，在五四女作家小說之中便顯得極為特殊。

此篇小說敘述女主角素璞在父母的安排下嫁給丈夫賀士，賀士在小女兒誕生後旋即赴歐洲求學，素璞自己也至北平攻讀大學。不久，素璞發現賀士可能另結新歡，負氣接受熱情青年純士的追求，兩人並一同赴美讀書。幾經波折之後，素璞終於在海外順利與賀士離婚、並與純士結婚，但返回中國後卻因無法面對父母和女兒，又要求與純士分居，還有意與賀士復合。結果，賀士拒絕接受貞節有損的妻子，百般懺悔的素璞這才終於在母親的關心下坦承了自己已和賀士離婚的事實。而後，純士客中染病，來信請求素璞前去探望，素璞又為純士的真情所感動……①

① 廬隱著，李杰責任編輯，《廬隱小說全集》（長春：時代文藝出版社，一九九七年），頁六九五至七七四。又，為免註腳繁瑣，此後引用將以（《廬隱小說全集・篇名》，頁碼）標示。

在五四時代，「自由戀愛」不僅是一個建立新中國的新思潮，也往往代表著可與舊禮教舊中國相互抗衡的新勢力。故此，在本章討論的五四女作家小說裡，經歷愛情與親情衝突的女主角，其所追求的「愛情」，通常代表著其受新思潮影響而嚮往的理想生活；「親情」對女主角的牽絆，則經常和「舊禮教」的約束難以劃清界線。這點在馮沅君〈隔絕〉、〈慈母〉等小說表現得尤其清楚。而從前述諸篇小說的討論可知，舊禮教經常以「母親的反對」阻擋女主角追求愛情，其或以霹靂手段軟禁女主角拆散有情人、或以懷柔手段感動女主角接受家人安排。但是，廬隱〈女人的心〉卻出現了一個從未正面表示反對還是令女主角不敢坦然追求愛情的母親。

素璞對母親的疑懼，清楚表現在小說〈女人的心〉最後一章。此時，素璞已經知道賀士無意與其復合，面對母親的苦苦追問，迫於無奈，素璞終究對母親坦承了離婚之事。〈女人的心〉的全知敘述者是這樣敘述其坦白過程的：

……母親看她的神色不對，極力的追問她，她才含著淚告訴了母親道：「賀士已同我離了婚。」

「離了婚，簡直是夢話吧！」母親顫抖的說。

「真的，因為他在德國認得了一個女人，所以我們便只好離婚了。」

「你怎麼不早告訴我？……哎！難道你就這麼輕易的答應了他嗎？」

「是的，媽媽！他的心既然變了，強扭住又有什麼用？」

母親聽了這話，也只有傷心落淚……（《廬隱小說全集・女人的心》，頁七七二至七七三）

由引文可知，早就離婚並且再婚的素璞，除將離婚責任全推給賀士的婚外情外，而且隻字未提賀士何以拒絕復合。從素璞母親的反應也可得知，這位老婦人儘管希望女兒維繫婚姻，但也認為男人變心是婚姻破碎的正當理由。因此，素璞避重就輕的說詞，便清楚反映出了其有多麼害怕母親得知自己離婚、有多麼恐懼母親無法認同自己為愛離婚又再婚的行為。

不過，在素璞追求愛情的過程中，母親其實還只是她愛情路上的一片小小烏雲；真正牽絆素璞使其多次壓抑自我的，其實是她與賀士所生的小女兒。在小說中，素璞曾幾度為小女兒而心軟變卦。最初，素璞為了丈夫在家書中表示對西洋看護婦的不捨更勝「當年黃埔江頭離妻別子」，又憤又嫉的想離婚，但「忽然間她那小可愛的女兒的影子，浮上她的觀念界來」；為了不應當給小女兒製造出「一個不幸的環境」，她就這麼改變了離婚的念頭。而後，素璞與純士雙宿雙飛赴美讀書，日子原本過得自由甜蜜，誰知素璞某日思鄉病起，想到小女兒將因自己追求愛情而頓失雙親，於是又打算犧牲「個人的幸福，來完成偉大的母愛」。可是世事難料，素璞與賀士重聚後，卻發現賀士正與某人暗通款曲，素璞再度有意離婚，賀士請求素璞應為女兒著想，素璞又決定為可愛的女兒忍受一切。而當素璞離婚又再婚之後，回到國內見到小女兒「一雙無邪的眼睛」，「似乎在懇求自己，不要再拋棄她」；竟又萌生與賀士復合的念頭。由此看來可知，使素璞一再無法順利離婚的原因，並不是其與丈夫賀士之間的「愛情」，而是難以拋下小女兒的親情。（《廬隱小說全集‧女人的心》，頁七〇四至七〇八、七三九至七四〇、七四七至七五〇、七六六至七六八）

有趣的是，雖說小女兒是素璞追求愛情的牽絆，但在小說敘述者所透露的事件中，素璞與小女兒的互動卻非常有限。素璞生下小女兒後，接著賀士便赴歐留學、素璞自己也到北平讀大學，此後小女兒就一直由素璞母親來養育。若再從小說開端素璞回憶自己與賀士的婚禮是在四年前，又自道已離家整整三年這個線索來看，素璞真正與小女兒的相處時間根本不到幾個月。（《廬隱小說全集‧女人的心》，頁六八七、六九〇）所以，或許素璞認為自己是難捨對小女兒的親情，不過就敘述者所表達的訊息而言，與其說是因為那幾個月的相處使素璞對小女兒產生了濃郁的母愛，以致時時為女兒牽掛，倒不如說素璞是擔心自己無法付出為人母者應該付出的母愛，所以才經常自責。更準確的說，真正牽絆素璞的除了天賦母愛的情感，更重要的其實是「母親應盡的職責」——提供兒女一個父母雙全的家庭環境。這點從素璞總是害怕自己的琵琶別抱會讓小女兒陷入「一個不幸的環境」，總是認為只有素璞與賀士兩人組成的家庭才是小女兒的幸福環境，便可得到證明。

綜合上述探討來看，筆者認為，寫作於一九三三年的廬隱〈女人的心〉對於「反父權」此一概念的展演，已遠比九年前的馮沅君〈隔絕〉諸篇來得更為複雜；因為，素璞所面對的並不僅是來自母親的干涉與阻力，還有自己身為人母的責任與情感。這樣特殊的遭遇，使得素璞的愛情處境成為眾多五四女作家小說女性人物之中唯一的多層夾心三明治，既要以女兒身分害怕母親反對自己追求愛情，也要以母親身分自責女兒會因自己追求愛情而不幸。

就做「獨立人格的女人」此點來看，素璞處在多層夾心三明治般的愛情處境，卻能以有夫之婦的身分接受純士追求，共同私奔赴美讀書，並主動向賀士提出離婚，逕與純士舉行婚禮；這樣說來，可說素璞已如實履行了愛倫凱「以戀愛道德消滅不誠實婚姻」的主張。[①] 因而，比起馮沅君〈隔絕〉裡只想以死明志的纕華、比起蘇雪林《棘心》裡自我安慰世上本就難覓理想愛情的醒秋；廬隱〈女人的心〉中的素璞，明顯比纕華、醒秋她們在女性獨立的議題上走得更遠、更具實際成果。

但從另一個角度來說，也正因為素璞對自由戀愛新思潮的實踐如此徹底，這才更反襯出素璞一路來始終未能順利擺脫舊禮教牽絆的無奈事實。小說中，明士夫婦曾為純士分析過素璞回國後忽然態度冷淡還要求分居，必然是因為擔心父母親得知她與賀士離婚之事（《廬隱小說全集・女人的心》，頁七六四），純士對此大感不解，當場反問明士夫婦：

> 「……素璞是受過新文化的洗禮的，她既想打破禮教的藩籬，就應當做個徹底，為什麼走兩步又退一步呢？」

① 愛倫凱，〈愛倫凱的婦人道德〉，頁一六至一八。

「哎，這就是女人的心了！」明士的妻說：「你們翻開歷史看，從古到今，有幾個女人不怕社會的譏彈呢？本來也難怪女人，這個社會對於女人是特別的責備的嚴，我想素璞姐現在的心情也夠苦了，她要做這個社會裡的女人先鋒，但是她的勇氣還不夠，所以她的行動，便弄得令人不可捉摸了，這是時代病，純哥！只看你能幫她多少忙，如果她能打出這一關，你們的前途仍然是燦爛而光明的。」（《廬隱小說全集・女人的心》，頁七六四至七六五）

由上述引文來看，小說敘述者似乎有意在此指出：受過新式高等教育的五四新女性素璞，所以一再搖擺於新文化、舊禮教之間反覆無常，並非素璞性格善變所致，而是一種「時代病」，是五四社會既希望女性接受新思潮又期待她們恪遵舊禮教的結果。

如此說來，廬隱〈女人的心〉敘述者真正有意藉由小說人物素璞的遭遇傳達的，並不是素璞離婚再婚的勇氣，而是那些生根於素璞內心自我期待的各式牽絆——期待自己扮演一個好女兒、好母親的牽絆。在這個意義上，廬隱〈女人的心〉展現了一個馮沅君〈隔絕〉刻意忽略而其〈誤點〉已經正視的事實，那就是：不管追求新思潮有多「正確」，舊禮教都無法瞬間瓦解。因為禮教乃是建立在人與人的關係之上，不只是一個空洞的口號，也不是一個具體的對象，還牽涉到每個人對他人扮演性別角色的期待，以及對自己符合他人心中性別角色期待的渴望。就此而言，比起僅僅是為女性指點出一條戀愛結婚道路的馮沅君〈隔絕〉，同時注意到女兒、母親兩種性別角色都為女性在追求自由戀愛時帶來困擾的廬隱〈女人的心〉，其對五四女愛情處境的觀察與關切顯然更為深入，也更瞭解女性在父權體制之下所遭受的壓迫並不僅僅源自於家長權威，還來自生根於女性內心的自我期待。

而由前述引文還可知，敘述者此處藉明士的妻子所開出的藥方，即是：「要靠男士給予女性堅定愛情的協助」。且不論這樣將女性改革的希望寄託於男性這樣的想法，是否有順從父權之嫌；但是，無疑的，此一藥方的出現，亦清楚反映出當五四新女性遭遇愛情與親情衝突時，男性並非始終都能堅持做她們最大的後盾。正因為有動搖的可能，所以才需要提醒男性：這一切「只看你能幫她多少忙」。當女性為追求愛情而受到舊禮教羈絆走兩步退一步時，只有愛情才能提供支持女性繼續前進的力量。正如小說中素璞幾次不顧妻子角色展現自我意志的行動，都與愛情有關；素璞想與賀士離婚，是因為她的愛情容不得對方有第三者，而其為有夫之婦卻一再難以抗拒純士的追求，也是因為純士給她的愛情既純潔又神聖。

若將馮沅君〈誤點〉的繼之和廬隱〈女人的心〉的素璞相較，兩者同樣是受制於五四社會的「時代病」患者；不同的是，前篇小說表現出女性身處此一愛情處境如何進退兩難，後者則又進一步的提出了解決之道。如果說，前述馮沅君〈隔絕〉諸篇，有意將男性塑造成始終願與女性站在同一陣線反抗舊禮教的愛情聖戰同袍；那麼，廬隱〈女人的心〉則分裂了這樣的同袍關係，其不再只是將反父權的注意力放在反抗來自愛情之外的親情，還注意到發生愛情之內的情感裂痕，要求男性提供支持使其得以毫無後顧之憂的反抗父權。以此看來，筆者認為，對於「如何反父權」，廬隱〈女人的心〉比馮沅君〈隔絕〉諸篇表現出更深刻的思考。

小結

綜合本節所論可知，在五四社會特有的這場追求愛情等於認同新思潮、不顧親情等於反抗舊禮教的情感衝突裡，對於「母親」如何影響五四新女性放棄婚姻自主權，五四女作家小說各有其深入的觀察。馮沅君〈誤點〉裡注意到即使母親代表著舊禮教，慈母的光輝還是會令理直氣壯追求愛情的不孝女感到自責；表現了反抗父權體制的不易。而蘇雪林《棘心》指出的是，不論母親如何反對愛女追求愛情，其本身也是舊禮教受害者；表現了父權體制對女性的層層壓迫。廬隱〈女人的心〉看見的則是，五四新女性在愛情與親情衝突中更深層也更實際的無奈處境——追求愛情時最難面對的，除了母親、女兒這些親人，還有女性自己心中為了個人幸福辜負對方期待的愧疚；表現了盤根錯節的父權體制如何影響女性迎向新中國。

綜上所言，筆者認為，與其說這些出現女性人物犧牲愛情屈服母愛的五四女作家小說，表現的是一種女性面對親情與愛情不可調解的衝突所表現的軟弱與稚嫩，[1]不如說其所關注的層次並不僅止於膚淺的宣揚「應該」認同新思潮、反抗舊禮教而已。相較於宣示五四新女性擁抱自由戀愛新思潮是正確的「理想」選擇，五四女作家小說在關注因愛情而起的母女衝突時，更有意揭露新女性在追求戀愛自由、

[1] 劉慧霞，〈「五四」女作家關於母愛與情愛的抒寫〉，頁九至一〇。

婚姻自由過程中所遭遇的「實際」困難。故而，這些屈服於母愛放棄爭取婚姻自主權的五四女作家小說，表面上看起來似乎是在顯示反父權行動的失敗；但是事實上其對於父權體制如何以種種形式壓迫女性就範的觀察與思考，所展現出的深度卻是前述堅持自由戀愛奮鬥的諸篇作品遠遠不及的。總而言之，在五四整體社會所經歷的這場新思潮與舊禮教的交鋒裡，五四女作家雖以探討五四流行的婚姻自主權爭取為小說主要議題，但其小說中因爭取婚姻自主權而來的「反父權」概念展演，乃是建基於女性自身愛情處境的現實，來自女作家自身對反抗父權、反抗舊禮教的實際感受，並非僅是呼喊口號、片面的鼓勵婚戀自由之爭取而已。

第三節　暗伏在異性婚制下的女同心聲

愛情除了異性之間，也可能發生於同性，此即所謂的「同性戀」（homosexual）。不過，五四女作家小說中所敘述的那些女性親密情感，究竟該歸屬「女同性戀」（lesbian）或「同性情誼」（friendship among women），各家對此看法始終並不一致。①

① 陳慧文認為，由於五四當時被稱為「同性愛」、「同性戀愛」的女女關係，和今天的女同性戀呈現出不同的面貌；故而，只有如簡瑛瑛等論者指出這些涉及五四女女關係的篇章所敘就是「女同性戀」，大多數的論者如孟悅、戴錦華則認為這並不是性倒錯意義上的同性戀，而劉人鵬、劉傳霞則主張這是女性情誼。除上之外，也有如朱晶這樣的研究者

筆者認為，就建構論（constructionism）的觀點來看，同志身分的建構，本就隨歷史變遷、地域文化而有所不同；[①]因此，若極力鼓吹自由戀愛的《婦女雜誌》亦將同性愛情視為需要改正的「變態」，[②]而目前對五四同性戀文化也所知有限，在此情況之下，若要以今日性觀念、性別觀念都已解放後的女同性戀定義，強加檢視仍對「性」諱莫如深的五四女作家小說[③]，分辨其中「女同性戀」與「同性情誼」，恐怕不免有強作解人之憾。所幸，就本章所關切的問題而言，重要的乃是這些女性人物之間產生的情感是否為「愛情」？若是，該篇小說又是否與爭取婚姻自主權有關？假使以上答案皆為「是」，即應納入本章討論。

因此類小說中的「精神戀愛顯然和當今社會中的同性戀是有著本質的區別」，僅將其視為「是對戀愛自由，婚姻自主的一種變相的追求」；孟悅，《浮出歷史地表》，頁四一。簡瑛瑛，《何處是女兒家——女性主義與中西比較文學／文化研究》（臺北：聯合文學出版社，一九九八年），頁二一至二四。陳慧文，《廬隱的女同性愛文本》，頁一四。朱晶，〈論凌叔華小說中的女性形象〉，《邵陽師範高等專科學校學報》二〇〇一年第三期（二〇〇一年六月），頁四七。

① 林芳玫等，《女性主義理論與流派》，頁二四七至二六四。

② 晏始，〈男女的隔離與同性愛〉，《婦女雜誌》第九卷第五期（一九二三年五月），頁一四至一五。慨士，〈同性愛和婚姻問題〉，《婦女雜誌》第十一卷第五期（一九二五年五月），頁七二七至七二九。古屋登代子著，薇生譯，〈同性愛在女子教育上的新意義〉，《婦女雜誌》第十一卷第六期（一九二五年六月），頁一〇六四至一〇六九。

③ 例如，馮沅君〈旅行〉中的纗華、士軫這對年輕情侶多日共處一室，互動卻僅止於擁抱、親吻。又如，廬隱〈女人的心〉中，素璞既與賀士生下小女兒，又與純士發生婚外情並同居數年，但小說情節所敘兩性互動的親密程度，最多也只是親吻、擁抱而已。

根據紀登思的研究，浪漫愛將愛情與自由連結在一起，「這樣的愛情在兩種意義上指向未來：其一，情絲緊繫，把對方理想化；其二，浪漫愛鉤勒出未來的遠景」。①若以此來檢視五四女作家小說，則可以發現：廬隱〈麗石的日記〉、凌叔華〈說有這麼一回事〉中的女主角們，皆曾渴望擁有雙方可以廝守終身的自由，也曾描繪過雙方廝守的未來遠景，並同時表現出信任對方會為這個未來努力的信心，其應屬女同性戀無疑。而且，這兩篇小說中的愛情，最後都是因為其中一方順從父母之命另與他人結婚而宣告失敗，與本章前述兩節因渴望與異性情人共結連理而發生親情衝突的篇章，同樣都以「婚姻自主權的爭取」做為推動小說情節的重要關鍵。綜上之故，筆者認為應該將這兩篇小說納入本章討論。而為利於行文，便於兩篇小說相互舉例映證，本節將以標舉討論重點代替先前的逐篇分析。以下，即就此進行。

一、兩篇小說情節結構相似

儘管廬隱與凌叔華這兩位五四女作家的作品風格並不相似，〈麗石的日記〉、〈說有這麼一回事〉兩篇小說發表的時間也相距三年之久，但其在情節結構上卻有許多相似之處。

廬隱〈麗石的日記〉是以雙層敘事進行，而這兩個敘述層次的敘述者儘管都以參與故事並在故事內進行敘述的「我」出現，但其感知程度卻並不相同。第一層的敘述者「我」利用「在場者」的方式直接

① 紀登思，《親密關係的轉變》，頁四四、四九。

對讀者對話，不僅先對去年冬天死於「心臟病」的第二層敘述者麗石表示了深切的同情，同時並強烈暗示麗石其實死於「心病」，其以近似全知敘述者的權威高度製造了讀者對麗石的認同。至於，第二層敘事即是麗石從十二月二十一日到二月五日的日記，敘述者的「我」自然是麗石本人。日記中的麗石甚是悲觀消極，認為學校教員帶著道德的假面具，也覺得與男性互動不自由，並對結婚感到一種「什麼都完了」的悲哀。不過，麗石卻獨獨對於懂得送來紅梅伴讀的女同學沅青眷戀難捨，兩人於是得以「從泛泛的友誼上，而變成同性的愛戀」，並計畫將來共同生活，麗石還因此做了個有關兩人未來的快樂美夢。誰知，沅青奉母親之命前往天津又返京後，忽然來信表示將至天津求學以準備與表兄結婚，麗石為此傷心不已。約半個月後沅青又來信，信中不但讚許表哥有為體貼，也深深懺悔自己過去與麗石相約同性廝守的幼稚；而後，沅青又唆使少年鄺文糾纏麗石。麗石不禁深受打擊，更覺難堪而了無生趣。（《廬隱小說全集・麗石的日記》，頁四五至五五）

而凌叔華〈說有這麼一回事〉雖然沒有出現雙層敘事，但其小說前有男作家楊振聲的序言，說明此篇小說之由來。楊振聲表示，「我想叔華一定能寫得比我好，所以就請叔華重寫了」；在某種程度上，這可以解讀為序言敘述者「我」（楊振聲）對於自身權威高於小說主要敘述者的宣示，所以其亦因此產生了類似廬隱〈麗石的日記〉雙層敘事的藝術效果。凌叔華〈說有這麼一回事〉小說情節，主要是敘述影曼、雲羅兩位女學生因演戲扮演羅密歐與朱麗葉而假戲真做情愫漸生，再加上同校女同學們「願天下有情人都成眷屬」的嬉鬧慫恿，兩人遂以情侶之姿在校園出雙入對。某日，雲羅憂傷的告知影曼，哥哥已多次來信希望自己能考慮和科長的婚事，影曼安慰雲羅事在人為，並舉小學堂教習女女同居多年為例，表示她倆亦可長久一處，不必答應婚事。不料，暑假雲羅返家後，僅曾於一度來信向影曼表明母親逼迫婚事的無奈與苦悶，隨即音訊全無。影曼為此焦急不已，惡夢連連，早早返校等候雲羅。一日，影曼於宿舍偶然聽見旁人議論雲羅，方知雲羅已嫁為人婦，影曼受此打擊不禁當場昏倒，恍惚之中彷彿見到雲羅在哭，又似在笑……[1]

綜前可知，〈麗石的日記〉、〈說有這麼一回事〉在敘事結構上同樣都出現了兩個感知程度不同的敘述者；而在情節上，其都同樣敘述兩個原本有意長相廝守的女學生，其中一方返家後卻改變心意另嫁男性，而另一方亦皆在生米煮成熟飯之際，才驚覺被拋棄的事實。

二、其皆重視女同性戀無法爭取婚姻自主權一事

有人認為，這兩篇小說的主題，乃在「反抗傳統性別秩序」、在表達「愛情與婚姻並不為異性之間所專有，同性之間也有愛情與婚姻的自由與權利」；[2]若從麗石、影曼的角度來看，因為沅青、雲羅都曾怨怪她們的情人麗石、影曼為何不是男子，最後亦皆嫁給男子為妻，的確如此。（《廬隱小說全

---

[1] 凌叔華著，陳學勇編，《凌叔華文存》（成都：四川文藝出版社，一九九八年），頁一一七至一二八。又，為免註腳繁瑣，此後引用將以（《凌叔華文存・篇名》，頁碼）標示。

[2] 蘇曉芳，〈女兒國的烏托邦與「男性化抗議」〉，頁六九至七〇。

集‧麗石的日記》，頁五三；《凌叔華文存‧說有這麼一回事》，頁一二三）換言之，只因為不是「男子」，麗石、影曼便失去了和同性情人一起為自由戀愛奮鬥爭取婚姻自主權的權利，作者這樣的安排，清楚顯現了中國父權社會只論性別不管愛情的罪行。

不過，除了前述解讀之外，如果以另兩位女主角沅青、雲羅的角度來思考，還可以發現：沅青、雲羅其實也和前述章節所論五四女作家小說中的女主角一樣，都因為爭取婚姻自主權發生了愛情與親情之間的衝突。

和纖華、繼之、素璞等人相似，在小說裡，沅青、雲羅也是以女學生身分在北京求學，並在此時陷入愛河。沅青與麗石是從同校同學的「泛泛的友誼」變成共同計畫長久未來的「同性的愛戀」；雲羅和高一班的學姐影曼則在演完「羅密歐朱麗葉」後親暱同床而眠、出雙入對，除影曼對雲羅表白過「I love you」，全學校的人也把她們看成「羅密歐朱麗葉」的化身。（《廬隱小說全集‧麗石的日記》，頁四六至四七、五〇至五一；《凌叔華文存‧說有這麼一回事》，頁一一八、一二一至一二二、一二四至一二五）

而根據小說敘述者所透露的線索，沅青、雲羅後來之所以放棄爭取婚姻自主權，也和纖華、繼之、醒秋等人一樣，亦是母親贊同該椿婚事以親情力量介入愛情的結果。〈麗石的日記〉中，沅青因為母親對表哥的評價，便相信「他或者是個有為的青年」；還認為母親可以讓自己先到天津讀書與表哥相處後再考慮訂婚，這決定算是「很能體諒人」。於是，沅青便在「母親的恩情不能算薄，但是她終究不能放我們自由」的委屈心情下，接受了母親的安排。至於〈說有這麼一回事〉當中的雲羅，其婚事雖由哥哥所安排，但哥哥寫給雲羅的信上始終強調「這個人很不錯，他非常敬重母親」；而且雲羅母親也曾刻意安排機會撮合此一婚事。雲羅有意反抗，卻因母親淚眼汪汪而不禁思及「自從爹爹死後，她為哥哥同我受的苦惱真不少」，只得忍淚陪笑，最後讓影曼等到的就是雲羅已經嫁人的消息。（《廬隱小說全集・麗石的日記》，頁五三；《凌叔華文存・說有這麼一回事》，頁一二三、一二五至一二六）綜上可知，小說中除了麗石、影曼因不是「男子」而無法擁有婚姻自由外，「以母親為代表的親情阻力」顯然也是逼使沅青、雲羅放棄爭取婚姻自主權的主因。就此而言，其與前述馮沅君〈誤點〉、蘇雪林《棘心》等五四女作家小說展現出了類似的反父權意義，它們同樣都意識到：壓迫女性的父權體制，雖由男性所支配，但維護父權體制者卻不一定只有男性。

三、皆突出異性戀霸權對女同性戀的壓抑

儘管五四時人追求自由戀愛、相信愛情至上，但廬隱〈麗石的日記〉、凌叔華〈說有這麼一回事〉小說中的麗石、影曼卻因「不是男子」而被剝奪了爭取婚姻自主權的正當性。就這個角度來說，這兩篇小說皆突出了異性戀婚姻制度對女同性戀的壓抑；也指出了異性戀霸權僅僅因為認定「女性只能愛上男性」就將女同性戀排除在婚姻制度之外的歧視心態。

其實，廬隱〈麗石的日記〉、凌叔華〈說有這麼一回事〉兩篇小說中，作者用以控訴異性戀霸權以婚姻制度壓迫女同性戀的，除了因為不是男性而被情人拋棄的麗石、影曼，筆者認為還應包括沅青、雲羅兩人。

小說中，沅青、雲羅這兩位被迫走入愛倫凱眼中「不道德」婚姻的女學生，似乎都沒有在這場爭取婚姻自主權的親情衝突中為自己的愛情做過些什麼。沅青只是抱怨麗石為什麼不是個男子，「現在人家知道你是女子，不許你和我結婚」；雲羅也從未向家人提及有個女性情人影曼存在。而且，雲羅在寫信向影曼訴苦說母親有意撮合婚事之後，便與影曼完全斷絕聯絡，音訊全無；沅青也在婚事確定後就對麗石倒戈相向，不但背棄她們間的同性愛情，還設法希望麗石能與其一同「歸順」異性愛情的王國。（《廬隱小說全集・麗石的日記》，頁五三至五五；《凌叔華文存・說有這麼一回事》，頁一二五至一二八）於是，如此一來，沅青、雲羅便成了從負心漢轉換性別而生的「負心女」。其在自身遭受父權壓迫而不得不放棄爭取婚姻自主權之後，卻又竟然轉而附和父權壓迫麗石、影曼，這樣為虎作倀的行為，大大降低了讀者對沅青、雲羅的好感。

只是，若從兩篇小說的敘事手法來觀察，則可以發現作者如此安排小說情節，除了是為了要以「負心女」突出因性別而被拋棄的麗石、影曼如何悲慘之外，其實還另有深意。

廬隱〈麗石的日記〉共有兩層敘述者，主要擔起故事敘述重責的是第二層敘述者麗石。不知名的第一層敘述者「我」以其近似全知敘述者的權威表現其對麗石之死所寄予的深度同情；而第二層敘述者

「我」麗石又曾於日記敘述中表示：「引起人們最大的同情，只能求之於死後，那時用不著猜忌和傾軋了」。（《廬隱小說全集‧麗石的日記》，頁五〇）兩相對照，正可見出此處雙層敘事的設計目的，乃在於引導讀者注意麗石的可憐之處、忽略麗石「異於常人」的同性戀者身分。

而第二層敘述者「我」進行敘述時，總是以一種悲觀、消極的口吻表達。其既深覺男子並不瞭解女子，對婚姻也不存厚望，對未來可說茫然到了極點；此時沅青又對其極表同情，麗石這才將一腔柔情寄予了同性的沅青，豈知最後非但被責怪「為什麼不是個男子」，還遭到沅青唆使的男性追求者糾纏。「我本將心向明月，奈何明月向溝渠」，讀者閱讀至此，實在難以不為麗石的遭遇心生淒楚。不論這淒楚是為感受到同性愛情無法見容於社會的悲哀而起，或是痛心於麗石這類同性戀者既無法走入婚姻也無法擁有愛情的無奈而生，這些同情都是為了第二層敘述者「我」麗石所產生的，這呼應了第一層敘述者「我」的評論，而全與拋棄同志情人走入異性戀婚姻的沅青無關。

換言之，當麗石博得大部分讀者的同情時，沅青這個負心女遭受了父權體制怎樣的壓迫，不但第一層敘述者隻字未提，其在第二層敘事裡也只是個被麗石敘述的對象。而且，小說中不僅沅青自己對母親家人噤聲，未曾像〈隔絕〉的纗華那樣理直氣壯的爭取婚姻自主權；同時小說兩位敘述者也對沅青的內心世界噤聲——拒絕為她發聲，並拒絕讓她自己發聲。以此看來，筆者認為，小說所以出現這樣的敘事設計，是因為像沅青這樣明明愛著同性卻被迫走入異性戀婚姻制度的女性，選擇與異性結婚時，對異性戀來說是回歸正道的舉動，對同性戀來說卻是背叛同志，故而不管其到底是被迫或真心投奔異性戀婚姻，身處在這場同性戀與異性戀非黑即白的戰爭裡，拋棄同志身分步入禮堂的她們，都註定「裡外不是人」。

而凌叔華〈說有這麼一回事〉，小說敘述者對放棄同性愛情接受母親屬意之異性戀婚姻的雲羅，所做的「壓抑」亦與廬隱〈麗石的日記〉如出一轍。

此篇小說的全知敘述者，在敘述中曾運用了幾次敘述視角（perspective）轉換的變化。小說開始時，全知敘述者先從雲羅之眼來看事件的發展，以表露出影曼這位共演羅密歐與朱麗葉的學姐如何使雲羅傾心不已；接著，敘述者再透過影曼之眼來看雲羅，從其留意雲羅的乳房、雲羅的小嘴，聯想到兩人演戲時的親吻，還有帳子裡的粉香、髮香、肉香，這些都在在出表示影曼對雲羅有著超乎尋常友誼帶著「性欲望」的情感。而交代過雲羅、影曼二人彼此心中的好感之後，全知敘述者便將感知程度提升到高於事件發展的角度俯瞰全局，鋪陳雲羅、影曼之間日漸親密的種種互動以及校園裡眾人樂觀其成的慫恿，並評論說：「她們的情感好像同校園的桃李茶薇等樹的葉子比長」，「好像羅密歐和朱麗葉的名字本來是她們的」。如此一來，在敘述者不斷調整敘述視角的同時，雲羅與影曼之間的情感，也逐漸顯現出其為同性愛情的真實面目。到了雲羅暑假返家即將「叛變」的部份，全知敘述者把敘述責任全部交給了影曼，其結果便是大大突出了影曼對雲羅癡心一片卻被無情拋棄的悲哀，也剝奪了雲羅為自己行為辯護的機會。（《凌叔華文存．說有這麼一回事》，頁一一八、一一九、一二五）

由此可知，儘管〈說有這麼一回事〉是全知者選擇只以影曼之眼敘述，但其仍然造成了類似〈麗石的日記〉以第一人稱進行敘述的藝術效果，同樣使得捨棄同性愛情奔向異性戀婚姻的雲羅在此噤聲，同樣和沅青默默地接受了發言權的喪失。

除上之外，凌叔華小說〈說有這麼一回事〉的主要敘述者，與「男作家」楊振聲所寫的序言敘述者之間的關係，也頗耐人尋味。序言的敘述者表明，凌叔華這篇小說乃是因楊振聲自己應徐志摩之邀寫的〈她為什麼發瘋了〉太過草率，因此請凌叔華重寫。（《凌叔華文存．說有這麼一回事》，頁一一七）

這固然可作為本篇小說創作經過的歷史考據之用，但當其主要目的是在表明這篇書寫女同性戀的小說是由女作家改寫男作家作品而來時，無疑的，這也拉開了小說外的女作家凌叔華與小說內女同性戀的關係。換言之，楊振聲的序言，事實上也是以異性戀婚制的掌權者（男性）在進行著聲明，強調著：一個「正常」的女性不可能「主動」涉入女同性戀的世界。於是，不只是捨棄同性戀情奔向異性戀婚姻的雲羅必須和沅青一樣噤聲，寫作女同性戀題材小說的凌叔華，也必須對女同性戀保持出一定的距離。①

---

① 蘇曉芳對盧隱〈麗石的日記〉、凌叔華〈說有這麼一回事〉進行比較與分析時，曾指出：「這兩篇小說雖然敘事角度與方式不同」，但「相同的是作者都被非常聰慧地隱匿在文本的背後」。〈麗石的日記〉的「作者是同情麗石的，但對她的創建女兒國的烏托邦的同性戀理想卻未見得是贊同的」；至於「〈說有這麼一回事〉，作者更是借助小說的標題，巧妙地在自己與文本之間劃清了界線。說有這麼一回事，作者僅僅作為一個旁觀者在講述一個聽來的故事而已」。蘇曉芳並以此發出好奇之問：「這種態度的曖昧是否透露著作家的無奈與苦澀？」筆者認為，這兩篇小說雖都對女同性戀保持了某些距離，但若將此聯想到作家無奈與苦澀，可能言過其實。因為五四時人對於女同性戀的認識與反對，正如其對浪漫愛情的瞭解，皆仍甚粗淺；這也就是為什麼這兩篇小說中造成戀情失敗的因素，僅僅止於異性戀

小結

綜合本節所論可知，雖然女同性戀的存在，本身就是對父權體制的一種抗議，而五四女作家小說出現書寫女同性戀的篇章，本身也是一種反父權的表現；但是五四女作家涉及女同性戀的廬隱〈麗石的日記〉、凌叔華〈說有這麼一回事〉這兩篇小說，並不僅僅只是滿足於指出女同性戀的存在。其除以因性別而被排拒在爭取婚姻自主權的麗石、影曼，突顯出異性戀霸權剝奪女同性戀者婚姻自由的罪行之外；更以沅青、雲羅本身爭取婚姻自主權失敗後的無能表現，以及小說敘述者刻意壓抑沅青、雲羅發聲的敘事手法，揭露出女同性戀者在異性戀婚姻制度之下如何被「消音」。

本章小結

如何從父權社會的家長手中取得婚姻自主權，乃是五四女作家小說愛情論述中關切的重要主要議題。至此，筆者已就「建立在國族論述上的愛情認同」、「困頓在母女關係中的角色衝突」、「暗伏在異性婚制下的女同心聲」等三種面向，探討過五四女作家小說有關爭取婚姻自主權的愛情書寫。

婚姻制度的介入。所以，這兩篇小說到底能表現出多少作家本身對女同性戀的認識與態度，應還需更多有關五四時期女同性戀文化的研究資料來佐證，不應過度推論；蘇曉芳，〈女兒國的烏托邦與「男性化抗議」〉，頁七一。

綜合本章探討可知，當五四女作家小說中的女性人物，因爭取婚姻自由而遭遇為愛情與親情無法兩全的困境時，實際上也表示其正處於迎向新思潮前景或是接受舊禮教現狀的掙扎。就反父權的立場而言，如馮沅君〈隔絕〉、〈隔絕之後〉與〈慈母〉這樣將愛情認同建立在國族論述之上、勇於向父權家長爭取婚姻自主權的小說，雖然最為「政治正確」，然而事實上其小說所展現的反父權意義並未觸及父權體制的深層問題，還不如表現馮沅君〈誤點〉等五四新女性如何因愛情而困頓於母女衝突的五四女作家小說。其小說敘述的雖然是爭取婚姻自主權失敗的故事，但是其對於父權體制如何以種種形式壓迫女性，卻有著頗為深刻的觀察與思考。比如，馮沅君〈誤點〉以女兒對辜負慈母溫情的自責，表現了反抗父權體制並非易事；蘇雪林《棘心》以女兒對母親無法擺脫舊禮教的同情與屈從，表現了父權體制對女性的層層壓迫；廬隱〈女人的心〉則表現了盤根錯節的父權體制如何影響女性迎向新中國。至於，廬隱〈麗石的日記〉、凌叔華〈說有這麼一回事〉這兩篇五四女作家小說，則以女同性戀者無法也無能爭取婚姻自主權的故事，突顯出五四社會僅將為自由戀愛而奮戰的發聲權利保留給異性戀者，女同性戀者的心聲只能被壓抑在異性戀婚姻制度之下。

筆者認為，儘管五四女作家小說有關爭取婚姻自由這部份的愛情書寫，似乎違反了五四自由戀愛的時代潮流，小說結局往往以失敗收場；但就其對父權體制的思考與觀察來看，非但不違背反父權的時代呼聲，而且還頗有見地。以此來看，五四女作家小說以爭取婚姻自由為主要議題的愛情論述，顯然並不膚淺，不僅僅只是喊喊口號、控訴禮教吃人而已。

前曾述及，五四社會中的女性愛情處境難題可分成兩種，即：婚前為爭取婚姻自由而與父母家長發生衝突、戀愛後或婚後因種種問題而與情人或丈夫發生衝突。① 而本章已探討過五四女作家小說中有關女性婚前發生的愛情與親情衝突，亦即其小說愛情論述中關於爭取婚姻自主權此一議題的探討與關注。接下來的第肆章，筆者要探討五四女作家小說中有關女性戀愛或結婚後與情人或丈夫發生種種衝突的篇章，以觀察其小說愛情論述的另一個面相：「以探索性別主體為思想脈絡」。

① 詳見本書第貳章〈五四社會中的女性愛情處境〉。

第肆章　五四女作家小說愛情書寫之思想脈絡：探索性別主體

貝克夫婦《愛情常混亂》認為，現代社會個人化過程在教育、經濟等方面所提供女性的成長新助力，使現代女性擁有更高的自我期許，也使其在愛情中不得不經常處於要為自己活還是為別人活的掙扎。① 而對五四女性此一性別群體來說，儘管並非每個女性都有機會得到婦女解放運動的成長助力，但由於五四時人只願接受有限度的自由戀愛，又對愛情本質與異性相處技巧均概念不足，以致於新舊女性在愛情與婚姻之中皆不斷與五四男性發生各種衝突。② 五四女作家身為領受西方新思潮最多、自我期許也較一般五四女性為高的女性高級知識份子，面對這樣與愛情中的另一個性別——男性——衝突不斷的五四女性愛情處境，對於婚戀問題感受自是格外深刻。

① 貝克，《愛情常混亂》，頁一〇、三七。

② 詳見本書第貳章〈五四社會中的女性愛情處境〉。

五四女作家小說之中關切前述五四女性愛情處境的作品，數量非常之多；並且，七位五四女作家都曾對此表示關注。比如，凌叔華〈酒後〉（1924）敘述已婚男女即使是因愛情而結合，婚姻中仍舊要不斷面對愛情的挑戰；陳衡哲〈洛綺思的問題〉（1924）注意到愛情與婚姻並不能完全滿足女性實現自我的渴望；廬隱〈勝利以後〉（1925）則質疑戀愛結婚之於受過高等教育的新女性，是否只是場空虛的勝利；馮沅君〈緣法〉（1925）更索性質疑愛情、婚姻之於女性的重要性，因為不管丈夫如何深愛妻子，最後還是會見異思遷，一切都只是「人在情在」罷了；而石評梅〈林楠的日記〉（1928）關注了得不到丈夫的愛情卻為其他羈絆不得不在婚姻中苟延殘喘的女性；蘇雪林《棘心》則以聽從母命結合的婚姻如何愛情無望，展現出愛情無法因婚姻關係的存在而存在的殘酷現實；至於，冰心〈第一次宴會〉（1930）亦提示了戀愛結婚對新女性來說固然是種幸福，但婚前婚後的角色轉換對女性仍是不小的考驗……總之，綜上可知，五四女作家小說對於男女在愛情、婚姻中的關係變化，關注焦點十分多樣，並不再僅僅滿足於一九二四年馮沅君〈隔絕〉那樣將愛情認同建立在國族論述上的作法。

換言之，當五四女作家筆下的女性人物，開始與男伴（情人或丈夫）逐步面對愛情、婚姻當中的各類問題時，其注意力已從向外界爭取婚姻自主權，轉移至愛情世界內部觀察兩性關係。「探索性別主體」，也因此成為五四女作家小說論述愛情時的重要思想脈絡。本章的寫作目的，即在探討五四女作家小說中有關探索性別主體的愛情書寫。以下，筆者即就小說女性人物在兩性關係中所佔據的四種「角色位置」：「無愛婚姻中的元配」、「與有婦之夫相戀的第三者」、「有愛婚姻裡的妻子」、「擁有愛情但事業心仍舊強烈的女性」；而將五四女作家小說愛情論述分成：「質疑五四愛情神話的邊緣發聲」、「顛覆五四愛情神話的勇者形象」、「重建五四愛情論述的現實基礎」、「期許女性性別主體的自我實現」等四節探究，期能因此更立體的展演出其建基於反父權概念之下的女性性別主體思考。

第一節　質疑五四愛情神話的邊緣發聲

前曾述及，五四時人將涵括靈肉合一戀愛觀及諸多女權思想的愛倫凱「自由戀愛」，簡化為：「沒有愛情的婚姻不道德」這樣的口號。五四愛情論述的焦點，因此從「自由戀愛的追求」轉向了「婚戀自由的爭取」；①進而衍生出一種五四獨有的愛情神話。在這個愛情神話中，五四時人將「戀愛自由」、「性自由」、「婚姻自由」統統包裹綑綁，認定「沒有愛情的婚姻」乃是舊中國、舊禮教的罪惡，擁抱愛情便是擁抱最榮耀的道德光芒，也是身為五四青年最責無旁貸的光榮使命；而凡是阻撓戀愛男女進入婚姻的，便是阻礙新中國建立的罪人。此即五四女作家小說愛情論述為何會以「爭取婚姻自由」為主要議題開展；而馮沅君〈隔絕〉、〈隔絕之外〉、〈慈母〉等三篇堅持為自由戀愛與親情奮戰的小說，更是清楚表現了五四愛情神話將愛情認同建立在國族論述上的時代特色。

①　詳見本書第貳章第二節〈五四社會對愛倫凱「自由戀愛」的追求與修正〉。

不過，五四女作家並非僅是傳播五四愛情神話、被動接受「薰染」而已，實際身處五四社會的她們，對於五四愛情神話驅策女性追求婚姻自由卻忽視女性愛情處境之艱難，也在小說中主動為女性提出了質疑。沒有愛情的婚姻固然不道德、固然違反五四新思潮，但是五四社會鼓勵愛情至上的結果，卻是要求當初也是明媒正娶的元配，在失去丈夫關愛後還要犧牲婚姻，其處境之堪憐，令五四女作家不得不為這群被五四愛情神話邊緣化的元配發聲。

五四女作家小說中，女性人物因丈夫外遇而使婚姻遭遇不幸的篇章頗多，諸如：廬隱〈一個著作家〉（1921）、廬隱〈傍晚的來客〉（1922）、凌叔華〈女兒身世太淒涼〉（1924）、凌叔華〈「我那件事對不起他？」〉（1924）、石評梅〈棄婦〉（1925）、馮沅君〈貞婦〉（1926）、石評梅〈林楠的日記〉（1928）、廬隱〈碧波〉（1932）、凌叔華〈轉變〉（1935）等皆是。

由於此類作品篇數不少，為利於討論五四女作家小說質疑五四愛情神話的邊緣發聲，以呈現並比較其間的差異，筆者擬挑選四篇小說並分成兩組進行：一是依序討論故事情節人物、情節相似，然而作者不同、發表時間也相差四年的凌叔華〈「我那件事對不起他？」〉、石評梅〈林楠的日記〉，藉以觀察不同女作家對同一女性愛情處境的性別主體思考差異；二是，同樣由廬隱所寫，但發表時間相距十年的〈傍晚的來客〉、〈碧波〉，藉以觀察同一女性愛情處境在不同時期對同一女作家引發的性別主體思考變化。

一、凌叔華〈「我那件事對不起他？」〉

凌叔華小說〈「我那件事對不起他？」〉，故事是敘述胡少奶奶婚後第三年，丈夫即赴美求學，獨留胡少奶奶在家侍奉公婆，好不容易胡少奶奶十四年後終於盼得丈夫回國，不料丈夫竟對其一再嫌惡與挑剔。某日，胡少奶奶偶然發現丈夫與王小姐通信的內容，才知丈夫早已移情別戀，丈夫見東窗事發索性要求離婚，公公雖為胡少奶奶仗義執言，婆婆卻難捨愛子，胡少奶奶眼見事無可為，於是留下遺書服毒自盡。（《凌叔華文存・「我那件事對不起他？」》，頁二〇至二九）

由於凌叔華小說〈「我那件事對不起他？」〉的敘述者，不參與故事且在故事外進行敘述，並以「缺席的在場者」出現，所言具有高度的敘事權威。因此，筆者認為，就小說整體敘述而言，從敘述者使得「胡少奶奶與王小姐呈現出兩種女性形象」、「恪遵婦道成為胡少奶奶屈居愛情弱勢的主因」、「以遺書突出胡少奶奶的心理感受」、「胡少奶奶表現出愛情需求」來看，便可以發現這位全知敘述者的目的，並不僅止於在控訴舊禮教、舊中國如何造成胡少奶奶的困境，還更在有意藉其敘事權威以胡少奶奶進退兩難的愛情處境質疑五四愛情神話。以下即就此將筆者所見細論分述：

（一）胡少奶奶與王小姐呈現出兩種女性形象

在小說中，敘述者為胡少奶奶與王小姐呈現出了兩種截然不同的形象。比如，王小姐會說流利的外國話、會唱外國歌，能融入外國人的生活；胡少奶奶卻連迎接外國客人的禮節都不懂，還讓胡少爺丟臉到情願沒有妻子。又比如，胡少爺欣賞王小姐所買的雕花象牙白色洋梳，認為「她戴起來真好看」；胡少奶奶看到這樣的梳子想到的卻是：這至少值七八十元而婆婆必然不喜歡自己穿戴白色。（《凌叔華文存・「我那件事對不起他？」》，頁二〇至二六）

小說中最能見出王小姐與胡少奶奶差異所在的，莫過於分別由二人所寫的這兩封書信：

1. 王小姐給胡少爺的情書：

子云：

我現在告訴你了罷，從前年在湖畔同遊之後，你便時時刻刻在我心上了。為什麼我屢次拒絕你的要求呢？不是受舊思想的束縛，也不是怕舊社會的指摘，我是不理會這些的。我以前想如果冷淡了你，你也許同你的夫人重新和好起來，因她是賢慧人，你家庭裡也省得鬧事了。後來我知道這是不可能的，我白犧牲了自己，你們還不能得幸福及和平，那麼為什麼不替我們自己著想呢？你說，非先離婚不可；如果父母不允，你就以一走一死了之。咳，算了罷！這是不容易辦的，我也不稀罕那個名義，我們實行我們的新生活就是了。

惜芳

（《凌叔華文存・「我那件事對不起他？」》，頁二四至二五）

2.胡少奶奶給公婆的遺書：

翁姑大人膝前：媳不孝，竟不能侍奉二親矣。溯自入胡門，蒙慈愛有加。方圖反哺；豈料家門不幸，横生變故耶。媳已三思，唯有一死以全夫婿孝道，以保大人桑榆暮景之歡。再者，近年離婚婦女，多受社會異眼；老父遠客未回，大歸亦不能。媳生長深閨，未習謀生自立之道，茫茫大地，竟無媳容身之所，媳只有死之一途耳。臨池抆淚，伏維。

珍重慈躬至要。

媳劉氏絕筆

（《凌叔華文存・「我那件事對不起他？」》，頁二九）

由上述兩封書信，可以清楚的比較出王小姐與胡少奶奶的差異。從形式來看：一為情書一為遺書，暗示了二人在這場婚外情三角關係中的最終結果，王小姐得到胡少爺的「愛情」，胡少奶奶只能走向「死亡」。王小姐全篇以白話自由表述，胡少奶奶則以文言書信格式恭謹撰寫；白話與文言的對比，又揭示出王小姐與胡少奶奶一為自由一為恭謹的行事風格。而王小姐信中直呼胡少爺「子云」自己署名「惜芳」，但小說裡胡少奶奶從未直呼胡少爺之名，甚至給公婆的遺書信尾也只署名「劉氏」，有姓而無名；兩信在收信人以及稱謂署名的對比，也表示出王小姐和胡少爺處於平等溝通的對等地位，但胡少奶奶卻無法與丈夫直接溝通並需處處以公婆為重的劣勢地位。

再從內容來看：王小姐信中絲毫不認為介入他人婚姻的自己有虧於人，也不認為需要仰賴胡少爺來為此段愛情的未來做出決定。可見，「愛情」之於王小姐，顯然超越婚姻道德，並且是可操之在我的。至於，胡少奶奶在臨死之前留下的這封遺書，儘管在一定程度上反映了五四社會對女性離婚者的不友善；①卻隻字未提自己反對丈夫要求離婚。彷彿，丈夫的堅持雖然造成了胡少奶奶不得不走上絕路的不幸，可是身為妻子的她仍只能被動地選擇接受丈夫的決定，遵行臨嫁前母親叮囑的「無違夫子，婦人之德」（《凌叔華文存‧「我那件事對不起他？」》，頁二二一）。

由上可知，小說敘述者除了展現胡少奶奶與王小姐的舊與新之外，還更一步的藉由其形象差異表現了兩者愛情處境的弱勢與強勢——雖然小說中的胡少奶奶做為一個妻子的條件並不差，可惜，事實就是在她擁有的婚姻裡丈夫所期待的終身伴侶並不是她；能表達自我、能吸收西方新思潮的王小姐，才是丈夫心中所愛的理想妻子。

---

① 五四時人鳳子曾在〈關於離婚的事實及其批評〉一文，以個人離婚的艱苦過程，清楚說明諸如：男女不平等的法律問題、勸合不勸離的社會輿論問題、日後謀生的經濟問題、離婚再嫁的貞操問題……等等都是五四女性談論離婚時要面對的問題；而且五四女性處處都屈居弱勢，鳳子甚至為此悲憤的表示「離婚問題是女子的先決問題」；鳳子，〈關於離婚的事實及其批評〉，《婦女雜誌》第八卷四期（一九二二年四月），頁一四三至一四五。

（二）恪遵婦道成為胡少奶奶屈居愛情弱勢的主因

在小說敘述中，敘述者除了讓讀者見到胡少奶奶與王小姐的不同形象，亦清楚讓讀者察覺到胡少奶奶所以只能在愛情中屈居弱勢的主因，就在於其恪遵謹守「無違夫子，婦人之德」。當胡少奶奶發現胡少爺有婚外情並打算離婚時，其只是在昏迷醒轉時哭喊著：「原來他打這主意。我，那一件事對不住他？」「他休了我叫我和誰去住？拿什麼臉去見人？我……那一件事對不起他呀！」即使到了可以請公婆評理時，胡少奶奶一再反覆說出的也還是：「我自從入胡家以來，那一回失了媳婦規矩？那一件事對不起丈夫？」（《凌叔華文存．「我那件事對不起他？」》，頁二五至二七）可見，胡少奶奶認為唯一能捍衛自己婚姻的利器，就只有自認克盡婦道、自認沒有哪一件事對不起丈夫這點。

有趣的是，縱然胡少奶奶自信自己已然克盡婦道，卻從未對丈夫質問過：「我哪件事對不起『你』？」當丈夫氣急敗壞來找被胡少奶奶取走的王小姐書信時，胡少奶奶其實大可效法《紅樓夢》鳳姐兒之流以信為憑大鬧一場，但她卻「喉咽硬起來，手足癱軟，一句話也講不出」，眼見丈夫轉身便要離去，這才終於逼出了胡少奶奶一句：「我問你——要……把我怎樣？」她不問丈夫「我哪件事對不起『你』」，只想知道丈夫如何處置自己。之後，即使有了公婆作主，胡少奶奶依然半句指責丈夫的話都沒有。（《凌叔華文存．「我那件事對不起他？」》，頁二六至二七）

綜此看來不難發現，在胡少奶奶心中，堅持休妻的丈夫唯一在這場因婚外情而起的離婚風波中，必須對她交代的似乎就只有必須讓她知道自己哪件事對不起他；至於丈夫的無情薄倖，她則無權置喙。胡少奶奶這樣對愛情消極被動又恪遵古訓「無違夫子，婦人之德」的傳統女性表現，與前述積極主動爭取愛情又平等看待戀愛雙方的王小姐，再次形成強烈的對比。

（三）以遺書突出胡少奶奶的心理感受

在胡少奶奶死前留下的這封遺書裡，總共說了三件事：一、此後將無法再侍奉公婆。二、無法侍奉是因為自己要以死成全丈夫。三、自己離婚之後將走投無路。只是，從另個角度來看，這三件事其實都指向了同一件事。

胡少爺離家在外十多年，雙親全靠胡少奶奶盡力侍奉，如今返家幾年就拋棄糟糠，胡少奶奶此後無法繼續侍奉公婆固然是種遺憾，但胡少爺忘恩負義過河拆橋也因此成了不爭的事實。而且，胡少奶奶表示自己「唯有一死以全夫婿孝道」，亦即暗示如果胡少奶奶不死，丈夫便無法盡孝道，這話固然是回應胡少爺那句「她在這裡，王小姐就不肯嫁我，我娶不了她，只有一死」，卻也暗指胡少爺此後所以能全其孝道，乃拜自己尋死所賜，這建立在犧牲髮妻生命之上的孝道，何其沈重？胡少奶奶又設想離婚後將無容身之所，「只有死之一途」，這固然是胡少奶奶無一技傍身而且缺乏堅強性格的結果，但究其根由，孰令致之？不就正是胡少爺未能眷念結髮之情堅持離婚休妻所致嗎？故而，胡少奶奶的遺書雖然說了三件事，其實都同樣暗暗指向了「我的死，是胡少爺想和我離婚無情無義對不起我」的這件事。而這也就是為什麼胡少奶奶明明很想知道自己哪件事有錯，明明是被丈夫執意休妻所逼而死，但她卻說自己寫遺書的目的，是希望「丈夫以外的其他人」能夠瞭解並認同自己尋死的苦衷。（《凌叔華文存・「我那件事對不起他？」》，頁二七至二九）

更進一步的說，胡少奶奶藉由遺書透露的死亡意義，表面上看來是為了成全夫婿的孝道，實際上卻是在抗議夫婿的無情。而這樣的抗議，礙於胡少奶奶本身所具「無違夫子，婦人之德」的傳統婦德，並無法如王小姐那樣以直接表白的方式進行，於是，小說敘述者便替胡少奶奶選擇了一種曲折的方式來表達。

（四）胡少奶奶表現出愛情需求

除上之外，敘述者還試圖讓讀者瞭解胡少奶奶也是具有愛情需求的女性。在小說一開始，敘述者即刻意讓讀者得知胡少奶奶閒來翻閱的詩集是《婦人苦》，念出的詩句是：「妾身重同穴，君意輕偕老」，以此表現出胡少奶奶雖然與胡少爺聚少離多，卻仍是深情款款未有異心。並且，敘述者還透過胡少奶奶的回憶告訴讀者，其也曾經擁有過一段與胡少爺甜蜜時光的陳年回憶。只可惜，胡少奶奶缺乏兩性溝通技巧，兩人關係難以隨著彼此各自的成長而成長，就算胡少爺好不容易「滿心想安慰她一言半語；可憐她斜眼也不敢瞟他，相見了便板起臉孔，一聲不發，弄得他也不好意思開口說話了」。（《凌

叔華文存・「我那件事對不起他？」》，頁二一至二二、二四）

所以，從這個角度來說，縱使胡少奶奶未能像王小姐那樣和胡少爺談一場新潮而靈肉合一的自由戀愛，也仍舊還是用一種傳統中國的古老情懷在愛著胡少爺，胡少奶奶不是無情的木石，但她對待胡少爺的愛顯然並不是胡少爺渴望的浪漫愛情，於是，這一切情意便只能猶如「泥牛入海」……

順此思路，胡少奶奶之所以失去婚姻的保障，便不只是因為「舊女性不懂愛情」這樣逕自以時代潮流來判斷情感能力的理由；而是像多數愛情關係發生第三者介入的理由一樣，是胡少奶奶付出的不是丈夫想要的愛情，丈夫想要的愛情她又不能給，這才讓她失去了丈夫的心。胡少爺想要的愛情伴侶，是像王小姐那樣的新女性，能把自己放在與對方平等的地位上、能開口說出自己的感受、具有時尚審美的獨特眼光、可以與外國人交際應酬的女性伴侶。胡少爺固然嫌棄胡少奶奶纏足的小腳，但更令他反感的是，胡少奶奶不但在應酬場合讓胡少爺丟臉，也不具備欣賞白色雕花象牙洋梳的美學品味。再說，胡少奶奶總是自己悶頭苦思如何改善兩人的關係，只敢在獨處時以古人詩詞感傷胡少爺未能珍惜她的深情付出，從未曾向胡少爺吐露過滿腔柔情，這又如何能使胡少爺感受到她的情深意重呢？（《凌叔華文存・「我那件事對不起他？」》，頁二二至二四）

綜上四點所述可知，凌叔華小說〈「我那件事對不起他？」〉敘述者所說的，除了一個舊女性「必然」在婚外情三角關係中出局而發生被迫離婚的時代悲劇外，還是一個無法瞭解另一半需要什麼的女性最後愛情、婚姻、人生、生命……全盤皆輸的故事。

因此，這篇小說並不是僅僅為了控訴舊中國將胡少奶奶推上了得不到丈夫愛情的離婚之路而寫，小說作者凌叔華在此更想指出的是：令人「哀其不幸，怒其不爭」這樣的胡少奶奶五四舊女性，固然是舊禮教、舊中國的「成品」；但是，當一往情深的胡少奶奶，始終執意追問自己不犯七出又有哪件事會對不起胡少爺卻渾然不知這根本不是離婚的原因時，不也證明了「沒有愛情的婚姻不道德」這樣的口號僅僅是以五四男性「喜新厭舊」的擇偶標準[①]為中心而已嗎？

換言之，凌叔華小說〈「我那件事對不起他？」〉小說在此所質疑的，並不只是五四愛情神話對舊女性的嚴重忽視，還有其背後蘊涵的「男性中心」思維。筆者認為，以此而言，凌叔華這篇因關切特定女性群體（五四舊女性）而探索出個人女性主體思考的小說，由於指出五四愛情神話以男性為中心這樣的事實，其所展現的反父權意義，確實是超出將愛情認同與國族認同綑綁一處的馮沅君〈隔絕〉諸篇。

不過，若就反父權的表現深度來看，凌叔華小說〈「我那件事對不起他？」〉其實並不如馮沅君，因為其只是將「五四舊女性的不幸」歸罪為五四愛情神話獨厚男性的結果，並未將五四新舊女性視為一完整群體置於五四愛情神話當中進行思考；更直接的說，身為新女性的五四女作家凌叔華，顯然並不認為自身會與舊女性同樣遭遇男性中心思維的愛情困境。也就是在這個意義上，作者凌叔華將小說命名

---

① 根據藍承菊的研究，五四男性偏好以新女性為擇偶的對象，而且要能識字、持家、不纏足、個性相投、性情溫和；藍承菊，《五四思潮衝擊下的婚姻觀》，頁一九八至二〇一、二五三。

為「我那件事對不起他？」，因為這樣的題名更能以舊女性（胡少奶奶）對第三人控訴五四男性「他」（胡少爺）的方式鋪演小說意旨，其並將高度的敘事權威賦予如同作者化身的全知敘述者，藉此證明身為新女性的女作家凌叔華乃是以一種旁觀者清的姿態書寫舊女性的不幸。

二、石評梅〈林楠的日記〉

說來也頗為有趣，凌叔華筆下的胡少奶奶所執意追問的那個問題：「我哪件事對不起他？」在小說發表後的第四年，另一位五四女作家石評梅在其小說〈林楠的日記〉裡回答了這個問題。林楠的丈夫給了與胡少奶奶處境類似的林楠一個清楚的答案，：「我自然對不起你，不過父母也對不起我」。[①] 這位丈夫把自己無視婚姻約束另有新歡的責任，全部推給了父母。

石評梅〈林楠的日記〉這篇小說，是林楠從七月卅日到八月十五日短短半個月的日記。記述林楠的丈夫「琳」總是漂泊在外，獨留林楠在家中侍奉雙親、照顧三名幼女；好不容易等了三年盼到丈夫回家，夫妻卻是相敬如「冰」。林楠偶然從照片證實了丈夫的外遇，也得知丈夫在外生病的時候都是多情

---

① 石評梅著，黃紅宇編選，《石評梅小說——只有梅花知此恨》（上海：上海古籍出版社，一九九九年），頁一四六。又，為免註腳繁瑣，此後引用以（《石評梅小說．篇名》，頁碼）標示。

有意的第三者在熬湯煎藥。林楠雖曾經試圖挽回丈夫，但郎心似鐵已成定局。林楠為此難過不已，卻又發現丈夫其實夜裡也曾偷偷地傷心落淚，不禁更加痛苦；但是為了不讓三名幼女失去母親，林楠還是寧願繼續忍耐這些也不願意選擇離婚。（《石評梅小說．林楠的日記》，頁一四〇至一五二）

由上情節概述不難發現，石評梅小說〈林楠的日記〉中的林楠，與凌叔華小說〈「我那件事對不起他？」〉中的胡少奶奶，在愛情處境上頗多雷同之處。比如，同樣是丈夫常年在外，自己獨自在家盡心侍奉公婆；同樣是好不容易盼得丈夫返家，等來的卻是丈夫對自己時常動氣又冷若冰霜；也同樣是從丈夫與新歡來往留下的書面證據（或通信或合影），才揭穿了丈夫另有所愛的真相；亦同樣是勇於表現個人情感的新女性，令丈夫移情別戀；而且兩人還同樣堅持不因丈夫變心就選擇離婚。

不過，雖然凌叔華〈「我那件事對不起他？」〉、石評梅〈林楠的日記〉這兩篇小說關注的同樣是丈夫另有新歡時的五四女性愛情處境；但是，兩者在敘述因丈夫追求有愛情的婚姻而痛苦的元配愛情處境時，還是有不同的表現。以下即分從「林楠比胡少奶奶更容易引起讀者同情」、「林楠不像胡少奶奶是個完全的舊女性」、「林楠比胡少奶奶展現出更多的個人主體性」、「林楠不像胡少奶奶選擇自盡」等這些方面來說明兩篇小說的差異：

（一）林楠比胡少奶奶更容易引起讀者同情

凌叔華〈「我那件事對不起他？」〉是由異故事且故事外的第三人稱全知敘述者進行敘述，使讀者得以在閱讀過程中透過第三者王小姐與元配胡少奶奶兩人的形象對比漸漸瞭解胡少爺何以另結新歡，同時並能對胡少奶奶一直無法認知到這些差異的存在，只知苦苦追問：「我哪件事對不起他？」的執著，產生悲憫的同情。

而石評梅〈林楠的日記〉則以同故事、故事內的方式進行敘述，將林楠做為第一人稱敘述者「我」；這樣的設計，使得林楠成了一個自己主動去發聲、去感受、去思考的「人」，不像胡少奶奶只能是一個被敘述的對象。經由林楠的日記敘述，讀者除了看到林楠侍奉公婆的小心、照顧兒女的辛勞、面對丈夫的無奈之外，也看到其心底深處的私密感受，比如林楠怎麼拿自己和岫琴、黛這些晚生幾年的「新女性」比較，怎麼渴望自己能知道那個屬於岫琴和黛的世界如何光明、怎麼渴望自己可以不拿丈夫當生命地過活。（《石評梅小說‧林楠的日記》，頁一四三、一四九）

於是，石評梅〈林楠的日記〉的敘述者位置，使得林楠比胡少奶奶更像是一個有血有肉的真實人物。這讓讀者除了同情丈夫外遇的林楠之外，更容易因為瞭解林楠的內心感受，進一步思考起：「沒有愛情的婚姻不道德，但是，為了愛情破壞原有的婚姻與家庭，真的能幸福嗎？」這類的問題。如此一來，石評梅〈林楠的日記〉便在敘述丈夫外遇的元配愛情處境上展現了與凌叔華〈「我那件事對不起他？」〉不同的思考方向；如果說後者注重的是女性如何執意以婦德換取愛情、婚姻的「無知」，那麼，前者關切的便是女性在此一處境中如何進退兩難的「無力」。

（二）林楠不像胡少奶奶是個完全的舊女性

小說〈林楠的日記〉所敘述的林楠，並不像胡少奶奶是個完全的舊女性。中，她是「師範畢業的學生，受過相當的中等教育」；也有膽量和能力與丈夫進行溝通，她曾直接向丈夫表示自己內心的不悅；此外，她還能夠清楚理解靈肉合一的自由戀愛，能感覺到丈夫不愛自己是「他的靈魂已和我分裂了」。（《石評梅小說．林楠的日記》，頁一四三、一四六、一五〇）可見，林楠的婚姻之所以變成愛倫凱口中的不道德婚姻，絕非因為她是不懂自由戀愛的舊女性。這是林楠與胡少奶奶最大的不同之處。

新、舊本就是相對而生的比較。總是扮演「賢媳良母」的林楠，相對於丈夫的新歡——在北大讀書的錢頤青小姐，儘管仍舊帶著傳統守舊的色彩，可是相對於胡少奶奶那樣的傳統舊女性，受過新式教育也有自信離婚後能自食其力的林楠，已可算是「新女性」了。只不過，正如林楠所說：她早生了幾年，於是，努力建立「新」中國、不斷追求「新」思潮的五四時代，便在不斷汰舊換新中遺棄了她，把她當成了舊時代的產物。林楠曾在比較她與小叔情人岫琴的不同時，說：「我是娶來的媳婦，不是請來的愛人」；林楠的自我認知一語道破她的「舊」，她的確不像胡少奶奶那樣的傳統守舊，然而她的新，也的確不足以像岫琴那樣無視於傳統反抗一切。（《石評梅小說．林楠的日記》，頁一四二、一四七至一四八）

於是，林楠的「半舊不新」，便使得石評梅〈林楠的日記〉比起凌叔華〈「我那件事對不起他？」〉對女性愛情處境的關切更擴大了許多——並不是只有從未受過新式教育的舊女性，才會遭遇丈夫另結「新」歡的不幸。

（三）林楠比胡少奶奶展現出更多的個人主體性

石評梅〈林楠的日記〉比凌叔華〈「我那件事對不起他？」〉更清楚的質疑愛情、婚姻之間的關係，使林楠表現出更清楚的主體性。小說〈林楠的日記〉中，敘述者曾藉岫琴之口告訴讀者：儘管是父母之命的結合，但並不是只有林楠丈夫與第三者是相愛的，林楠的婚姻一開始兩人也是彼此有愛的，那也是一段神秘難解的愛情往事。（《石評梅小說・林楠的日記》，頁一四七、一五二）換言之，並不是林楠的「舊」使她註定無法擁抱一個有愛情的婚姻。

而這就是為什麼在小說中連新女性岫琴也會對林楠訴苦：「男人的心靠不住」。新女性是比舊女性更具有愛情優勢，但當愛情變質的時候，不論怎樣新的新女性，愛情與婚姻都會面臨破碎的危機。石評梅〈林楠的日記〉在此提出了對「沒有愛情的婚姻不道德」此一五四愛情神話主軸的質疑：如果，有愛情的婚姻並不是此後就能永遠幸福快樂，最符合新時代的新女性也並不是有了愛情和婚姻就能幸福快樂；那麼，追求有愛情的婚姻到底是為了什麼？

瑞典的愛倫凱重視戀愛，可以把戀愛當做人生的精髓，可以認定沒有愛情的婚姻不道德，將婚姻視為法律上無關重要的手續問題；① 可是，對於中國人而言，婚姻不僅聯繫著兩個有血有肉的人，還有他們共同的兒女和各自的家族。② 如果因為沒有愛情就逕自離婚，將會有多少人因此受累？石評梅〈林楠的日記〉的敘述者林楠，有著胡少奶奶所無的三名幼女，這讓林楠在考慮離婚時對兒女牽掛不已；而離婚以後公婆將無人長年伺候，這也讓林楠掛念於心。（《石評梅小說・林楠的日記》，頁一五一）這些女性離婚之後對他人的影響，都是凌叔華〈「我那件事對不起他？」〉較少提及的。

這樣看來，同樣是拒絕離婚，胡少奶奶是出於不知道怎麼面對他人、怎麼求得自立的恐懼而拒絕；可是林楠卻是擔心他人無法面對自己的離婚、無法從自己這裡獲得原有的照顧而拒絕。就此來說，林楠比胡少奶奶更清楚的展現了個人主體性的存在。

---

① 瑟盧，〈近代思想家的性慾觀與戀愛觀〉，頁六。

② 以與徐志摩離婚的張幼儀為例，根據張邦梅《小腳與西服》的紀錄，其訪問過程裡唯一看到姑婆張幼儀哭的那一次，既不是因為徐志摩想方設法要離婚；也不是因為徐志摩在她德國異鄉產子正需人照顧的時候只想速速簽字離婚；而是轉述她二哥以「張家之失志摩，如喪考妣」評論徐張二人離婚之事時。張幼儀這樣的反應，或許是缺乏自我意識的表現，然而，一個八十多歲的老嫗面對晚輩重敘陳年往事的時刻，猶然對二哥當年的反應流露出深深的哀痛，正可見出張幼儀為此受創之重；張邦梅，《小腳與西服》，頁一〇五至一一四、一二九至一三八、一四一至一四三、一四五、一四八至一五〇、一五九至一六二。

（四）林楠不像胡少奶奶選擇自盡

胡少奶奶的死，在凌叔華〈「我那件事對不起他？」〉是個悲劇的結局；丈夫不顧多年情份堅持離婚再娶，公公能為她說話卻抵不過婆婆失去兒子的恐懼，自己娘家又因父親遠行而無人可以依靠。故此，胡少奶奶選擇死亡，在小說中乃是委屈自己的悲劇性選擇，藉此抗議丈夫薄情的企圖也多過面對此一艱難愛情處境的嘗試。（《凌叔華文存・「我那件事對不起他？」》，頁二七至二九）

而石評梅〈林楠的日記〉敘述者林楠，則是在理性思考過離婚的提議後，才意識到其和胡少奶奶面對了類似的困境。林楠想到黛可能是丈夫請託來希望讓她主動提出離婚的說客，不禁覺得丈夫的心太過狠毒；又想到婆婆察覺他們夫妻有異可是不怪兒子只怪她，這裡外不是人的委屈，更令她傷心。（《石評梅小說・林楠的日記》，頁一五〇至一五一）因為這樣，林楠在日記中寫道：

> 我連哭都不能哭，哭了他們罵我「逼他走」，琳自己也再三說家庭苦痛一刻都不能忍，誰曾替我設身處地想一下。（《石評梅小說・林楠的日記》，頁一五二）

這就是林楠這樣半舊不新的五四女性辛酸之處。丈夫不滿意她是父母之命的髮妻，認為家庭痛苦想要追求自由戀愛的婚姻；像黛那樣能自立的新女性也不滿意她委曲求全，希望她離開這個沒有愛情的婚姻；而像婆婆那樣傳統守舊的舊女性，更不滿意她在婚姻中無法妥善照顧丈夫的需求。眾人都希望林楠符合自己的期望，可是卻沒人真正站在她的立場設身處地的想過：「林楠自己要什麼？」為了強調林楠此種無法被人理解的孤獨愛情處境，小說敘述者最後讓日記停在這裡：

八月十五日

這幾日我心情異常惡劣，日記也不願寫了。

我想到走，想到死，想到就這樣活下去。（《石評梅小說‧林楠的日記》，頁一五二）

從未得到他人設身處地著想的林楠，在八月十五日這樣月圓人團圓闔家歡聚的中秋佳節裡，因為丈夫、因為婆婆、因為新時代眼光的要求而備覺痛苦，心情惡劣到連日記也不想寫。日記，原是林楠唯一得以讓外界瞭解心聲的方式，如今卻打算放棄；這不啻是在暗示當眾人都只用自己的想法要求林楠這類的元配時，這些不斷「指點」她們應如何選擇的壓力，其實只會更讓她們失去表達自我心聲的欲望，更不知道何去何從。

林楠沒有像胡少奶奶那樣一死了之，死亡只是林楠思考當中的一個選項，她還想到離開、或是就這麼繼續痛苦的活下去……筆者認為，敘述者所以刻意以這個開放式結局來結束小說敘述，一方面是為了以林楠所想到的不只是死，展現出此一女性人物勇於面對困境的韌性與個性；另一方面也是為了讓讀者對林楠的未來充滿想像，使林楠不再像胡少奶奶只是一個被同情的對象，而成為一個有能力開創自己未來的人物。

綜上所述四點來看可知，林楠雖與胡少奶奶遭遇相似，但小說中林楠具有受過新式教育卻因時代變化而「半舊不新」五四女性身分，又曾經和丈夫有過愛情生活的婚姻經驗，卻同樣和胡少奶奶因丈夫愛上「新」女性而面臨離婚危機；這些差異的存在，突顯出石評梅〈林楠的日記〉對於愛情能否保證婚姻長久幸福的深刻質疑。這對將「沒有愛情的婚姻不道德」架構在國族論述上的五四愛情神話來說，不啻是一個迎頭痛擊。

此外，小說不僅以林楠擔任敘述者，並且林楠也不將離婚與否的決定全權交給外遇的丈夫，最後更不像胡少奶奶那樣為了害怕離婚而選擇自盡，這些都使得林楠不再像胡少奶奶只是一個被敘述、被同情的對象，而是成為一個更具主體性的女性人物。可見，同樣是五四女作家關注丈夫外遇的元配如何痛苦的小說作品，但與凌叔華〈「我那件事對不起他？」〉相較，晚出的石評梅〈林楠的日記〉對女性命運關懷所展現的性別主體思考，顯然輪廓較為清晰。

三、廬隱〈傍晚的來客〉、〈碧波〉

由前述兩篇小說的比較可知，晚出的石評梅〈林楠的日記〉較凌叔華〈「我那件事對不起他？」〉對女性性別主體的探索較為深入。而由廬隱相距十年的兩篇小說〈傍晚的來客〉、〈碧波〉，也可以看出同一位五四女作家關切丈夫外遇的元配愛情處境所展現的性別主體思考，亦是後出轉精。以下即將此二篇小說並論。

廬隱小說〈傍晚的來客〉，是敘述「我」在傍晚時分聽到電鈴響起時，回想起某日傍晚從來訪客人岫雲那兒聽到她家裡的張媽所發生的故事；原來張媽的母親因為嫌貧愛富硬是拆散了張媽和她的情人劉福，結果張媽婚後三個月，劉福病重，為了去探望情人，張媽被怨恨丈夫的想法一時沖昏了頭，喪失理智害死了丈夫派來監視她的小姑。「我」本來期待這次來訪的是會帶來張媽後續消息的岫雲，還將家中一張題為「被棄的少婦」的水彩畫像誤認為張媽的臉孔，結果來訪的卻是穿著西裝的少年二哥哥。（《廬隱小說全集．傍晚的來客》，頁五六七至五六九）

這篇小說乃是廬隱早期作品。小說結構雖然有些鬆散，但仍不難發現小說是在利用敘述者「我」輾轉聽來的張媽故事，述說張媽迫於父母之命未能嫁給所愛的人，結果不幸為愛情失手害死小姑，成為被時代、被父母也被命運拋棄的可憐少婦；這樣來看，此篇顯然是以「沒有愛情的婚姻不道德」做為小說主題，目的在以此宣傳五四愛情神話。

而此篇小說的敘事設計頗為雜亂，大致說來是敘述者「我」在敘述自己從岫雲聽來的張媽故事；不過小說當中的大部分篇幅，又是岫雲在聽張媽講故事。因此，若不在意敘述層次之間需清楚交待的技巧問題，小說〈傍晚的來客〉或可分為三層敘事，第一層是敘述者「我」敘述傍晚來客，第二層是岫雲以類似全知敘述者的方式敘述張媽的故事，第三層敘述者則是張媽本人以「我」敘述自己的故事。這樣層層轉述的敘事設計，可能來自晚清小說見聞錄第一人稱敘事的影響；[①]也可能是為了強調張媽乃真有其人，是以層層轉述以張媽為敘述者「我」所陳述的親身遭遇。但不論其目的為何，這都暴露出小說第一層敘述者與第三層敘述者之間，存在著十分遙遠的距離。

所以，儘管掛念張媽之後的遭遇、儘管認為張媽是「被棄的少婦」，但這些都是第一層敘述者「我」在某日傍晚電鈴響起時才忽然想起的事情，其之前既沒有刻意去追問岫雲下文如何，也沒有向岫雲表達同情張媽之意，更沒有實際做過有助張媽的行動；換言之，張媽之於第一層敘述者「我」，就像是一個可以與人茶餘飯後閒聊的警世八卦新聞。第一層敘述者「我」對於第三層敘述者「我」張媽的同情，說穿了就僅僅只是出於一種膚淺的好奇與關心。這份關心的薄弱，還可以從結局出現一個與故事無關的西裝少年，來結束第一層敘述者「我」對岫雲的等待、對張媽的好奇得到證明。換言之，像張媽這樣女性人物，不僅被父母、被時代、被命運遺棄，其實也被作者廬隱遺棄了。這樣看來，宣傳五四愛情神話的廬隱〈傍晚的來客〉，似乎與質疑五四愛情神話的凌叔華〈「我那件事對不起他？」〉，同樣不將五四新舊女性視為一完整群體；而且，與其說此時的廬隱關切的是女性愛情處境，實不如說其關切的是無法實踐五四愛情神話的下場。

① 陳平原，《中國小說敘事模式的轉變》，收入《陳平原小說史論集》（上卷）（石家莊：河北人民文學出版社，一九九七年），頁三二八至三三一。

盧隱另篇小說〈碧波〉，則是敘述「我」正在為寫作腸思枯竭之際，忽有電鈴聲表示有客來到，原來是多年故友碧波和肖蓮。碧波非常佩服「我」能為文藝選擇不安定的生活，她自慚是「時代的落伍者」；「我」這才回想起之前曾聽說留學法國的碧波因與自幼訂婚的丈夫性情不合而有意離婚，於是詢問碧波下文。誰知碧波卻表示，縱使夫妻兩人貌合神離聚少離多，自己也沒有勇氣離婚，離走前還希望能從敘述者「我」那兒得到一些勇氣。「我」為此在送走了碧波之後，唏噓不已。（《盧隱小說全集‧碧波》，頁六三一至六三四）

同樣身處無愛婚姻之中，碧波既不像凌叔華〈「我那件事對不起他？」〉的胡少奶奶、盧隱〈傍晚的來客〉的張媽，是帶著濃厚傳統中國氣息的舊女性，也不像石評梅〈林楠的日記〉的林楠是早生了幾年半舊不新的五四女性，而竟然是留學法國的五四新女性。也就是說，盧隱〈碧波〉裡敘述的是一個受過高等教育並曾出國留學的五四新女性，仍然受制於個性接受傳統父母命定的婚姻，和舊女性一樣走入沒有愛情的婚姻。此一情節，與蘇雪林《棘心》幾乎如出一轍。

張媽、碧波這些婚姻不幸的女性故事，都是盧隱小說的敘述者「我」生活中的「意外」，不屬於其日常生活圈。儘管如此，但是比起十年前盧隱〈傍晚的來客〉中的張媽，盧隱〈碧波〉明顯對碧波此類女性表現出許多關切之情。小說〈碧波〉中，當敘述者「我」詢問碧波是否真的結束了那沒有愛情的婚姻，得到的答案卻是碧波坦承自己沒有勇氣離婚、情願懶散因循度日。那一刻，敘述者「我」心中明明想指責：「天下一切含著眼淚委屈求全的女人，都只是沒有勇氣！」不過看到碧波頹唐的神情，卻不忍多說地沉默了。（《廬隱小說全集・碧波》，頁六三四）以此來看，小說〈碧波〉的敘述者「我」不但在敘述距離上更靠近了那些因為沒有愛情而婚姻不幸的女性，而且不再以誇大這類女性可悲可憐的處境為要務，多了〈傍晚的來客〉所沒有的體貼。

這樣的轉變，或許是廬隱歷經十年人事洗禮，[①] 對「沒有愛情的婚姻不道德」這樣的五四愛情神話思維，已經有了不同層次的理解；也或許是因為〈碧波〉中的敘述者「我」本就是一個以「從靈魂創傷中流出來的血汁」進行文學創作的人，所以縱然希望碧波不平凡，但也能對碧波沒有勇氣突破現狀滿懷體諒。（《廬隱小說全集・碧波》，頁六三二）不論如何，總之，小說〈碧波〉由於敘述者「我」對敘述對象的反應不同，其對這類被五四愛情神話忽視的元配展現出同情的理解，已不再像〈傍晚的來客〉只是一個宣示「沒有愛情的婚姻不道德」的警世新聞。

小結

五四注重婚戀自由更甚於自由戀愛的特殊時代風氣，衍生出將「戀愛自由」、「性自由」、「婚姻自由」綑綁於一處的「五四愛情神話」，認定「沒有愛情的婚姻」乃是舊中國、舊禮教的罪惡。身處無

---

① 一九二二年時，廬隱正值大學畢業，開始擔任中學教師。而此年到一九三二年之間，廬隱除經歷與本有妻室的郭夢良相戀、結婚、郭夢良病逝，後來又與比她小好幾歲的李唯建相戀、結婚，感情波折不斷。同時，其間廬隱除了中學教師、也曾擔任北京市立第一女子中學校長，職場的人事歷練也不少；盧君，《廬隱新傳》。

愛婚姻之中的元配，也因此成為被五四愛情神話強烈邊緣化的女性人物。而五四女作家小說當中，並不乏為這群被五四愛情神話邊緣化的元配發聲之作。其或有如凌叔華〈「我那件事對不起他？」〉突出其被迫離婚走上絕路的悲慘遭遇，也有如石評梅〈林楠的日記〉指出眾人皆對其有所期待卻又無人願為其設身處地著想的困境，而廬隱到了一九三二年所寫的〈碧波〉也對缺乏勇氣突破現狀的這類女性給予了同情的諒解。

若就其性別主體的探索來看，凌叔華小說〈「我那件事對不起他？」〉，除了以胡少奶奶這樣的元配愛情處境質疑五四愛情神話對舊女性的嚴重忽視外，更質疑以五四男性「喜新厭舊」的擇偶標準為離婚要件的五四愛情神話其實只是「男性中心」的思考，強烈展現出反父權的精神與女作家本身性別主體意識的存在。不過，此篇小說僅將「五四舊女性的不幸」歸罪為五四愛情神話獨厚男性的結果，並未將五四新舊女性視為一完整群體置於五四愛情神話當中進行思考，亦未能表現出胡少奶奶本身的性別主體意識。

而與凌叔華此篇小說情節相似的石評梅〈林楠的日記〉，以林楠半新不舊的人物形象，對「新女性」愛情是否就較能保證婚姻幸福這樣的五四愛情神話提出了質疑，給了奉行信仰「沒有愛情的婚姻不道德」的五四愛情神話一個當頭棒喝。此外，林楠不再像胡少奶奶只是一個被敘述、被同情的對象，也讓石評梅〈林楠的日記〉比凌叔華〈「我那件事對不起他？」〉更清晰的展現出小說女性人物的性別主體意識。至於，廬隱不同時期對同一女性愛情處境的不同作品〈傍晚的來客〉、〈碧波〉，由於後者已不再像前者只是注重宣示「沒有愛情的婚姻不道德」，而能真正關切到這類違反五四愛情神話而不幸的元配感受，並因此為不願離婚的元配向五四愛情神話提出質疑。可見，除了如前述凌叔華〈「我那件事對不起他？」〉、石評梅〈林楠的日記〉那樣由不同的作家展現出的不同性別主體思考之外，同一作家對同一女性愛情處境的性別主體思考，亦可因不同時期而變化，並非固定不變。

第二節　顛覆五四愛情神話的勇者形象

建立在國族論述上的五四愛情神話，認定「沒有愛情的婚姻」是舊中國、舊禮教的罪惡，身處無愛婚姻中的元配因此被邊緣化；然而，實踐此一愛情神話與有婦之夫相戀的第三者，其實也沒有因為從那些拋妻棄子的五四男性那裡獲得了愛情，便擁有了元配所沒有的幸福。此從廬隱、石評梅等人的第三者的愛情經歷即可得知。①

換言之，五四愛情神話雖然賦予了第三者勇於追求愛情的勇者形象，但實際上此一愛情處境帶給五四女性的，並不全然是勇者無懼的光榮感。②五四女作家亦在小說中質疑顛覆了此種源自五四愛情神話的勇者形象，其筆下介入他人婚姻的女性第三者總是處在「既渴望追求自由戀愛，又期待斷絕一

---

① 廬隱，〈郭君夢良行狀〉、〈石評梅略傳〉，頁一八七至一八九、五三六至五三九。蔡登山，《人間花草太匆匆》，頁六八、一五三至一六五。廬君，《廬隱新傳》，頁五九至九三。

② 詳見本書第貳章第三節〈從五四社會事件來看當時新舊女性的愛情處境〉。

切非議」的矛盾愛情處境。諸如：盧隱〈淪落〉（1924）、馮沅君〈旅行〉（1924）、石評梅〈毒蛇〉（1928）、盧隱〈象牙戒指〉（1931）、盧隱〈一個情婦的日記〉（1933）等皆是如此。其中，除了石評梅〈毒蛇〉的敘述者「我」在別人非議某個使元配自殺、先生前途一敗塗地的女性第三者時，懷抱著既痛恨其無情狠心但又認為「毒蛇的殺人，你不能責她無情」的矛盾心情之外；（《石評梅小說・毒蛇》，頁一〇三至一〇六）其他五四女作家小說，幾乎都是以女性第三者本身為故事主角來關切她們矛盾的愛情處境。

而為深入探究此類五四女作家小說，筆者擬於本節挑選下列以不同角度關切卻同樣顛覆五四愛情神話勇者形象的三篇小說來進行討論：首先，是與盧隱〈淪落〉同樣涉及戀愛自由與性自由，但較其更進一步探究愛倫凱自由戀愛「靈肉合一」精神的馮沅君〈旅行〉，藉此觀察其如何以女性第三者實踐靈肉合一的過程與感受，顛覆第三者在五四愛情神話中毫無疑懼的勇者形象。再來，是比石評梅〈毒蛇〉更直接關注女性第三者在愛情中所受之傷害與影響的盧隱〈象牙戒指〉，藉此觀察其如何以女性第三者有了愛情卻未能擁有婚姻保障而造成終生傷害的故事，顛覆第三者在五四愛情神話中不惜一切的勇者形象。最後，則是盧隱〈一個情婦的日記〉此篇小說，其特別注意到當「沒有愛情的婚姻不道德」口號對上「革命加戀愛」此一風潮時，女性第三者愛情處境如何因此更形雪上加霜，故而筆者擬藉此觀察其如何以女性第三者面對時代風氣轉變的過程與感受，顛覆第三者在五四愛情神話裡代表「新中國」的勇者形象。以下即就此分篇進行。

一、馮沅君〈旅行〉

馮沅君〈旅行〉中的男女主角，雖然在小說中從未出現過人名，但由於敘述者「我」敘述的情節與馮沅君另兩篇小說〈隔絕〉、〈隔絕之後〉的女主角纗華的回憶相互符合，同樣都是孤男寡女旅館共處多日，「而除了擁抱和接吻密談之外，沒有絲毫其他的關係」；此外，〈隔絕〉、〈旅行〉兩篇在男主角為女主角解開衣服上的鈕子時的敘述文字，幾乎一模一樣；（《馮沅君小說・旅行》，頁八至九、二〇）因而，與〈隔絕〉、〈隔絕之後〉同年發表的〈旅行〉，所敘應是纗華與士軫的故事無疑。若將士軫、纗華這對情侶的背景套入馮沅君小說〈旅行〉中的男女主角，〈旅行〉大約是在纗華發生被母親召回家鄉逼嫁劉慕漢〈隔絕〉之事以前，其時士軫與纗華正當同在北京求學、熱戀之際。

顧名思義，〈旅行〉所寫即為纗華與士軫的「旅行」經過，這趟旅行他們不但瞞著所有的人相約到外地，還在旅館中多日共處一室。小說一開始，兩人即正往目的地出發，纗華雖然同意兩人一同旅行，但仍然在意其他乘客是否非議他倆。兩人到了旅館，表面上要了兩間房，實際上卻同住一房；纗華儘管有些害怕男女共處一室，可是心中也帶著某些期待。而當士軫替纗華解衣服上的鈕子到最裡面的一層時，「好像受了神聖尊嚴的監督似的」，說「這一層我可不能解了」；纗華為此大受感動，認為「這種感動是最高的靈魂的感動，同時也是純潔的愛情的表現」。但是她終究未能自己解開最後一層鈕子。纗華非常自豪兩人能共處多日而肉體表現只限於微笑、擁抱和接吻，認為這是未和純潔愛情接觸過的人無法想像的；但隨之纗華也坦承自己還是會把士軫家鄉的髮妻當成情敵。旅行即將結束的最後一夜，纗華原本期望能和士軫兩人特別的度過，誰知士軫竟因走訪知友而晚歸。回返北京的路程上，纗華和士軫險些因人群擁擠而走散，好不容易找到士軫，纗華高興地突破心防，坐在士軫面前拉起他的手。回到北京以後，兩人各自回到舊日生活的軌道，但彼此心中卻都已因這趟旅行而受到了莫大的影響。（《馮沅君小說・旅行》，頁一八至二七）

馮沅君小說〈旅行〉對性愛的處理，經常引起研究者注意。例如，孟悅、戴錦華便曾在其合著的《浮出歷史地表》表示，由於五四時期的新意識形態未能清楚界定「性愛」與「愛情」這兩個詞語；因此，馮沅君及其筆下的纗華乃「乞靈於愛的精神價值而貶抑其肉體性」。其認為，這只是「借舊的觀念『不及亂』而保護捍衛自己」而已；這看似為捍衛純潔愛情而迴避性愛的態度，實際上只是「迴避女性的性愛、女性的願望、女性作為性愛經驗主體的一切」。該書並且指出，當纗華為士軫尊重她拒絕性愛的意願而驕傲的同時，並沒有看到「她自己若想受尊重，必須先被剝奪『願望』的權利」。①

從孟悅、戴錦華的女性主義角度來看，馮沅君小說〈旅行〉確實是在迴避性愛，並以男性中心文化進行思考。不過，正如陳寧、喬以鋼〈論五四女性情愛主題寫作中的邊緣文本和隱形文本〉可以從女

---

① 孟悅，《浮出歷史地表》，頁五三至五四。

性性別體驗的角度從馮沅君〈旅行〉讀出：「一位少女在等待她的不同凡響的初夜時那種複雜難言的思緒」；[①]筆者亦認為，此篇小說仍可從其他角度進行解讀。

若從五四時人熱衷追求自由戀愛此一角度來看，正如馮沅君〈隔絕〉、〈隔絕之後〉以纗華、士軫殉情的悲壯鼓吹人們應為聖潔的愛情對抗傳統舊禮教一般；這篇小說裡纗華、士軫性愛體驗的「功虧一簣」，也可以說是在利用纗華這個第三者對實踐「靈肉合一」的矛盾心態，提醒人們不要在追求新思潮的自由戀愛時將其想像得太過簡單，也不要把女性第三者追求靈肉合一的過程想像得太過容易。以下，即將筆者之見分為：「旅行的目的，是為了靈肉合一」、「靈肉合一的失敗，是因為纗華臨陣退縮」、「纗華的臨陣退縮，是因為她尚存有許多未解決的矛盾」、「敘述者纗華經常出現矛盾，是為了要突出矛盾」等四點，一一來進行說明：

（一）旅行的目的，是為了靈肉合一

愛倫凱所提倡的「自由戀愛」，認定戀愛就是「從肉體裡精神裡湧出來的靈的戀愛」。[②]因此，其所涉及的，除了戀愛自由、婚姻自由外，還包括因為靈肉合一主張所涉及的性自由。

① 陳寧，〈論五四女性情愛主題寫作中的邊緣文本和隱形文本〉，頁一五三至一五四。
② 琵盧，〈近代思想家的性慾觀與戀愛觀〉，頁六、八。

馮沅君本篇小說儘管題為「旅行」，不過實際上除了纖華與士軫離開北京住在外地旅館外，小說中並未出現他們兩人一同旅遊景點的相關敘述，而佔據小說最多敘述篇幅的，乃是兩人一起同住纖華房裡的種種互動。由於孤男寡女共處一室本就容易讓人聯想到「性」，再加上小說敘述者提到她們這對戀人此趟旅行是要完成「愛的使命」，以及士軫為纖華解開衣服上的釦子到最裡面的一層以及擁抱、親吻等兩性間親密接觸等等的相關敘述來看；很明顯的，這篇小說所以題為「旅行」，指的就是纖華與士軫這對違反舊禮教規範發生婚外情的自由戀愛情侶，離開北京遠赴外地所進行的一場「靈肉合一」學習之旅。（《馮沅君小說・旅行》，頁一九、二〇至二一、二三）

換言之，這趟旅行兩人可能會發生性關係，本就是纖華同意士軫成行時已有的認知。否則，尚是處子之身的纖華根本不需要在火車尚未到達目的地之前，便開始對兩人「晚上將要實現的情況」感到既期待又怕受傷害。①而且，儘管這靈肉合一的性體驗，在他們同住的第一晚就因纖華沒能自行解開衣服最裡面一層的釦子而失敗了，但是，纖華卻也曾在最後一夜來臨之前，特別想像到「這一夜應該怎樣過」。（《馮沅君小說・旅行》，頁二〇至二一、二五）因此，馮沅君〈旅行〉所寫應是一場學習「靈肉合一」的旅行無誤。

---

① 陳寧，〈論五四女性情愛主題寫作中的邊緣文本和隱形文本〉，頁一五二至一五六。

（二）靈肉合一的失敗，是因為纗華臨陣退縮

那麼，導致這趟靈肉合一之旅功敗垂成的原因，到底是什麼呢？對於士軫為纗華解開衣服時的狀況，纗華也就是小說敘述者「我」，是如此對著隱含讀者進行敘述的：

他代我解衣服上的鈕子，解到只剩最裡面的一層了，他低低的叫著我的名字，說：「這一層我可不能解了。」他好像受了神聖尊嚴的監督似的，同個教徒禱告上帝降福給他一樣，極虔誠的離開我，遠遠的站著。我不用說，也受著同樣的感動——我相信我們這種感動是最高的靈魂的表現的，同時也是純潔的愛情的表現，這是有心房的顫動和滴在襟上的熱淚可以做證據的。他把我抱在他懷裡的時候，我周身的血脈都同沸了一樣，種種問題在我的腦海中彼起此伏的亂翻。我想到我一生的前途，想到他的家庭的情況，別人知道了這回事要怎樣批評，我的母親聽見了這批評怎樣的傷心，我哭了，抽抽噎噎的哭了。但另一方面我覺得好像獨立在黑洞洞的廣漠之野，除了他以外沒有第二個人來保護我，因而對於他的擁抱，也沒有拒絕的勇氣。《馮沅君小說・旅行，頁二〇至二一》

士軫為纗華解開衣服上的鈕子，纗華也允許他為自己寬衣解帶，這表明了他們確實是在彼此同意的狀況下開始這場性愛體驗的，更證明了纗華對於這趟旅行即將使自己體驗到「靈肉合一」境界，早有

心理準備。而士軫希望由纗華自己動手解開最裡面的一層釦子，則是因為士軫希望能再次確認纗華的意願；不為別的，只為他們期待自己所擁有的是崇高的自由戀愛當中使兩人可以真正靈肉一致的性體驗，而非一場普通的男女交歡。

這就是為什麼纗華會形容這時的士軫：「好像受了神聖尊嚴的監督似的，同個教徒禱告上帝降福給他一樣，極虔誠的離開我，遠遠的站著」，纗華自己亦會「受著同樣的感動」。正如他們在〈隔絕之外〉為自由戀愛殉情的堅定一樣，此刻的纗華與士軫，同樣對自由戀愛有著宗教般狂熱信仰。他們的感動，是兩個虔誠的愛情信徒為了即將完成愛情這位上帝交付在人間的「靈肉合一」使命所激發的崇高感；換言之，是教徒奉行教義實現使命的神聖感，使得士軫將解開衣服最裡面一層釦子的任務交給了纗華，也使得纗華相信此刻兩人一同受到這樣的感動。對他倆來說，這證明了他們的愛情是從靈魂裡面湧出來的戀愛，是純潔愛情的最高表現；他們的愛情所缺的，僅僅只剩下最後性行為的結合。

然而，纗華卻在接下來的發展裡臨陣退縮了。她在士軫將她抱於懷裡的時候哭了，沒自己解開最後的釦子，也沒從士軫的懷抱裡離開。這就是纗華所能接受的男女肉體接觸最大尺度；所以此後兩人同居旅館的日子，士軫再也沒有越過雷池一步。雖然這可以說是馮沅君〈旅行〉「迴避女性的性愛、女性的願望、女性作為性愛經驗主體」的表現；[1]不過，就某個角度來說，其實當纗華在同意士軫計畫旅行、

[1] 孟悅，《浮出歷史地表》，頁五三。

為她解衣的時候，已經有意識的在行使她的性自主權利；而當她心有不安抽抽噎噎地哭起來便率然打斷原先的計畫，不怕士軫生氣、不怕自己難堪，這仍舊是一種「我知道我不想要更多，所以我不再繼續做下去」的性自主表現。

故而，由上可知，阻撓這趟靈肉合一之旅成功的原因，正是纗華「自己」害怕輿論批評非議、害怕母親為這些議論傷心，使得她臨陣退縮，導致士軫無法順利突破纗華身體和心理的最後防線。

（三）纗華的臨陣退縮，是因為她尚存有許多未解決的矛盾

在〈隔絕〉裡，纗華以女兒身分對抗擔任舊禮教守門人的母親，是個為自由戀愛奮鬥的戰士；而儘管纗華在〈旅行〉裡批評過非議他們行為的是俗人，也表示「無論別人怎樣說長道短，我總不以為我們的行為是荒謬的」，（《馮沅君小說‧旅行》，頁二四至二五）不過，〈旅行〉裡對著隱含讀者訴說一己心事時的纗華，顯然並沒有〈隔絕〉裡那樣堅不可摧。

比如，纗華認定士軫只帶一床薄被和毯子南來，是為了要和她同住一間，便感嘆自己「不斷計算的結果還是輸給他」；明知對方的用意卻還是接受現狀，這表示纗華並未強力反對與士軫親密相處。但是，纗華又為了要「作樣子」，刻意「把被子分出兩床來鋪在沒人住的士軫房裡」，顯示纗華還是不希望別人發現他們親密共處一室的行為。誰知，分完被子又弄得兩人剩一床被，纗華只得向表妹借用，而表妹來到旅館之時卻又看到放在纗華的床上的是士軫的被子；纗華用被子作樣子本是怕人非議而刻意為

之的掩飾，到頭來卻又變成令外人捕風追影的蛛絲馬跡，纗華實是自相矛盾。類似的狀況還不止於此，又比如，他們這趟靈肉合一之旅刻意居住在昂貴的旅館，纗華表示這是因為除了他倆沒有學生在這裡出入，暗示他們有意避免被熟人發現。可是，纗華偏偏定了兩間房卻又默許士軫和她同住一間卿卿我我，以致不只旅館裡不認識他們的人可以從窗簾看見他們擁抱的影子，就連他們的朋友、表妹這些熟人也都發現了士軫從纗華房裡出來會客、士軫在纗華房裡看書等這些景象……這些欲蓋彌彰、弄巧成拙的矛盾行為，處處都表現出纗華如何一邊以毫無性經驗的處女身分面對情人摸索何謂自由戀愛「靈肉合一」，又如何一邊以介入他人婚姻的第三者身分面對舊禮教輿論擔憂非議；於是使其經常出現既渴望擁有與士軫靈肉合一的親密感受卻又畏懼外界流言蜚語的矛盾。（《馮沅君小說・旅行》，頁二一至二二、二四、二六）

依據世俗傳統道德價值觀判斷，纗華的行為在〈旅行〉裡會招致非議的，乃是未婚女性與男子同住、以及破壞他人婚姻兩件事；那麼，小說〈旅行〉的敘述者纗華她是怎麼敘述這些非議的呢？面對未婚女性與男子同住的非議，纗華雖然有些不安但還是可以釋懷的，否則她便不會同意這趟旅行、也不會默許士軫與她同住一房、更不會讓士軫幫她解開衣服的鈕子。筆者認為，這是因為對於未婚女性與男子同住所觸及的貞操問題，愛倫凱早已表示應以愛情為標準。①因此，〈旅行〉中的纗華，便

---

① 愛倫凱，〈愛倫凱的婦人道德（續）〉，頁二〇至二五。

如同〈隔絕〉中引用西方維特、夏綠蒂、Ibsen、Tolstoy、Hamlet、Irvin等人的話語來解釋自己各種戀愛決定的纗華一樣，早已經由西方新思潮得到了此次嘗試「靈肉合一」戀愛行為的正當性。（《馮沅君小說・隔絕》，頁六至八、一〇至一一）所以，〈旅行〉中的纗華鮮少出現失貞焦慮。

而最後，纗華和士軫這對努力實踐自由戀愛崇高理想的戀人，雖然未能靈肉合一，但卻也已體會到靈魂最高的表現，即：「愛情能使人不做他愛人不同意的事，無論這事他怎樣企慕」。對於他倆同住一房卻能維持純潔的愛情，不像一般人所想像的男女之間僅有純肉慾的性愛關係存在，纗華是驕傲的；這驕傲是一方面她真的見識到了愛神的偉大可以令靈魂純潔若此，一方面她也真的藉此反擊了那些批評他們淫亂的指控。（《馮沅君小說・旅行》，頁二三）因此，未婚女性與男子同住的非議，對於纗華這個敘述者來說，似乎增加了許多不安的情緒，可是由於得到了愛倫凱「靈肉合一」的加持，其實並不難面對。

至於破壞他人婚姻的非議，纗華這位敘述者曾經表示：士軫和他妻子「他們中間只有舊禮教舊習慣造成的關係」，也說過：「世間種種慘劇的大部分都是由不自然的人與人關係造出來的，我們的愛情願不要那種不自然的關係的頭銜加上」，甚至因此告訴查店的警察她和士軫的關係是同學。（《馮沅君小說・旅行》，頁二二、二六）纗華所謂「不自然的關係的頭銜」，指的當然是「沒有愛情的婚姻，就算有夫妻之名，也不是自然的」。纗華這樣重視愛情甚於婚姻的表現，自然與「沒有愛情的婚姻不道德」這個深入五四青年心中的愛情信念有關。然而，認為婚姻不如愛情重要，並不表示不渴望追求婚姻；事實上，總是不吝展示自己對於能擁有神聖純潔愛情有多驕傲的纗華，還是在小說敘述中流露了身為第三者的自己如何渴望與士軫成為真正的「夫妻」。

對於自己渴望成為士軫的妻子的心思，在小說中，纗華這個敘述者多次以「……」這個標點符號來表現。小說中，「……」這個標點符號出現在這兩個段落：

1. 他那一間房簡直是作樣子的，充其量也只是他的會客室而已。起初我自然是很難以為情，尤其是當他朋友來找他，他從我房裡出來會他們，和我的表妹來看我，他在我房裡讀書的時候，後來也就安之若素了。好像我們就是……。其實除了法律上……的關係外，我們相愛的程度可以說已超過一切人間的關係，別說……（《馮沅君小說・旅行》，頁二一至二二）

2. 我覺得我們現在已經到了不可分離的程度，而要減少他在法律上的罪名與我們在社會上得來的不少的批評，只要把他們中間名義上的關係取消。怎麼我的心會這樣險！怎麼這樣不同情於我們女子呵！我明知道是不應該的，但我不能否認我心裡真希望他們……」（《馮沅君小說・旅行》，頁二二）

由上可知，「……」總共出現了四次。為便於行文，此處先將「……」代表意涵分別說明如下：

（1）「好像我們就是……」

由於「好像我們就是……」此句之前正在描述纗華士軫的朋友、纗華的表妹可能發現他們同住一房的真相，而纗華從原本的難為情轉變到後來的安之若素，關鍵就在於「好像我們就是……」，顯然是他們若是「……」本就應當同住，因而此處的「……」指的即是「夫妻」。

（2）「除了法律同……的關係外」

雖然「好像我們就是夫妻」，可以同住無妨，但畢竟只是「好像」。所以，纗華又為自己與士軫同住一房辯護，說「其實除了法律同……的關係外，我們相愛的程度可以說已超過一切人間的關係」。所謂「夫妻」，除了由法律賦予的夫妻之名，還有實際上男女交歡的夫妻之實；因而此處的「……」所指的應該就是纗華他們此趟靈肉合一之旅的主要目的——「夫妻之實的性關係」。

（3）「別說……」

就前所言，纗華的意思，顯然是說她和士軫雖然不是真正夫妻，但其實除了法律同『性』的關係外，相愛的程度可以說已超過一切人間的關係，更「別說……」；因而此處的「別說……」指的應是「別說是『成為名實相符的夫妻關係以後』」，用以強調未婚同居的他們如今已如此相愛，將來若成為合法同居的夫妻當然相愛更深。

（4）「但我不能否認我心裡真希望他們……」

由於「但我不能否認我心裡真希望他們……」此句之前的敘述，都在討論取消士軫和他元配「中間名義上的關係」，因而此處的「……」所指的顯然就是「取消夫妻名義上的關係——離婚」。

綜合上述對小說〈旅行〉中「……」的分析可知，「……」所代表的意涵全部都與「夫妻」有關。由於「……」這個符號本身就有話沒說完、沒寫完的意味，① 因此，筆者認為，纗華這位敘述者以如此的方式進行敘述，不僅是為了表現其如何渴望與士軫成為真正名實相符的夫妻，以解除目前招人非議的困境——未婚男女同住一房；也是為了刻意以「……」這樣欲言又止的表達方式，來表現五四新女性既同情元配的無辜但又渴望自己取代對方的矛盾愛情處境。而這便就是為什麼纗華可以因為愛情無愧地介入士軫的婚姻，卻還是會對士軫的髮妻感到嫉妒。（《馮沅君小說・旅行》，頁二二）

（四）敘述者纗華經常出現矛盾，就是為了要突出矛盾

除了纗華既勇於追求自由戀愛又擔憂非議的矛盾女性形象、渴望婚姻又不希望破壞他人婚姻的矛盾愛情處境之外，敘述者纗華在小說中還刻意出現了許多「矛盾」的敘述。

① 教育部國語推行委員會，《重訂標點符號手冊（修訂版）》，二〇〇八年九月臺灣學術網路試用版，連結網址：http://www.edu.tw/files/site_content/M0001/hau/h11.htm。

首先，敘述者纖華一開始便昭告讀者：「人們作的事，沒有所謂經濟的和不經濟的。二者的區別全在於批評的觀察點是怎樣的」；然後，其便表示儘管這趟旅行在別人和自己眼中評價迥異，但她與士軫仍將此視為生命中的重要體驗。此處，纖華這位敘述者已清楚指出，當世俗非議某些人，其實只是批評觀點的不同而已；所以，矛盾之處，亦正是不同價值觀的衝擊之處，並不見得真的有所謂經濟或不經濟、道德或不道德的差別。（《馮沅君小說・旅行》，頁一八）

其次，敘述者纖華在敘述這趟旅行的計畫時，曾自信地告訴讀者這一禮拜多的生活將是「生命之流中偉大的波瀾」、「生命之火中燦爛的星花」。結果，到了小說最後旅程結束他們回返北京之後，卻形容自己的改變是頭昏、心亂、「對待別人無論是誰都不能專心」，也提到士軫感到「往事不堪回首」；明明在火車的回程上這兩人還眷戀難捨的，為什麼他們都沒有用正面的詞語來形容自己的感受？筆者認為，他們出發前的自信與結束後的紊亂，乃是敘述者為了替讀者製造出衝突的矛盾感而有意為之。正如，其所言：「所謂經濟的和不經濟的。二者的區別全在於批評的觀察點是怎樣的」，而所謂的偉大和不偉大，燦爛和不燦爛，其實也只是觀察點所發生的變化。（《馮沅君小說・旅行》，頁一八、二六至二七）

其三，敘述者還利用「讀書」這件事，為讀者製造出觀察士軫、纖華這對情侶矛盾之處的機會。他們明明為了這趟旅行，曠了一禮拜多的課；結果，兩人在旅館裡最常做的事情就是讀書，就連最後一夜的相聚他們也還在討論回去之後怎麼讀書。如果真的這麼愛讀書，何必曠課多日？如果不愛讀書，又何以在旅行裡經常在看書？小說中，敘述者纗華又曾明白表示「讀書也只是用以點綴愛的世界中的景色」，亦曾坦白說自己不喜歡士軫出去找朋友的理由是怕他荒廢功課，還抱怨士軫愛出去讓自己寂寞得看書看到睡著是士軫的短處。（《馮沅君小說・旅行》，頁十八、二三、二六）

筆者認為，纗華這位敘述者所以如此刻意展現自己對於讀書一事的矛盾，是為了提醒讀者：讀書帶來諸如「沒有愛情的不道德」之類的知識，縱然可以使他們比一般人的思想更為進步；然而，兩人甜蜜相愛的世界卻可以讓他們印證知識，體會到諸如「愛情究竟如何神聖」的感受。因此，當士軫、纗華兩情繾綣的時候，讀書僅是讓兩人得以在愛的世界結盟的基石，可用以點綴愛的世界；而當纗華因士軫晚歸而將他的書揀出送到他房裡、甚至打算閉門高臥時，讀書則成了士軫得以向纗華示好的武器。（《馮沅君小說・旅行》，頁二三至二四）

其四，敘述者纗華對待士軫的態度，也展現出很大的矛盾。當敘述者纗華以「愛情能使人不做他愛人不同意的事，無論這事他是怎樣企慕」，驕傲的表示他們之間的愛情如何純潔時；其實，暴露出的正是纗華的自私。

愛情能使企慕繼續進行靈肉合一性體驗的士軫不做違反纗華意願的事，但愛情卻不能使纗華不做違反士軫意願的事繼續進行靈肉合一性體驗。而對於自己沒能解開最裡面的一層鈕子，對於神聖但同時靈肉合一性體驗失敗的那一夜，敘述者纗華也承認儘管她期待士軫能如Tagore《尊嚴之夜》的男主角，可是士軫那時到底有何想法，她根本不知道。（《馮沅君小說・旅行》，頁二一、二三）

在纗華同樣擔任第一人稱敘述者的小說〈隔絕〉裡，她是對著士軫「你」說話的，可是〈旅行〉卻是直接與讀者對話，以致士軫在〈旅行〉反而成了與敘述者纗華距離較為遙遠的「他」。筆者認為，這樣的改變，是因為在〈隔絕〉裡纗華和士軫是自由戀愛戰士的同盟關係，① 〈旅行〉將士軫稱為「他」，則是為了迴避得知士軫的真正想法，以免「破壞」愛情的純潔偉大。換言之，和纗華共同進行靈肉合一性體驗的士軫，所以在〈旅行〉中被敘述者纗華「消音」，其目的就在於利用這個矛盾讓纗華得以有機會誇耀士軫、誇耀這段愛情的同時，藉此留下空間，展示出纗華與士軫這對自由戀愛同盟者存在著怎樣的隔閡。

綜合上述四點分析可知，由於馮沅君小說〈旅行〉中士軫、纗華旅行的目的是為了實踐靈肉合一；而他們此次靈肉合一所以失敗，乃是因為纗華臨陣退縮；纗華的臨陣退縮，又是因為她尚存有許多未解決的矛盾；為了突出這些矛盾，馮沅君小說〈旅行〉敘述者纗華也經常出現矛盾的敘述；而這些都是為了要突顯纗華矛盾的愛情處境。

若要改變纗華矛盾的愛情處境、消除其與士軫之間存在的隔閡，就要仰賴愛的功課。可惜，他們這次旅行並未真正完全靈肉合一的戀愛功課。當最後一夜即將結束之時，敘述者纗華曾這樣表達自己的心聲：

---

① 孟悅，《浮出歷史地表》，頁四八。

時光老人真是殘酷的，這夢也似的十天甜蜜的生活又快完了，我們在此只能留一夜了。這一夜應該怎樣過，在下午同我的朋友談話時，已偷偷在張紙上寫了好幾遍，其實既沒有能力停止時間使它不要快快過去的能力，無論怎樣計算，都是枉然的。再進一步說，若不能使時間進行的步驟與我們上愛的功課所需的時間一致時，縱然能使不快快的過去，也是枉然的。（《馮沅君小說・旅行，頁二五至二六》）

這並不是小說〈旅行〉敘述者纗華第一次將「時間」與「愛情」並論，之前其在火車上為了士軫頻頻看錶擔憂抵達目的地的時間太晚時，也曾經說過：「時間若不是冷酷的鐵面無私的，怕要受他的運動而改日常的步驟」。（《馮沅君小說・旅行》，頁二〇）綜合小說中這兩處有關時間的敘述片段來看，其顯然都暗示了愛情的熱烈並無法動搖時間匆逝的遺憾；可見，敘述者纗華已感受到愛情的熾熱並無法留住時光的腳步。對於自己未能及時在兩人共住旅館的這段時間內完成靈肉合一的愛情使命，纗華除了抱著某些光陰似箭無法重來的遺憾，也期待著能夠有更多時間可以繼續學習「愛的功課」，以求不虛度歲月。

這麼看來，敘述者纗華之所以在人物性格、在小說敘述表現出諸多尚未真正統一的矛盾，而馮沅君〈旅行〉之所以有的只是一場失敗的靈肉合一之旅，顯然就是為了要指出：「自由戀愛的功課，是需要時間學習，才能真正靈肉一致」，提醒人們不要把新思潮的自由戀愛想像得太簡單。就此點而言，這也在某種程度反映了表面上嚮往愛倫凱自由戀愛的五四時人如何為「靈肉合一」所困擾。[①] 因此，〈旅行〉與〈隔絕〉雖然同以纗華為第一人稱敘述者，雖然兩者同樣都忽略了愛情中的另一半士軫，但顯然〈旅行〉看見的是五四愛情神話的內在矛盾，而非僅是舊禮教等外在阻力；可見其較為渴望探求五四愛情神話的真相。

綜上之故，筆者認為，馮沅君小說〈旅行〉藉由纗華這個第三者的諸多矛盾心境與作為，顛覆五四愛情神話中的第三者勇者形象，既突出了女性人物纗華的女性主體存在，也突顯了女作家馮沅君對五四愛情神話忽視處女對第一次性經驗的忐忑而將實踐靈肉合一視同桌上取柑如何不以為然，這使得小說女性人物與女作家本身不隨五四愛情神話輕易起舞的性別主體意識，在此同時獲得了展現。

二、盧隱〈象牙戒指〉[②]

五四時期扮演第三者介入他人婚姻的五四新女性，除了有像前述馮沅君小說中纗華那般熱烈擁護自

① 如一九二一年的《民國日報》、一九二三年的《婦女週報》等五四報章雜誌，便曾多次進行有關靈肉問題的討論，論者對於應從靈入肉或從肉入靈等等問題多有不同看法；藍承菊，《五四思潮衝擊下的婚姻觀》，頁九八至一〇一、一一八至一一九。

② 盧隱小說〈象牙戒指〉，第一至十七章發表於一九三一年《小說月報》，後因一九三二年日軍進犯上海，商務印書館遭焚而未能及時刊載完全文。一九三四年五月才由商務印書館出版單行本；盧隱著，《盧隱小說全集》，頁八六四編者注。

由戀愛的例子外，也有不少是像廬隱小說〈象牙戒指〉中的張沁珠一樣，遭遇戀愛挫折後便從此走上情字不歸路的悲慘故事。

廬隱小說〈象牙戒指〉敘述女學生張沁珠離鄉背井至北京求學，與同鄉且為父親學生的伍念秋戀愛交往；某日，伍念秋竟告知沁珠已有妻室，而且妻小將至北京居住，請求沁珠原諒。之後伍念秋元配又來信懇求沁珠勿使伍念秋棄妻再娶，沁珠更覺悲痛，於是決心和伍念秋絕交。而後，沁珠開始遊戲人間玩弄愛情，不論青年曹子卿如何真誠熱烈的追求她，沁珠都不願敞開心扉接納。後來曹子卿為沁珠舊疾復發入院，沁珠不得已應允：「只要你好好養病，至於我們的問題盡好商量」。曹子卿因此精神大振，不但後來痊癒從軍，還主動與家鄉元配離婚。可是，沁珠依舊不願結婚，曹子卿為此再度病重，沁珠又心軟應允。誰知，消息傳出，伍念秋竟然將他倆以前來往的情書串成文章題為〈棄書〉於報端批載，難忘舊情的沁珠傷心不已又反悔不嫁，曹子卿悲痛交加不日而亡。沁珠驚覺鑄下大錯，從此自暴自棄。不久，沁珠因病而死，結束了坎坷的一生。（《廬隱小說全集．象牙戒指》，頁八六四至一〇二五）

由上所述，約可將小說敘述者「我」所聽聞和所敘述的沁珠一生，依其重要事件，概分為「與伍念秋交往時期」、「曹子卿熱烈追求時期」、「曹子卿死後時期」三個時期來觀察沁珠的女性愛情處境：

（一）與伍念秋交往時期

這時期的沁珠初入情場，受到「自由戀愛」新思潮的影響，也像大多數有意無意間「修正」愛倫凱之說的五四時人一樣相信「沒有愛情的婚姻不道德」，①將自由戀愛視為結婚的前提。為此，沁珠在面對伍念秋熱情的追求與表白時，不禁多有顧忌。沁珠曾對好友素文分析自己當時的心情，說：

> 其實呢，我對於他也不能說沒有感情。不過我年紀還太輕，我不敢就人談愛情。並且我的父親年紀老了，將來母親的責任是要我負的。我不願意這麼早提到婚姻問題。（《廬隱小說全集・象牙戒指》，頁八九五）

由引文即可知，沁珠無法回應伍念秋的表白，是因為「不敢講愛情」，而這不敢講的原因就是她不願早婚。可見，在沁珠心中，愛情的確是與婚姻問題綑綁於一處的。

這就是為甚麼當後來伍念秋向沁珠吐實自己結過婚還有兩個小孩的真相時，沁珠第一個反應便是覺得自己「被人從半天空摔到山洞裡去」。她渴望戀愛結婚的對象竟然使君有婦，這無異使她戀愛結婚的美夢變成了一場活生生的惡夢。而當沁珠忐忑不安的應伍念秋之邀去他們家拜訪之後，便開始逐漸為他們夫妻鬧離婚有意疏遠伍念秋。就像纗華會對士軫的元配深感同情一樣，沁珠面對伍念秋的元配時亦有著「說不出來的難過」；可是，也像纗華會因自己無法和士軫成為真正名實相符的夫妻感到委屈一樣，

---

① 詳見本書第貳章第二節〈五四社會對愛倫凱「自由戀愛」的追求與修正〉。

當沁珠獨自回想這一切時，同樣覺得自己很可憐。不同的是，纕華為此進一步渴望自己取代元配而開始產生嫉妒，但沁珠則是退而渴望自己擺脫這樣的委屈，選擇拒絕伍念秋。（《馮沅君小說・旅行》，頁二二；《廬隱小說全集・象牙戒指》，頁八九九、九〇四至九〇五）

只是，雖然沁珠做出了和纕華不一樣的選擇，但愛情的神秘威力和破壞他人婚姻的傳統道德爭議，還是讓她和纕華陷入了五四女性第三者常有的矛盾愛情處境——享受自由戀愛的同時，也始終飽受非議。伍念秋的元配寫信懇求沁珠「和念秋斷絕關係，使我夫妻能和好如初」，直指沁珠便是伍念秋要求離婚一事的罪魁禍首。沁珠自認個人一直努力在對抗愛情的魔力、努力斷絕與伍念秋的愛情關係，最後卻無端被伍念秋元配冤枉，怎不叫她萬般委屈？這才終於讓悲憤的沁珠決心正式與伍念秋絕交。（《廬隱小說全集・象牙戒指》，頁九〇五、九〇九至九一〇）

（二）曹子卿熱烈追求時期

伍念秋之於沁珠，並不僅是一個愛過又失去的戀愛對象而已；還使原本期望能戀愛結婚的她，從此看待愛情與婚姻的態度有了重大的轉變。與伍念秋絕交之後，沁珠的身邊出現了熱烈的追求者曹子卿，她曾這樣對好友素文分析自己的心情：

就是沒有伍的那一番經過，我都不願輕易讓愛情的斧兒砍毀我神聖的少女生活。你瞧，常秀卿現在快樂嗎？鎮日作家庭的牛馬，一點得不到自由飄逸的生活。這就是愛情買來的結果呵！僅僅就這一點，我也永遠不作任何人的妻。……況且曹也已經結過婚，據說他們早就分居了——雖然正式的離婚手續還沒辦過。那麼像我們這種女子，誰甘心僅僅為了結婚而犧牲其他的一切呢？與其嫁給曹，那就不如嫁給伍，——伍是我真心愛過的人，曹呢，不能說沒有感情，那只因他待我太好了，由感激而生的愛情罷了。（《廬隱小說全集・象牙戒指》，頁九三五）

由上可知，這個時期的沁珠對待愛情的態度，已和之前為家庭責任不願早婚的她有所不同。此時的她不但貶低戀愛結婚，認為愛情最後得到的婚姻只是不得自由的家庭生活，同時她也抗拒結婚、不願再真心愛上任何人；只因為她想嫁的是她真心愛過的伍念秋，曹子卿根本取代不了伍念秋在她心中的地位。對於曹子卿，她只是因感激對方深情付出而生的愛情。

沁珠的轉變，乃是因為伍念秋深深打擊了她對愛情與婚姻的信任。沁珠曾在日記裡寫道：

伍念秋，他真是官僚式的戀愛者。可惜這情形我瞭解的太遲！……我可以說這是他的罪孽吧！但同時我也得感謝他。因為不受這一次的教訓，我依然是個不懂世故的少女。看了曹那樣熱烈追求，很難說我終能把持得住。由伍那裡我學得了人類的自私，因此我不輕易把心，這顆已經受過巨創的心，給了任何一人，尤其是有了妻子的男子。這種男子對於愛更難靠得住。他們是騎著馬找馬的。如果找到比原來的那一人好，他就不妨拚命的追逐。如果實在追逐不到時，他們竟可以厚著臉皮仍舊回到他妻子的面前去。……

現在曹對我這樣忠誠，安知不也是騎著馬找馬的勾當？我不理睬他，最後他還是可以回到他妻子那裡去的。……（《廬隱小說全集・象牙戒指》，頁九六五至九六六）

沁珠為了渴望一個有愛情的婚姻，不敢談要馬上結婚的戀愛；誰知卻發現她想要結婚的對象，竟然可以輕易拋下婚姻去愛另一個「更好」的人，這如何不令沁珠心寒？如今，沁珠雖然已經認清伍念秋的真面目，但也因此「一朝被蛇咬」的認為有婦之夫「都是」抱著騎驢找馬的想法。

所以，不論曹子卿的追求如何的熱烈，此時的沁珠都不願付出真正的愛情。儘管外界對他們的戀情多有傳聞，沁珠仍然堅定的告訴素文：「縱使有愛情，也僅僅只是愛情而已」。沁珠這樣切割愛情與婚姻的作法，對習慣將戀愛對象等同婚姻對象的五四時人來說，實在覺得矛盾，沁珠為此飽受到各方非議的輿論壓力。外界只看見沁珠遊戲人間的放浪形骸，卻看不見深信「在這個世界上，我不能給任何人幸福」的沁珠如何悲哀。（《廬隱小說全集・象牙戒指》，頁九一五、九五〇、九六五）

沁珠沒料到的是，縱使她能夠為了避免受傷而堅持繼續切割愛情與婚姻，但她愛情故事裡的另一個男主角曹子卿，卻仍舊苦苦希望他愛的沁珠能夠和他共同建立一個有愛情的婚姻。於是，看似堅決切割愛情與婚姻的沁珠，面對曹子卿的追求，幾度不由自主地做出搖擺於愛情與婚姻之間的決定。曹子卿病重入院，為了讓他康復，沁珠心軟應允婚事，但是，一旦真的論到婚嫁細節，沁珠又忍不住「覺得我嫁給他，總有些不舒服」；待兩人好不容易說定了婚事，卻又因伍念秋惺惺作態自稱「回念舊情、感懷萬端」想祝賀沁珠新婚，沁珠便不顧曹子卿病危而毀棄了原先許下的承諾。伍念秋的出現，提醒了沁珠：她真心想要嫁的對象並不是真心愛她的曹子卿。（《廬隱小說全集‧象牙戒指》，頁九三五、九三九至九四〇、九四七、九七三至九七四、九七八至九七九、九八一至九八二）

自己允了婚又悔婚，本就是一種自相矛盾的作為；而這樣的作為證明了沁珠切割愛情與婚姻的決定，實際上只是自欺欺人、只是在壓抑自己期盼戀愛結婚的欲望而已。這就是為甚麼沁珠談戀愛時可以表現得很灑脫，可是一旦真的要嫁給一個自己並未真正愛上的人時，便再也無法掩飾心中的失望。

（三）曹子卿死後時期

幾次答應又反悔要嫁給曹子卿的沁珠，很快就為她表面上切割愛情與婚姻實際上卻渴望戀愛結婚的矛盾情結，嚐到了苦果——曹子卿真的為她病死了。

一直以為曹子卿不可能為愛而死的沁珠，為此痛不欲生，認為自己的靈魂已經隨他而去。此後，想將愛情與婚姻切割得更為清楚的沁珠，在外人眼中日子過得更矛盾了。她時常到曹子卿的墳上流淚悲傷，彷彿難忘舊情；但又隨興之所至的享受熱烈追求，周旋在小葉、梁自云、棕色臉外國人等追求者之間。關心沁珠的朋友們看到她這樣放縱自己，勸誡她：希望沁珠好好努力自己的事業，或是「可以找一個她愛的人，把那漂泊的心身交付給他」，不要為了過去，便把自己打入死牢永遠不得歡樂。（《廬隱小說全集‧象牙戒指》，頁九六四、九七三、九九〇、九九二至一〇二四）

可惜，沁珠並不願意接受這些勸慰。她固執地相信：是自己生於矛盾死於矛盾的宿命，是自己對愛情與婚姻的矛盾註定無法調和，才會令自己遭受伍念秋、曹子卿這些戀愛事件的痛苦，而這樣的痛苦是無法解除的。（《廬隱小說全集‧象牙戒指》，頁一〇二二）既然沒有解脫的希望，當然也就沒有努力解脫的意願；執意將自己困在痛苦裡的沁珠，不久之後便因腦膜炎逝世，將自己矛盾的痛苦帶進了墳墓……

綜上三個時期的分析來看，可知造成沁珠這位女性第三者一生不幸的，並非外界的阻力或非議，而是其心中的矛盾情結——「既要切割愛情與婚姻，卻又渴望著一個有愛情的婚姻」。

伍念秋、曹子卿追求沁珠，固然都是因為神秘的愛情；但是，正如沁珠所疑惑的：如果因為「沒有愛情的婚姻不道德」而渴望追求「有愛情的婚姻」，那麼，放棄婚姻來追求愛情的人，未來難道就不會因為出現另一個新的愛情而再度放棄目前這個有愛情的婚姻？假如愛情應該從一而終，並不會因為新的愛情出現就改弦易轍，那麼，沁珠真心愛上伍念秋又不能嫁給他，是不是便再也不能愛上別人？……對於本就同意為了愛情必須消滅不誠實婚姻的愛倫凱來說，① 沁珠在小說〈象牙戒指〉所表現的這個矛盾並不存在，然而，就習於將戀愛自由與婚姻自由綑綁於一處的五四時人來看，沁珠的矛盾確實是存在的；他們不明白為甚麼苦苦追求「沒有愛情的婚姻不道德」之後，卻發現愛情並不一定能保證婚姻完滿。

而這便是小說題名為「象牙戒指」之因。象牙戒指，原是曹子卿在外地為沁珠所買的紀念品。曹子卿曾在信上告訴沁珠：

> 昨夜在一家洋貨店裡買東西，看到一對雕刻精巧的象牙戒指，當然那東西在俗人看來，是絕比不上黃金綠玉珍貴，不過我很愛它的潔白，愛它的堅固，正彷彿一個質樸的隱士，想來你一定也很喜歡它，所以現在敬送給你，願它能日夜和你的手指相親呢！（《廬隱小說全集・象牙戒指》，頁一〇二二）

戒指本就具有定情的意味，再加上象牙戒指又是曹子卿在從沁珠那裡得到定心丸以後送她的禮物，其在小說中應可代表屬於五四新思潮的「愛情」。換言之，曹子卿此處送給沁珠的，不僅是一對象牙戒指，還是期待彼此成雙成對的愛意。

① 愛倫凱，〈愛倫凱的婦人道德〉，頁一八。

對在曹子卿死後戴著這個象牙戒指的沁珠來說，戀愛結婚的愛情觀念是西來、非中國傳統的，這是追名逐利的俗人所不能瞭解的，正似象牙戒指是洋貨、俗人看起來比不上金銀珠寶；而它的堅固與純白，又同時表示著中國式愛情從一而終的堅貞。沁珠一生的愛情悲劇，就是由西方戀愛結婚的新思潮思想與中國從一而終的傳統愛情觀念之間的矛盾造成的。沁珠在曹子卿死後「堅貞」戴著這個象牙戒指，除了證明她的靈魂已隨她不愛的他而去；同時亦象徵著沁珠無法解除此一矛盾的困境。而敘述者「隱」所以在沁珠的葬禮上，感嘆：「世界還在漫漫的長夜中呢，誰能打出矛盾的生之網呢？」並形容自己是「抱著渴望天亮的熱情」離開寺廟，所指的亦是期待有解開這個中西愛情觀矛盾之結的一天。（《廬隱小說全集・象牙戒指》，頁九四六、九五八、九九〇、一〇二五）

廬隱小說〈象牙戒指〉，與廬隱為好友石評梅所寫的〈石評梅略傳〉內容頗為相似；[①] 雖然是以好友生平為小說內容，〈象牙戒指〉的敘述者卻始終與沁珠保持著遙遠的距離。大致說來，小說第一章到第十七章經常出現四層敘事；第一層敘事是由「隱」擔任第一人稱敘述者「我」，第二層敘述者為「素文」，第三層經常由沁珠擔任第一人稱敘述者「我」，第四層敘述者則視沁珠所提供的日記、信件作者而有不同的變化。小說第十七章到第二十章出現的是雙層敘事；第一層敘述者「我」仍是隱，第二層敘

① 廬隱，〈石評梅略傳〉，頁五三六至五三九。

述者「我」則為沁珠。由上來看可知，不論小說為幾層敘事，第一層敘述者「隱」都只有在沁珠願意表露和提供訊息時，才得以得知真相。

就某個角度來說，這樣的敘述層次設計，正好表現了沁珠與外界的隔閡，突顯出沁珠鮮少被真正眾人瞭解的孤獨。筆者認為，在曹子卿死後時期的小說敘述，所以忽然以「隱」為主要敘述者，代替之前一直講故事給隱聆聽的素文，就是因為這樣才能藉由深知內情的素文與不知前因的「隱」兩人的對比，更清楚的呈現出：身邊經常環繞著朋友而且朋友們也常常關心她的沁珠，其內心與外在究竟是如何的矛盾。（《廬隱小說全集‧象牙戒指》，頁一〇〇二至一〇二五）在這麼多的關心之下，沁珠還是寧願將自己困在由「西方戀愛結婚的新思潮思想」與「中國從一而終的傳統愛情觀念」所造成的矛盾裡痛苦，便令人對更其執著的孤獨感到唏噓。

綜上所述，筆者認為，如果說馮沅君〈旅行〉表現了處女第三者面對靈肉合一時的不安，那麼廬隱〈象牙戒指〉便道出了同樣介入他人婚姻的女性第三者在意識到愛情與婚姻的關係並不緊密時的困惑與矛盾。以此而言，廬隱〈象牙戒指〉不但顛覆五四愛情神話所塑造的「為愛則強」的勇者形象，也關注了與此一形象背道而馳的女性第三者感受。而在探索此一女性性別主體意識的同時，廬隱〈象牙戒指〉還挖掘出了「沒有愛情的婚姻不道德」這樣的五四愛情思維所造成的中西愛情觀矛盾，並指出這樣的矛盾如何令五四新女性感到痛苦，展現出其為關懷女性愛情處境不惜戳破五四愛情神話的主體性。

三、廬隱〈一個情婦的日記〉

〈一個情婦的日記〉這篇小說，是美娟記述自己成為仲謙情婦又毅然離開的日記。美娟十分仰慕同黨革命領袖仲謙，於是主動告白，並且在此事成為公開的秘密之後，不顧一切成為仲謙的情婦。不久，仲謙因母病回返家鄉，臨行希望美娟保重自己為黨國努力，並「另外找一個知心的伴侶」。此時，同黨同志文天來勸諫美娟應顧及仲謙在黨內的地位慧劍斬情絲，後來文天又帶著剛從東北槍林彈雨中歸來的同志來探望美娟，美娟於是決心轉變生活，志願投入前線工作。（《廬隱小說全集‧一個情婦的日記》，頁四〇七至四二五）

同為女性第三者，不論是〈旅行〉中的纖華、〈象牙戒指〉中的沁珠，擁有的都是深愛她們並且願意為她們與元配離婚的情人；美娟所愛的卻是一個深愛妻子的仲謙。敘述者美娟曾在日記中感慨自己的愛情處境：

> 當然我知道仲謙他是深愛著他的妻子的，現在仲謙不能以整個的身心屬於我，那不是仲謙的錯，也許在他的妻看來，我還是破壞他們美滿家庭的罪人呢。但是這是理智告訴我的，我的感情呢，唉，我的心是感著酸哽，在這個世界上我是一個被上帝賦與感情的人，而我的感情又是專為仲

謙而有的，甚麼道德法律，對於我又有甚麼關係呢？（《盧隱小說全集・一個情婦的日記》，頁四一六）

從這段話可以看出，比起還要在旅館「做樣子」掩飾自己與士軫同住的纖華、比起為避免非議而與伍念秋斷絕關係的沁珠，美娟這個第三者顯然更不在意介入他人婚姻的道德法律問題，也更無視於眾人的指指點點。

而使其得以無視眾人非議的力量，就是來自她對於仲謙熾熱的愛。在小說一開始，美娟便認定了仲謙是她實現愛情美夢的理想對象，並甘心成為他的情婦。不管多少人譏笑她、批評她、規勸她，美娟卻仍然堅持「除非仲謙死了，我不在這人間去追求他，不然甚麼話都是白說」。即使對著彷彿「負了整個世界，整個人類的使命」前來勸告她與仲謙斷絕關係的同志文天，美娟仍舊可以理直氣壯的反駁：「怎麼，我連戀愛的自由都沒有嗎？」美娟也不可惜自己「失卻了處女的尊嚴，和一個公開妻子的種種的權利」；這一切只為她想佔有她視為人間至寶的仲謙。由上可知，身為革命黨人的美娟顯然信仰著愛倫凱自由戀愛之說的精神──「愛情至上」。（《盧隱小說全集・一個情婦的日記》，頁四〇七至四一〇、四一三、四一五、四二〇）

若從美娟這位愛情至上的情婦，最後將過去視為恥辱並投入自願到革命前線的東北工作來看，這似乎是一篇強調革命重於戀愛的小說；不過，若仔細觀察小說敘述者美娟的心路歷程轉變，則不難發現敘述者根本無意關注黨國大愛；因為，非但敘述者字裡行間甚少表達對革命的熱愛，真正影響美娟放棄愛情的關鍵人物，也仍舊不是別人，就只是那位使她奮不顧身甘心為愛屈居情婦的仲謙。

有趣的是，相較於燃燒著熊熊愛火的美娟，仲謙所付出的情感，不論是和〈旅行〉中的士軫或〈象牙戒指〉中的曹子卿相比，都實在「乏善可陳」。愛仲謙甚深的敘述者美娟，小說中從來都沒有敘述過仲謙對她的情意，仲謙唯一說過的情話，就只是問敘述者美娟：「你愛我嗎？」除此之外，仲謙一直對美娟扮演著「暮鼓晨鐘」的角色，他不是說自己的生命非愛情所能牽絆，便是說自己沒有資格接受「這樣純摯的愛」，甚至還要美娟「為黨國努力」、「另外找一個知心的伴侶」。總而言之，當敘述者美娟在小說〈一個情婦的日記〉裡敘述著自己如何不顧一切對仲謙付出熾熱情感的同時，原本應該和馮沅君小說中的士軫一樣成為纗華對抗外界種種非議的自由戀愛盟友——她的情人仲謙，實際上並沒有和她站在一起，反而是和其他非議美娟的外人站在同一陣線。（《廬隱小說全集．一個情婦的日記》，頁四一六、四一七、四一九）

尚未成為仲謙的情婦之前，渴望完成愛情美夢的敘述者美娟對於眾人的勸解、非議，猶能抱持著「雖千萬人吾往矣」的決心。可是，當終於得償所願，文天這位「負了整個世界，整個人類的使命」竟然告訴美娟：她的愛情至上會傷害仲謙在黨的地位、傷害黨國。而黨國的革命事業，又偏偏是她深愛的仲謙所念茲在茲的，於是，在失去了自由戀愛的精神盟友後，因私情小愛無法完成黨國大愛，而被全世界、也被仲謙拋棄的美娟，便不得不動搖起原本堅持愛情至上的決心。（《廬隱小說全集．一個情婦的

日記》，頁四一一至四一三、四二〇至四二二）

知道美娟為這樣的批評非議感到困惑難過以後，遠在他方的仲謙也只是在信中「輕描淡寫地勸慰」，失望的美娟只好承認：「原是我愛他，他並不曾起意愛我」，默默接受了情人有意斷絕關係的事實。所以，美娟在文天刻意帶著東北歸來的同志前來探望之時，會下定決心為黨國革命大業努力，實在是因為已經失去了為愛情堅持的理由，並不全是為了那忽然爆發的愛國熱情。這是美娟唯一的出路，「也是仲謙所盼望的」；正如美娟之前甘心為仲謙「失卻了處女的尊嚴，和一個公開妻子的種種的權利」，她決定上前線工作，也仍然是為了仲謙。（《廬隱小說全集・一個情婦的日記》，頁四二三至四二四）

從這個角度來說，美娟最後寫給仲謙的血書，其實也不是一篇懺悔過去的悔過書，而是一封敗戰將軍虛張聲勢掩飾恥辱的降書。此即為何美娟在信中並未否定自己過去愛上仲謙的往事；因為她仍然堅信自己完成的愛是「稀有的奇蹟」。而這也是為什麼之前明明是仲謙一直要求分手，她卻要在信上堅稱，如今是「我們彼此被釋放了」。（《廬隱小說全集・一個情婦的日記》，頁四二四至四二五）

如果說，一邊享受戀愛一邊飽受非議的「第三者」身分，在馮沅君〈旅行〉裡，帶給纕華的是既渴望婚姻又不希望傷害別人的矛盾愛情處境；在廬隱〈象牙戒指〉裡，帶給沁珠的是表面上切割愛情與婚姻實際上卻渴望嫁給真愛的矛盾愛情處境：那麼，其帶給廬隱〈一個情婦的日記〉當中的美娟的，便是私情小愛與黨國大愛的矛盾。而若將美娟與纕華、沁珠相較，又可以發現：儘管第三者的身分同樣令她們在享受戀愛的過程飽受非議矛盾叢生，可是纕華、沁珠她們在愛情裡產生的矛盾，乃是來自於個人的內心掙扎；而美娟不同。她卻是要為自己渴望的愛情，與外人、情人發生衝突；在那些非議她的人眼中，美娟所破壞的不只是道德法律的責任、還有黨國革命大業的使命。

由此看來，到了廬隱寫作〈一個情婦的日記〉的一九三三年，以「沒有愛情的婚姻不道德」而建構的五四愛情神話，似乎正一步步走向崩壞。小說中追求愛情至上的美娟，因此變成了自私的「稀有動物」，需要對自己過去愛情至上的種種表示「懺悔」，顛覆了五四愛情神話裡應該為愛打死不退的勇者形象。這樣的轉變，不僅可以看出廬隱寫作當時的時代空氣已從關注個人的個性解放轉向支持黨國的革命行動，也可以看出五四愛情神話影響力的衰退。當五四愛情神話被時代逐漸拋棄，另一波時代新思潮——革命——亦不斷襲來，小說女性人物美娟「不合時宜」的堅持自身對愛情的信仰終至被情人拋棄，而五四女作家廬隱同樣「不合時宜」的以本應為革命大業犧牲奉獻變成愛情信徒的女革命黨員為婚外情主角，寫作了一個在革命風潮中猶然為情所困的愛情故事。就是在這個「不合時宜」意義上，才突顯了廬隱〈一個情婦的日記〉對女性性別主體情感需求的重視。

小結

建立在國族論述上的五四愛情神話，將無愛婚姻中的元配邊緣化，也將與有婦之夫相戀的第三者，視為勇於對抗舊禮教建立新中國的勇者。五四女作家小說顛覆了此一勇者形象，其筆下介入他人婚姻的女性第三者總是處在「既渴望追求自由戀愛，又期待斷絕一切非議」的矛盾愛情處境。

馮沅君小說〈旅行〉，藉由纙華這個第三者的諸多矛盾心境與作為，表現出處女身分的第三者在實踐靈肉合一過程中的忐忑，顛覆五四愛情神話中無懼一切將「戀愛自由」、「性自由」、「婚姻自由」細綁一處的第三者形象，展現出了小說女性人物纙華與女作家馮沅君皆不隨五四愛情神話輕易起舞的性別主體意識。而廬隱〈象牙戒指〉，則以沁珠成為第三者的兩次愛情經驗造成其終生遺憾的故事，顛覆了五四愛情神話中「為愛則強」的第三者形象，並揭露了五四愛情神話所造成的中西愛情觀矛盾，展現出其深刻關懷女性愛情處境的性別主體思考。至於廬隱〈一個情婦的日記〉，則以美娟因時代風氣轉變而不再被時代視為勇者的故事，顛覆了五四愛情神話中「愛情道德正確，即是新中國勇士」的第三者形象，展現出此篇小說以女性情感需求為性別主體思考的特色。

第三節　重建五四愛情論述的現實基礎

面對將爭取婚姻自主權神聖化的五四愛情神話，實際感受到五四女性愛情處境艱難的女作家，除了替被五四愛情神話邊緣化的元配發聲、並為第三者顛覆其被五四愛情神話所強加的勇者形象外；其也試圖重新建構一個「非神話」的五四愛情論述。此點從五四時代崇尚自由戀愛並肯定戀愛結婚的價值，但五四女作家小說之中因愛情而走入婚姻的女性人物，從未如馮沅君〈隔絕〉纙華那樣熱情的表現過個人對愛情的信仰，更未曾幸福到足以宣傳有愛情的婚姻生活如何美好無憾，便可略窺一二。

五四女作家小說對重建五四愛情論述現實基礎的努力，除了不刻意美化因愛而結合的婚姻，還進一步從不同層面探討了婚姻生活帶給女性的種種難題，展現了「徒愛不足以自行」——即使有愛情，婚姻生活也需要踏實經營——的現實面相。此類小說諸如：陳衡哲〈老夫妻〉（1918）、廬隱〈海濱故人〉（1923）、凌叔華〈中秋晚〉（1925）、凌叔華〈花之寺〉（1925）、凌叔華〈酒後〉（1925）、馮沅君〈緣法〉（1925）、馮沅君〈晚飯〉（1926）、陳衡哲〈一支扣針的故事〉（1926）、凌叔華〈春天〉（1926）、凌叔華〈病〉（1927）、凌叔華〈他倆的一日〉（1927）、凌叔華〈瘋了的詩人〉（1928）、石評梅〈偶然來臨的貴婦人〉（1928）、廬隱〈歸雁〉（1929）、冰心〈三年〉（1930）、冰心〈第一次宴會〉（1930）、廬隱〈補襪子〉（1932）、廬隱〈好丈夫〉（1933）、廬隱〈人生的夢的一幕〉（1933）、凌叔華〈一件喜事〉（1936）等篇皆是。

而綜觀前述作品來看，除了蘇雪林未曾描述因愛而結合的婚姻生活外，其他六位女作家都曾關注過此種五四女性愛情處境。大抵來說，廬隱較注意諸如家庭經濟、丈夫變心、丈夫死亡等外在因素對於夫妻婚姻生活的干擾；凌叔華較關心夫妻之間的隔閡與溝通，馮沅君則介於廬隱和凌叔華之間。而冰心雖與凌叔華同樣關注夫妻應如何經營婚姻此一問題，但其較少探討相愛夫妻之間的內在隔閡，焦點多在夫妻如何面對外界事件的發生。陳衡哲〈一支扣針的故事〉這篇小說，則是表達即使女性婚姻幸福家庭美滿，亦可能另有所愛；至於，石評梅〈偶然來臨的貴婦人〉感慨的是：女性因愛情步入婚姻後，卻壯志全消、俗不可耐的變化。總之，對於女性應如何在婚姻生活中經營愛情、經營婚姻一事，五四女作家小說關注的焦點十分多樣化。

此處筆者將挑選四篇小說討論，並分三個部份進行：首先，是注意到女性為維繫有愛情的婚姻遭遇許多問題的凌叔華〈病〉，以藉此概略介紹五四女作家此類小說，突顯出五四女作家對重建五四愛情論述現實基礎此一面向的重視；其次，是同樣出現某位男性人物而使夫妻感情受到威脅的凌叔華〈酒後〉、冰心〈三年〉兩篇小說，以藉此比較出這兩位不同的女作家對於同一女性處境所展現的性別主體思考有何異同；最後，則是坦白承認僅有愛情並不足以維繫婚姻幸福的廬隱〈人生的夢的一幕〉，以藉此突出五四女作家對五四愛情神話「不知人間疾苦」最直接的反擊。以下即就此分論。

一、凌叔華〈病〉

凌叔華小說〈病〉，是敘述玉如因為丈夫芷青有病在身，因此希望兩人到西山暫住養病，但又礙於經濟拮据，只好瞞著芷青製作偽畫。芷青不明究理，誤以為玉如變心另結新歡，對玉如大發脾氣，最後經玉如解釋才真相大白，兩人言歸於好。（《凌叔華文存‧病》，頁一八四至一九四）

雖然和石評梅〈林楠的日記〉的林楠比起來，玉如擁有了丈夫全心全意的愛情，而比起馮沅君〈旅行〉的纖華、廬隱〈象牙戒指〉的沁珠，玉如又正式嫁給了心愛的人，愛情遺憾似乎較她們來得少；但是，其實玉如的女性愛情處境並不會比她們歡樂多少。

首先，丈夫的「病」已經嚴重到需要「去山上好好清養，長了就不好治」，這令玉如擔心不已。而丈夫的病所帶來的經濟壓力，更使玉如四處借貸飽嘗人情冷暖，還為此捨棄原則作偽畫賺錢。此外，丈夫因身體的病所帶來的心病，還讓玉如遭受到丈夫的懷疑甚至冷嘲暗諷。可見，儘管身處於有愛情的婚姻之中，玉如的日子其實過得並不幸福快樂。（《凌叔華文存・病》，頁一八四、一八八、一九〇至一九三）

由上看來可知，在凌叔華這篇小說裡，「病」乃是使得玉如愛情婚姻不圓滿的重要因素。而在其他五四女作家書寫有愛情的婚姻時，「病」也經常是考驗愛情或婚姻的重要因素。例如，馮沅君小說〈緣法〉裡，雄東原本為妻子玉貞病死傷心欲絕到了幾近瘋狂的地步，可是後來娶了三妞，儘管她樣樣條件都不如玉貞，結婚不到三天便高興了起來，還對前來關心的朋友形容自己「現在彷彿在三伏天太陽下走了多少路，驟到舖子裡吃冰淇淋。這真是緣法」。（《馮沅君小說・緣法》，頁八五至八九）這真真印證了那句「身在情常在」，有愛情的婚姻又如何？還不是會因無法阻擋生死的考驗而改變。此外，廬隱小說〈歸雁〉的女主角紉菁，其所以總是滿懷憂戚，並屢屢拒絕男主角劍塵的追求時，亦是因為前夫的病逝而影響了紉菁對愛情的態度。（《廬隱小說全集・歸雁》，頁七七五至八四一）

而在凌叔華小說〈病〉裡，面對這個威脅芷青生命、也威脅玉如婚姻幸福的「病」，玉如始終扮演著主動積極的角色。不管是要到西山養病，還是要去借貸金錢以供養病，玉如都表現得比生病的芷青更為積極。當芷青因懷疑玉如變心亂發脾氣給人難堪時，也是玉如多方忍耐並和顏悅色的勸慰芷青需以身體為重；到了小說最後，仍舊是玉如靈巧地先意識到丈夫亂發脾氣是為了自己冷落他，但芷青只會自怨自艾無法對玉如表明自己在生氣什麼。可見，如果不是玉如一再付出努力，他們這對夫妻的婚姻恐怕早已搖搖欲墜。（《凌叔華文存・病》，頁一八四至一八七、一九〇至一九四）

就此來看，筆者認為，小說敘述者顯然有意藉「病」在芷青、玉如這對夫妻身上的考驗，表現出玉如這樣的五四女性是如何辛苦地在為維繫有愛情的婚姻而努力。這也就是為甚麼凌叔華這篇小說的敘述者雖然是異故事、故事外的第三人稱全知敘述者，但幾乎大部分敘述都以「玉如的丈夫芷青」做為人物視角。小說中，第三人稱全知敘述者展現全知全能之處，幾乎都在突出玉如怎樣比芷青更擔憂芷青的病情、怎樣比芷青更苦於告貸無門；而當情節進行到芷青開始猜疑玉如時，敘述者便放棄了全知全能，轉以芷青的人物視角進行敘述；直到真相大白，敘述者才又恢復了全知全能，告訴讀者玉如伏在芷青的肩上後，「過了一會兒，他的肩膀上部有些暖和和的潮濕」（《凌叔華文存・病》，頁一九四）。在這樣的敘述安排之下，讀者很輕易地便能瞭解到芷青對玉如的猜疑是如何的「小人之心」，並因而對比出玉如是如何的深情款款。

特別值得一提的是，全知敘述者刻意在玉如的淚水裡終止了敘述。由於小說中芷青並未承認自己亂發脾氣，乃是因懷疑玉如紅杏出牆所起；故而，為芷青付出許多的玉如，其實並不知道自己曾被懷疑過。如此一來，這除了使得比玉如更清楚事情真相的讀者更同情玉如之外；也同時突顯了有愛情的婚姻，未必就是完全瞭解對方所知所想、毫無懷疑完全坦白的婚姻。而玉如、芷青最後相擁的甜蜜，便因此展現出只要夫妻仍有愛情存在其中，即使不能完全瞭解對方所知所想、不能毫無懷疑完全坦白的婚姻，仍舊可以維繫。換言之，凌叔華〈病〉並未天真浪漫的認為婚姻有了愛情，便是完美無缺的幸福。相反地，其還認為維繫婚姻中的愛情需要付出努力去經營，並需要認識它原來就不完美的事實，就像不知丈夫猜忌的玉如努力想使他們婚姻原先的危機——「芷青的病」獲得解決一樣。

這樣的想法，也出現在凌叔華其他以夫妻愛情關係為故事主軸的小說〈花之寺〉、〈春天〉、〈他倆的一日〉裡。而五四女作家小說中，陳衡哲〈老夫妻〉、馮沅君〈晚飯〉、廬隱〈補襪子〉等篇亦與此相似。馮沅君〈晚飯〉的故事，是敘述小女孩阿逸某日回家看到媽媽怏怏不樂，晚飯時才知道媽媽是疑心爸爸有私情而生氣，此時晚歸的爸爸正好偷聽到了媽媽的疑心並假裝生氣逗笑媽媽，媽媽才因此便忘了吃醋一事。（《馮沅君小說・旅行》，頁一〇四至一〇八）廬隱〈補襪子〉則是敘述丈夫子韻某日為了襪子破了女僕忘記補，遷怒妻子路俠，路俠反唇相譏，表示：如果有工夫補襪子，她還情願寫寫文章，而且就算子韻找到會補襪子的好太太，也不見得能經濟獨立和陪子韻這個詩人清談。子韻為此不禁失笑討饒，兩人最後言歸於好。（《廬隱小說全集・補襪子》，頁六八四至六八六）這兩篇小說裡的女性，都身處有愛情的婚姻，也都與丈夫發生不快，但這些不快皆在兩人一陣言詞交鋒後，便煙消雲散重修舊好。

這類「床頭吵床尾和」的夫妻吵鬧，也許就某些角度來看，算不上是對婚姻生活兩性關係的深刻描寫；然而，筆者認為，在五四愛情神話流行的時代氛圍下，五四女作家能在小說中注意到戀愛結婚未必是婚姻萬靈丹，進而提出對婚姻生活的實際觀察，並肯定吵架、爭執、猜疑等兩性關係勃谿的存在意義，這已經指出了五四愛情世界的現實面貌，仍有其價值。

二、凌叔華〈酒後〉、冰心〈三年〉

凌叔華小說〈酒後〉敘述的是，采苕和永璋這對夫妻某日宴客之後，朋友子儀因不勝酒力而醉臥在她們家的沙發上。采苕不顧永璋正在對她談情說愛，忽然向永璋提出要求，表示自己因心生憐惜想去聞一聞子儀。永璋原本以為采苕只是說醉話，但由於采苕一再要求而他也不希望自己表現出懷疑采苕的樣子，所以便答應了。不過，最後采苕靠近子儀的時候，卻又忽然反悔說不要Kiss了。（《凌叔華文存・酒後》，頁四七至五二）

至於冰心小說〈三年〉的故事，則是敘述「青」告知丈夫「槃」昨日在湖邊偶遇兩人故友「霖」，並邀霖今日到她們家玩。三年前槃與霖這對好友曾一起追求青，青最後嫁給了槃，槃對此深感虧欠；故而槃非常反對青邀約霖，並直言青是虛榮心和好奇心作祟。青為此大感困窘，最後，霖自己打電話來取消了約會。①

① 冰心，〈三年〉，收入卓如編，《冰心全集》（福州：海峽文藝出版社，一九九四年），第二卷，頁三六五至三六九。又，為免註腳繁瑣，此後引用將以（《冰心全集・篇名》，卷數，頁碼）標示。

從上可以發現，凌叔華〈酒後〉與冰心〈三年〉這兩篇小說所敘述的都是某對相愛夫妻甜蜜婚姻生活中的一個意外事件。而這兩篇小說的意外事件，歸納起來還有以下四個共通點：

（一）都有某位男性人物以丈夫好友的身分出現

在凌叔華〈酒後〉中子儀是丈夫永璋的好友，冰心〈三年〉的霖則除了是丈夫槃的好友之外，還是介紹他認識青、一起追求青的情敵。而由於在小說一開始，子儀便是已婚的身分而且當時爛醉熟睡失去意識，霖則不但當年追求青時敗給了槃，今日重新出現在青面前時也是個不健康的病人；因此，不論子儀或是霖，從這個意外事件的開始到結束，他們兩人都無法與丈夫競爭愛情，小說中永璋和槃都同時身為妻子合法的丈夫，也是妻子所深愛的對象。更準確的說，子儀和霖雖然都是以引發這個意外事件的丈夫好友身分出現，但都不能算是介入愛情、婚姻的「第三者」，因為他們根本不具備改變這對夫妻相愛事實的能力。（《凌叔華文存・酒後》，頁四七；《冰心全集・三年》，卷二，頁三六五至三六七）

（二）妻子都向丈夫提出某個與此位男性人物有關的要求

儘管不論子儀或是霖無法與小說中的丈夫競爭愛情；可是，當子儀爛醉地出現在永璋家的客廳、當霖因旅行出現在湖邊和青重逢，還是讓身為丈夫的永璋、槃感受到了一定的威脅性。而這個威脅，並不是來自子儀、霖的主動出擊，而是因為他們深愛的妻子在這兩人出現之後所主動提出的要求；換言之，是「妻子」挑戰了身為「丈夫」的他們，並不是外來的第三者撼動了他們「夫妻」。

在淩叔華〈酒後〉中，采苕提出的要求是：希望永璋答應她去聞一聞子儀，就算只是Kiss一秒都好。青年男女的Kiss本身就有足以令人遐想的空間，何況那也不是需要禮貌應酬的社交場合，況且采苕提出這個要求的同時，永璋正熱情地對著她說情話；所以，永璋初聞采苕要求的第一個反應便是不能置信。使永璋不能置信的，除了采苕的要求違背常情之外，還有妻子對他當下情意的漠不關心。（《淩叔華文存．酒後》，頁四八至五〇）

而冰心〈三年〉中的青，則是邀請丈夫的好友兼情敵霖到家中喝茶。青邀請霖到家裡坐坐喝茶，這個要求本身雖然不像采苕的Kiss那樣有衝擊性，但是由於槃一直以來始終對霖心有虧欠，所以這個邀請對丈夫槃來說，其挑戰度並不亞於被采苕要求應允Kiss子儀的永璋。這就是為什麼槃剛聽到青說邀了霖來家中時的第一個反應是「默然」，之後便一邊隨手玩弄著桌上的小銀匙，實則有意看似無意地說，應該體恤霖在生病、不該邀他來。表面上看來，槃的反應比永璋冷靜理性，但實際上仍和永璋一樣，都為了自己個人無法接受而嘗試否定妻子所提出的要求。（《冰心全集．三年》，卷二，頁三六七）

（三）都出現夫妻兩人為此事所進行的溝通

之後，這兩篇小說中因男性友人而起的意外事件，便開始發展到夫妻兩人所進行的溝通。淩叔華〈酒後〉中的采苕，比起冰心〈三年〉中的青更積極地捍衛自己的要求；而兩篇小說也在此走上了不同的發展方向。

在凌叔華小說〈酒後〉中，永璋推說采苕必然是喝醉了，采苕不但立刻澄清，並馬上解釋自己為什麼想要Kiss子儀，條理分明地表述自己如何為欣賞子儀的風采而傾心，又如何可憐這般出色的子儀竟然有個不幸的家庭。采苕對永璋說：「我向來都不敢對人提到這話，恐怕俗人誤會」，暗示自己是相信永璋不是俗人才敢提出這個要求。面對采苕的步步進逼，永璋只好坦白承認自己：「也不明白為什麼我很喜歡你同我一樣的愛我的朋友，卻不能允許你去和他接吻」。采苕為此反問永璋：「只要去Kiss他一秒鐘，我便心下舒服了，你難道還信不過我嗎？」將兩人的討論焦點，直接由永璋質疑她為什麼要去Kiss子儀轉移至她質疑永璋不夠信任她；永璋最後便只好屈服了。（《凌叔華文存・酒後》，頁五〇至五二）

由上可知，在這個理性而坦誠的溝通裡，采苕除了清楚交代自己的動機避免丈夫永璋誤會，同時還一直掌握著溝通的主導權，始終沒有因為丈夫一再否定她的要求而退縮，甚至主動出擊質疑丈夫信不過她。以此來看，小說中永璋最後的讓步，其實並不僅是永璋這位丈夫的寬大，還是采苕堅持的結果。

而在冰心小說〈三年〉裡所進行的夫妻溝通，則是由丈夫槃掌握著溝通的主導權。青並不同意槃那些有關應體恤霖生病不應邀他來的說辭，青認為霖旅居在外正值病中，他們夫妻身為故友此時應該給予溫暖的安慰。聽到青的反駁，槃先是沉默不語，然後才坦白說因為霖是他最好的朋友，所以不喜歡邀他來家裡喝茶。青勸槃應要有得勝者同情和寬大的心胸。槃又解釋說，這不是顧忌，是體恤霖，不願意霖來領受自己的同情與寬大。青認為這只是遮掩，如果是她，她還情願讓她的朋友和情敵來看她的幸福。

（《冰心全集・三年》，卷二，頁三六七至三六八）

結果，槃就說了下面這番話，當場便讓青急得紅了臉，槃說：

> 一個高尚男子純正的愛情是不容玩弄摧殘的，你知道他是怎樣的愛過你，你也知道他現在是怎樣的悵惘。你的虛榮心，是想顯出我們的幸福，你的好奇心，是想探取他的哀傷，這兩種心理，做成了這段溫柔的殘忍！青，你仍不免是一個完全的女性！（《冰心全集・三年》，卷二，頁三六八）

這樣的指控讓青覺得被冤枉了，因為她壓根「就沒有想到這些」，一時間只能急得紅了臉。槃見狀又接著說，正由於霖是「這麼一個深情的朋友，又是這麼一個坦白的情敵」，他愛霖也同情霖，所以如果自己是青就不請他來，如果自己是霖便不會前來喝茶。（《冰心全集・三年》，卷二，頁三六八）

和凌叔華〈酒後〉采苕相較，青顯然一直處於下風。槃將溝通的焦點全都集中在青思慮不周、未曾顧慮霖的感受，完全不討論她邀請霖到家中的動機——霖獨自旅居在外，正值病中。換言之，青為了同情霖想安慰他的這個想法，在冰心〈三年〉的夫妻溝通裡，槃認為根本不重要。就此點而言，雖不能理解但還可以同意采苕去憐惜子儀的永璋，顯然比槃更懂得尊重妻子。不過，青自己本身在這個溝通中也一再放棄自己的主張，其主體性亦不若堅持不改其志的采苕。

（四）最後丈夫都拒絕妻子，而由妻子獨自面對男性好友

經歷了夫妻的溝通之後，這個相愛的夫妻甜蜜婚姻生活中的意外事件終於到了收尾的階段。這個部份，凌叔華〈酒後〉與冰心〈三年〉都出現了丈夫拒絕協助妻子而讓妻子獨自面對男性好友的情節。

在凌叔華〈酒後〉中，永璋雖然同意采苕的要求，但是當采苕又希望永璋和她一起走過去子儀那邊時，永璋便拒絕了。面對采苕此時順應欲望和抗拒欲望的不安行為，[1]永璋的拒絕協助，除了是因為如他所說不願監視采苕外，其實某個程度上也是為了他自己之前說過的：「我也不明白為什麼我很喜歡你同我一樣的愛我的朋友，卻不能允許你去和他接吻」。換言之，永璋此處的拒絕，不僅是信任采苕的表現，亦是誠實面對自我的表現——他能答應采苕讓她去Kiss子儀，但是他不想看。（《凌叔華文存・酒後》，頁五一至五二）

永璋不願意陪她過去，采苕只好一邊獨自走近子儀一邊心跳加速，她怔怔看著子儀，一會兒她臉不熱心不跳了，於是便又跑回了永璋身邊說不要Kiss他了。采苕這個起先執意要Kiss後來又反悔的決定，饒富深意，歷來研究者也多有解讀。例如，孟悅、戴錦華《浮出歷史地表》便認為：采苕最後不要Kiss的決定，證明采苕期待的是「與子儀這一象徵性關係中所可能扮演的主體角色。一旦從丈夫手中拿到

[1] 金根希，〈試探凌叔華的小說創作〉，《蘇州大學學報》第三期（二〇〇一年七月），頁七六。

這一角色（這意味暫時象徵性地擺脫「妻子」的角色期待），Kiss就不復有意義了」。[①]不過，筆者認為，假如采苕想證明的是自己的主體角色，為何小說大部分的敘述都是她一直試圖要丈夫應允她去Kiss子儀？

徐仲佳《性愛問題》則表示：采苕所以如此「意興闌珊的一個重要原因不是因為害羞，而是她忽然感到自己所要求的權利近乎無聊……她發現她的行為在她的愛人眼裡也許僅僅是一個喜歡在丈夫面前撒嬌的妻子『酒後』近乎胡鬧的惡作劇」。采苕是否覺得自己要求近乎無聊，筆者認為由於本篇小說的敘述者始終採取「隱蔽者」的方式客觀進行敘述，並未窺探采苕這時的想法，僅僅告知讀者采苕此時臉熱心跳的變化；因此，徐仲佳此一看法恐怕需要更多的證據來佐證。[②]

除上之外，也有人主張采苕最後不Kiss子儀，是因為「采苕的個性張揚讓位於潛意識中的傳統理念」；[③]若僅就Kiss與否的結果論，或許是如此，然而，所謂的個性張揚，是否就必定要在「行為上」離經叛道？如果是，那麼模仿離經叛道的行為，是否還同樣是個性張揚的表現？

筆者認為，采苕這個起先執意要Kiss後來又反悔的決定，並不能光從Kiss與否的結果來解讀。或許，對某些人來說，采苕當丈夫的面表示對異性朋友的心儀，確實「隱藏著女性對現實婚姻的某種不滿

① 孟悅，《浮出歷史地表》，頁八七。
② 徐仲佳，《性愛問題》，頁一八五。
③ 劉剛，〈試論《花之寺》中的女性形象〉，《濮陽職業技術學院學報》第十八卷第二期（二〇〇五年五月），頁五九。

或不安」；①使得這個Kiss的要求，增添了許多夫妻情感危機的訊號。但，若回到小說文本來細讀，則可以發現：原本采苕就是愈看醉臥在客廳沙發上的子儀，愈動了「深切的不可制止的憐惜情感」，才對永璋堅持要將這個情感表達出來、要Kiss子儀之後才能「心下舒服」。可見，對采苕來說，對她來說，去做Kiss這件事並不會影響到她對丈夫的愛情，她只是想為心中那股渴望憐惜子儀的欲望去做Kiss這件事而已。

因此，采苕後來走近之後，既然「臉上熱退了，心內亦猛然停止了強密的跳」，當初莫名而起的欲望，同樣莫名消失了，當然就失去了Kiss的必要。由這個角度看來，當采苕希望永璋同意自己去Kiss子儀時所做的一切，並不是為了妻子的行為必須得到丈夫的允許在努力，而是希望深愛的丈夫能瞭解並支持自己有違常情的行為。前者是重視丈夫勝過自己，後者則恰好相反。而就這個意義來說，采苕想Kiss或不想Kiss都是忠於自我的表現，並無關外在他人期待的張揚個性或謹守道德。所以，采苕最後不Kiss子儀就只是她不想這麼做了，至於她為什麼得到了永璋的應允卻又不這麼做，她並不認為需要給永璋一個滿意的解釋。（《凌叔華文存・酒後》，頁五二）小說的全知敘述者也同樣不打算對讀者解釋；因為那都是采苕的自我表現，他人無權置喙。

總而言之，在小說〈酒後〉這部份的敘述中，永璋拒絕陪采苕走過去，是想信任采苕並忠於不願看見

---

① 樊青美，〈凌叔華小說的藝術特色〉，《山西廣播電視大學學報》第五期（二〇〇五年十月），頁七九。

采苕親吻子儀的自我感受；而采苕獨自去完成Kiss子儀的要求時又變卦不親了，也是忠於自我的內心渴望。

而在冰心小說〈三年〉，則是槃和青這對夫妻溝通之後電話響起，兩人猜測該是霖打來的，剛被槃說了一頓的青不肯接電話，槃也不接，推說是青請的，青只好去接。青和霖在電話中聊了一會，最後青問霖要不要跟槃通話，霖卻回答青說：告訴槃他不來了。（《冰心全集‧三年》，卷二，頁三六八至三六九）

小說中青不肯接電話，是因為經過剛剛之前的溝通，青已經被槃說服，同意自己出於關心的邀約可能對霖是一種「殘忍的溫柔」；因此，青接或不接電話，便代表著青選擇面對或逃避自己提出要求後的結果。也因此，青扭捏的不肯接電話，便成了一種闖禍後的逃避心態。於是，如此一來，小說的結尾雖然是霖自己改變主意不來赴約，但當青願意去接電話，其實也就已經完成了她起意邀請霖前來家中此一意外事件的考驗——她勇敢面對了她無意中所闖的禍。

就這個角度而言，冰心〈三年〉中的槃顯然是青的「教導者」，教導著青該如何「體恤」霖這樣一個曾深深愛過自己又被自己所拋棄的人。所以，在這個意義上，槃不肯幫青去接電話，是因為在槃的眼中，解鈴還須繫鈴人，青不該邀請霖偏偏又請了他就該自己去面對，他要青去學習面對自己所犯下的錯，青後來自己接了電話，就是勇於負責的表現。為了強調這個教導者與學習者的關係，冰心〈三年〉的全知敘述者，最後讓讀者看到了霖願意和青講電話卻拒絕讓槃接聽的這個情節；印證了槃的猜測，證明不僅是槃對霖心有虧欠，霖對槃也還有心結，而青的善意邀約，亦如槃所說成了看似溫柔實則殘忍的行為。

（表五，小說敘事結構表之比較）

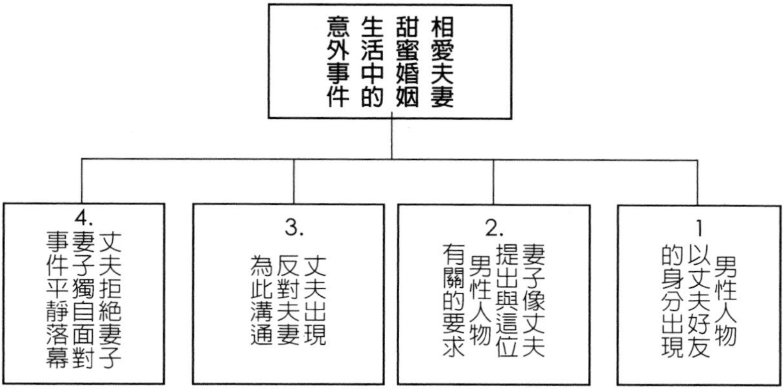

綜合上述分析來看，凌叔華〈酒後〉和冰心〈三年〉不僅同樣是在敘述一對相愛的夫妻甜蜜婚姻生活中的一個意外事件，而且敘事結構相似；茲將這兩篇小說的敘事結構表示如表五：

不過，儘管這兩篇小說有上述相似之處，但其所呈現的女性愛情處境卻並不相同。以下筆者將再就此進行深入探討。

凌叔華〈酒後〉裡有許多耐人尋味之處。比如，采苕為什麼毫不遲疑的向永璋提出Kiss子儀這樣不合常理的要求？而永璋同意以後，采苕又為什麼敢「得寸進尺」的希望丈夫陪自己過去做這件事？多數女性會為避瓜田李下之嫌選擇遠離是非，況且五四女性畢竟還是處在新舊交替的五四社會，何以采苕會大膽直接向正在情話綿綿的丈夫表明：「我想在你面前Kiss別的男人？」——采苕的心裡到底在想些什麼？……筆者認為，這些耐人尋味之處，正是善於繪畫的凌叔華留在小說〈酒後〉裡的「空白美」。①

最明顯的證據，就是小說敘述者乃以不參與故事又在故事外的客觀方式進行敘述，並未在小說中留下太多解讀人物心思的線索。〈酒後〉這個第三人稱全知敘述者對全知能力的節制，使其幾乎成為客觀敘述者，只是旁觀敘述他們夫妻的外在互動而已，而其唯一窺探的人物心理活動，就是采苕最後接近子儀時外表難以看出的臉熱心跳。

凌叔華小說〈酒後〉所以出現這些「空白美」，就是為了要使讀者將注意力順利集中在永璋、采苕他們夫妻如何進行溝通；好藉此突出：「當女性對她的丈夫提出了一個逾越常情的要求時，夫妻兩人該如何面對？」換言之，對小說敘述者來說，敘述采苕提出此一要求的目的，並不在於Kiss本身的曖昧意味，而是為了刻意利用「已婚」女性向丈夫提出「不合常理」的要求，使讀者注意到「丈夫」這個角色在此所受到的挑戰。同時，也正是在采苕期待獲得支持而永璋遲疑不前的情況下，他們這對相愛的夫妻才能產生慎重溝通的必要。這便是小說命名為「酒後」的原因，是酒後亂性也罷、酒後吐真言也罷，采苕的這個要求怎麼看都像是一個酒後失控才會有的想法；正因如此，這才足以挑戰她的婚姻伴侶，考驗

① 蘇娟指出，凌叔華的繪畫才華使其在小說風格上表現出了意境美、空白美、細膩美、溫婉美。又，關於繪畫對凌叔華小說的影響，蔡佳瑩也曾在其碩士論文《凌叔華小說藝術手法研究》中，專闢一章討論。蘇娟，〈淡雅幽麗‧悠然意遠——論繪畫對凌叔華小說風格的影響〉，《語文學刊》一九九六年第一期（一九九六年一月），頁二四至二七。蔡佳瑩，《凌叔華小說藝術手法研究》（臺北：東吳大學中國文學研究所碩士論文，一九九九年），頁九七至一一八。

出她的丈夫對於她的尊重與支持到底有多少。

為了突出這場夫妻間的溝通，小說〈酒後〉絕大部分的篇幅，都在敘述永璋、采苕這對夫妻的對話。子儀雖然在場，但實際上也並不在場；始終處於熟睡狀態的他，既無發言權，也不具備改變采苕或永璋意志的能力。因此，這場夫妻間的溝通對話，仍舊專屬永璋和采苕，而與子儀無關。姑且不論永璋同意妻子的要求，是否為呈現出一種「幻化的、理想的丈夫形象」；[1]然而，永璋大可以選擇拿出道德規範來提醒采苕必須自重，也可以利用丈夫的權威來否決采苕對其他男人的欲望，可是最後他還是因為對妻子的愛意和信任而順從了妻子的堅持。這樣看來，小說〈酒後〉敘述者應是有意藉著永璋的表現來突顯他們夫妻擁有的婚姻，除了法律關係、倫理規範外還存在著深厚的愛情。至於采苕，對她來說，去Kiss子儀或許挑戰了夫妻關係，但並不會影響到她對丈夫的愛情；因為若非在意此一夫妻關係，她也不需要一再懇求永璋同意自己的要求。由上來看，筆者認為小說〈酒後〉想表達的應該是：在有愛情的婚姻裡，夫妻間的互動靠的是信任與愛意，因此，身處其中的女性若能正視自己的需求，丈夫也會給予尊重與支持。

綜上來看，凌叔華〈酒後〉、冰心〈三年〉兩篇小說，雖然同樣都出現某位男性人物而威脅到夫妻原本和諧的兩性關係，同樣也都試圖以相愛的夫妻在婚姻中仍會發生愛情危機來重建五四愛情論述的現

[1] 郭懷玉，〈女作家期待的理想丈夫形象——凌叔華《酒後》現代解讀〉，《濮陽職業技術學院學報》二〇〇四年第四期（二〇〇四年十一月），頁七。

實基礎，但是，兩者對於何謂兩性良性溝通的看法顯然並不一致。如果說，凌叔華〈酒後〉認為有愛情的婚姻，可以使女性得到更多被男性尊重需求的機會；那麼，冰心〈三年〉便是認為女性可以在其中得到一個可靠的、比自己考慮得更周全的教導者。此點由在冰心小說〈三年〉，槃是以分析青如何思慮不周的教導者姿態現身，青對於槃的意見也都予以認同，便可得知。以此而言，冰心〈三年〉雖然比凌叔華〈酒後〉晚出五年，又寫作於其與吳文藻戀愛結婚之後，[①]也表現了其不為五四愛情神話所迷惑的女性主體性；不過，凌叔華〈酒後〉顯然比冰心〈三年〉在性別主體的探索上表現更為突出，也更肯定女性自身的判斷力，並認為不論女性的要求是否符合常理都應被尊重。

三、廬隱〈人生的夢的一幕〉

廬隱小說〈人生的夢的一幕〉的故事十分單純，主要是敘述一群女老師在公事房討論紫雲這位女老師即將結婚的事，大家表面上給予祝福還彼此笑鬧，但私底下並不看好；不是說可能會變心，便是擔憂經濟問題。最後紫雲為了和未婚夫外出特意打扮，問大家美不美，大家異口同聲說「美極了」；但紫雲離開之後，大家都露出了冷漠的表情。（《廬隱小說全集・人生的夢的一幕》，頁六六二至六六六）

---

① 冰心與吳文藻一九二九年結婚，〈三年〉一九三〇年發表於《小說月報》第二十一卷第一期，而凌叔華〈酒後〉則一九二五年發表於《現代評論》第一卷第五期；見本書〈附錄二〉。

此篇小說何以名為「人生的夢的一幕」？由小說敘述荷芬祝福紫雲結婚時所說：「Life is but a dream，不過夢有甜的有苦的分別，我祝福你運氣好，永遠作甜夢！」這段話來看，小說題名「人生的夢的一幕」，指的顯然就是紫雲結婚一事。（《廬隱小說全集‧人生的夢的一幕》，頁六六三）

人生如夢，夢終成空；因此，為即將戀愛結婚而歡喜，說穿了也只是人生眾多夢境裡的一幕而已，沒什麼特別。可是，小說這位不參與故事、在故事外敘述而具有超然地位的全知敘述者，又以其敘述權威補充了下列這句話：「可是作夢的人往往不覺得這是夢」。（《廬隱小說全集‧人生的夢的一幕》，頁六六六）這句話道破了女性渴望戀愛結婚，卻不知道戀愛結婚只是人生眾多「夢」中一幕的執著。小說〈人生的夢的一幕〉裡的紫雲，渾然未覺眾人「已然夢醒」，仍舊高興自己即將「投在愛人的懷抱裡」、擁有「最理想的歸宿」。正在做夢的人，怎能分辨得出誰夢醒了呢？由此看來，此篇小說應該是想指出：把「有愛情的婚姻」視為理想歸宿的女性，其實是不切實際的想像，可惜當事人往往看不見真相。

如果，紫雲對戀愛結婚的歡喜是不切實際的想像，那麼，小說中荷芬、楊冰、若蘅、瑩玉、若蘭等其他同事，便是全知敘述者有意用以與紫雲對比的另一方。小說中，不論她們是否真心為紫雲高興，都不像紫雲那樣樂觀的認為結婚是個理想的結果。

有趣的是，眾人不看好的理由，已不再出現馮沅君〈隔絕〉等小說裡捍衛舊禮教的說辭，而是諸如：他們交往時間太短瞭解不夠深入、男人容易變心、生兒育女以後如何養家的等等問題，這些都是婚姻生活實際本身會產生的問題，彼此的瞭解、雙方不可變心等因素攸關著愛情的維繫，經濟則是維繫婚姻生活持續的重要因素。由此可見，到了廬隱寫作〈人生的夢的一幕〉的一九三三年，有愛情的婚姻雖然依舊是女性期待的理想歸宿，然而此時阻撓她們圓夢的力量，已不是父母尊長反對等禮教規範，而是當她們真正走入有愛情的婚姻以後是否經得起時間考驗的問題。就此而言，廬隱〈人生的夢的一幕〉以輿論關注焦點的轉移、外界阻撓原因的變化，摘下了五四愛情神話以國族論述架構愛情道德的榮耀光環，將五四愛情論述推向了生活的現實面。

從這個角度來看，廬隱〈人生的夢的一幕〉不論是小說題目或情節內容，其實都以紫雲這樣憧憬結婚又看不清楚婚姻真相的女性愛情處境在告訴讀者：「並不是只要有了愛情，婚姻就沒有問題」。故而，相較於馮沅君〈隔絕〉對戀愛結婚的崇敬，廬隱〈人生的夢的一幕〉的確是「不浪漫」的。筆者認為會所以產生這樣的差別，原因有二：一是這兩篇小說寫作時間不同，馮沅君〈隔絕〉為正努力爭取婚姻自主權的二〇年代，廬隱〈人生的夢的一幕〉為已開始關切如何維繫愛情婚姻生活的三〇年代。另一個原因，則是和作家寫作當時的個人經歷有關，畢竟馮沅君寫作當時仍舊未婚，而廬隱此時非但已婚並且梅開二度，[1]中年職業婦女的廬隱對於婚姻生活的書寫，自然較青春文藝少女的馮沅君來得更「貼近

[1] 馮沅君一九二四年發表〈隔絕〉，一九二九年與陸侃如結婚。而廬隱一九二三年與郭夢良結婚，一九二五年郭夢良病逝，一九三〇年又與李唯建再婚，一九三三年寫作〈人生的夢的一幕〉；見本書〈附錄二〉。

現實生活」。更確切的說，五四女作家固然曾經相信五四愛情神話，但是當年歲漸長、閱歷漸多、時代風氣漸變，便也開始逐漸轉而關注五四愛情的現實面。

小結

綜合前述探討可知，五四女作家小說各以不同關切焦點挖掘女性身處有愛情的婚姻之中所遭遇的種種難題，多方關注婚姻生活中的兩性關係如何長久經營，戳破了五四愛情神話將愛情勢力無限上綱的虛幻不實，並展現出婚姻即使有愛情也需要踏實經營的現實面相；而就在五四女作家小說以此重建五四愛情論述現實基礎的同時，其不甘受五四愛情神話擺佈的女性性別主體意識，也在此得到了強烈的突顯。

大致說來，本節所討論的四篇小說乃各有千秋。凌叔華〈病〉這篇小說，以妻子為丈夫多病、家中經濟拮据而煩惱，卻渾然不知丈夫疑心其紅杏出牆的故事，描繪了五四愛情世界的現實面貌。而凌叔華〈酒後〉、冰心〈三年〉兩篇小說，雖然同樣都嘗試以相愛的夫妻在婚姻中仍會發生愛情危機來重建五四愛情論述的現實基礎，不過，由於凌叔華〈酒後〉較肯定女性的判斷力與情感需求，其遂因而也較冰心〈三年〉在性別主體的探索上有更突出的表現。至於，廬隱〈人生的夢的一幕〉則以輿論關注焦點的轉移、外界阻撓原因的變化，摘下了五四愛情神話的榮耀光環。而由其與馮沅君〈隔絕〉的不同，又可以發現當五四女作家年歲漸長、閱歷漸多、時代風氣漸變，其因不滿五四愛情神話而突顯的女性主體性，也就越發強烈。

第四節　期許女性性別主體的自我實現

五四現代社會性別觀念的水準、對女性的性別角色期待，雖然難以與西方現代社會同步；但是，在接受五四社會所提供的教育和經濟方面的成長助力之後，某些五四女性的愛情處境，還是出現了類似貝克夫婦《愛情常混亂》所說的掙扎。

五四女作家既身處其中，又受過高等教育並擁有個人職業收入，自然更容易感受到五四社會期待女性「婚前」現代進步「婚後」傳統賢良的矛盾；其小說也因此經常以捨棄愛情與婚姻的獨身女性為主角，一再探討五四女性何以無法同時擁有事業、愛情與婚姻，突顯出女作家對於女性身處重視個性解放的五四時代竟無法實現自我的困惑。諸如：陳衡哲〈洛綺思的問題〉（1924）、盧隱〈前塵〉（1924）、盧隱〈勝利以後〉（1925）、凌叔華〈綺霞〉（1927）、盧隱〈何處是歸程〉（1927）、盧隱〈跳舞場歸來〉（1932）、冰心〈西風〉（1936）等篇，皆關注了五四女性掙扎於職場與家庭之間，飽受愛情、婚姻與事業衝突之苦的愛情處境。而若綜觀上述作品，還可以發現：除了婚姻不幸的蘇雪

---

①　詳見本書第貳章第三節〈從五四社會事件來看當時新舊女性的愛情處境〉。

林、①未婚即因病逝世的石評梅、婚後即停止文學創作的馮沅君，其餘四位婚姻平順的陳衡哲、廬隱、凌叔華、冰心等女作家，婚後都曾寫作小說關切五四女性此一愛情處境。

本節即分別挑選陳衡哲、廬隱、凌叔華、冰心這四位女作家的作品來討論，以其如何處理小說女性人物所面臨的事業與愛情、婚姻衝突，探究其如何以此期許女性性別主體的自我實現。以下，筆者將此四篇小說依此一衝突發生的時間點在婚前或婚後，分成兩組來進行討論：一是同樣試圖正視女性「婚後」仍舊會渴望成就事業之欲望的廬隱〈勝利以後〉、凌叔華〈綺霞〉；另一則為同樣關切女性「婚前」若為事業捨棄愛情、婚姻應如何自處的陳衡哲〈洛綺思的問題〉、冰心〈西風〉。

一、廬隱〈勝利以後〉

廬隱小說〈勝利以後〉敘述已為人母的瓊芳婚後過著閉門著述的日子，某日，她收到昔日好友沁芝的來信。信中，沁芝提到自己雖在一番艱辛奮鬥後獲得勝利才與丈夫紹青結婚，但回味前塵之時，卻也不免因厭煩現在恐懼將來而五內淒楚。沁芝還提到肖玉、文琪等友人的現狀，她們對女子結婚進入家庭

① 蘇雪林曾在自傳中表示，其年輕時也曾嚮往愛情，但在不愉快的婚姻中屢受打擊之後，便把愛情昇華為文學創作與學術研究的原動力，這便是她文學、學術得有所成就之因。筆者認為，蘇雪林雖未在小說中關注五四女性遭遇愛情、婚姻與事業的衝突問題，但亦是以自己的真實人生證明：愛情落空、婚姻不幸，或許也是女性事業成功的契機；蘇雪林，《蘇雪林自傳》，頁一五四至一五八。

後的生活，也多有不滿；不是感到家務瑣事煩人而無力兼顧社會事業，便是對婚後難以進行社會事業感到失望。信末，沁芝又因昔日冷靜目空一切的冷岫如今也為情愛陷溺人間愁海，而感嘆「中國的女子實在太可憐」；還說到肖玉於女兒滿月之時悔不當初，渴望能抱獨身主義。待瓊芳看完沁芝的來信之後，也忍不住唏噓：原來努力爭取愛情婚姻勝利以後，只是如此……（《廬隱小說全集‧勝利以後》，頁二二四至二三五）

廬隱〈勝利以後〉此篇小說發表時，其已與郭夢良結婚近兩年。儘管這個婚姻得來不易，兩人亦為愛而結合，但婚姻生活對廬隱來說卻是既滿足又失望的，甚至曾因此擱筆半年之久。[①] 廬隱這樣矛盾的心情，便反映在小說〈勝利以後〉。小說中，沁芝在信裡對同為人妻的瓊芳，說出了自己對於婚後生活的疑惑：

> 當我們和家庭奮鬥，一定要為愛情犧牲一切的時候，是何等氣概？而今總算都得了勝利，而勝利以後原來依舊是苦的多樂的少，而且可希冀的事情更少了。可藉以自慰的念頭一打消，人生還有什麼趣味？從前以為只要得一個有愛情的伴侶，便可以廢我們理想的生活。現在嘗試的結果，一切都不能避免事實的支配。（《廬隱小說全集‧勝利以後》，頁二三四）

① 廬隱，〈廬隱自傳〉，頁五〇六。蔡登山，《人間花草太匆匆》，頁六八至六九；盧君，《廬隱新傳》，頁五九至八八。

可見，廬隱小說篇名所謂的「勝利」，指的正是五四青年男女受自由戀愛新思潮影響，為嚮往有愛情的婚姻與傳統禮教作戰所得的勝利。誰知到頭來，這樣的勝利為五四女性帶來的，竟是一種茫然的空虛。

為了清楚呈現此種茫然空虛，小說〈勝利以後〉中異故事又故事外的第一層全知敘述者，讓讀者既看見瓊芳閱讀沁芝信件的感受，也以沁芝為第二層的第一人稱敘述者，用主觀的「我」分別敘述其個人與冷岫、肖玉、文琪等四位同樣受過高等教育但不同境遇的女性，如何在各自的人生故事裡感受到同一種勝利的空虛。為便於行文，茲將小說所敘冷岫、肖玉、文琪、沁芝遭遇分別整理如下：

（一）冷岫

冷岫往昔活潑瀟灑且自視甚高，卻在和仲文戀愛結婚以後，成了「人間第一失敗者」，每每為了仲文前妻的存在而「覺得心靈深處藏著不可言說的缺憾」。沁芝為冷岫這樣的人生感傷，感傷冷岫替有愛情的婚姻奮鬥所得到的勝利，最後「只贏得滿懷淒楚」；更唏噓冷岫當初年少時的「壯志雄心」，竟就如此而在愛情這人間愁海裡消磨殆盡了。（《廬隱小說全集‧勝利以後》，頁二三二至二三四）

（二）肖玉

和冷岫同樣已婚的肖玉，則是於婚後發現：「結婚的意趣，不過平平如是」。肖玉不僅對自己婚後的生活「委靡不振」感到失望；更為女兒出世之後，母職的責任更是讓自己牽掛日多，越來越難以從

事社會事業而痛苦。肖玉甚至為此大嘆：早知如此，當初不如獨身的好。（《盧隱小說全集‧勝利以後》，頁二二七、二三五）

（三）文琪

而一直獨身未嫁擔任家鄉第一女學校校長的文琪，則遲疑著要不要結婚。文琪擔心女性進入家庭以後無法繼續從事社會事業。對於沁芝、肖玉不滿婚後生活所一再發出的怨歎，文琪雖然以「搖搖籃的手搖動天下」鼓勵她們，但也困惑著：如果「女子進了家庭，不做社會事業，究竟有沒有受高等教育的必要？」（《盧隱小說全集‧勝利以後》，頁二二九至二三一）

（四）沁芝

至於沁芝，她雖是經過一番艱辛的奮鬥，才終於得以和愛人紹青順利結婚；可是當婚姻生活日漸平淡，仍不禁懷疑起：人生除了結婚，難道沒有其他的大問題？沁芝同意料理家務是「結婚後的女子唯一的責任」，但只要想到女子應該不僅是為整理家務而生，便不免自傷。

在沁芝的教職經驗裡，真正困擾的並不是女子的家庭責任難以拋下，「而是社會沒有事業可作」；因此她相信：「女子入了家庭，對於社會事業，固然有多少阻礙，然而不是絕對沒有顧及社會事業的可能」。不過，看到肖玉生子後的消極、冷岫婚後的消沉、文琪婚前的困惑，她也坦白的承認：「中國的

家庭，實在足以消磨人們的志氣」。（《廬隱小說全集‧勝利以後》，頁二二五至二二六、二三一至二三二）

綜上來看可知，藉著冷岫、肖玉、文琪、沁芝等女性人物，小說〈勝利以後〉的全知敘述者向讀者傳達出了這樣的訊息：「受過高等教育的女性是因為知識的影響才會渴望有愛情的婚姻，然而當終於從父母尊長那裡爭得了婚戀自由的勝利，又發現女子婚後進了家庭卻空有知識而無用武之地，這樣的愛情婚姻勝利，對女性到底有何意義？」

「究竟是知識誤我？我誤知識？」這並不是廬隱第一次發出這樣的喟嘆；這樣的困惑之聲，廬隱〈海濱故人〉也曾出現過。這同時亦是許多受過高等教育的五四新女性共同的困惑。五四時人期待五四女性像中國傳統女性一般的「賢良」，又渴望五四女性如西方現代女性一般的「進步」；受高等教育的五四女性，因此在未婚之時被期待必須努力「進步」做個接受新思潮對抗舊禮教的新青年，但是婚後又被期待應該專心擔任「賢妻良母」將一切無私奉獻給家庭。①這樣矛盾的期待，使得因教育資源而帶來種種成長的新女性格外難以適應婚前婚後的生活轉變，這也就是廬隱〈勝利以後〉所喟嘆的。

不過，廬隱〈勝利以後〉發出的喟嘆之音，除是為了表明女性戀愛結婚後卻發現只是一場空虛的勝利以外，筆者認為，其也是為了希望影響其他的女性讀者進一步思考愛情、婚姻、事業三者之間的關係。

---

① 詳見本書第貳章〈五四社會中的女性愛情處境〉。

最明顯的證據，就是瓊芳這個女性人物在閱讀沁芝信件前後的變化。在瓊芳讀信之前，全知敘述者形容瓊芳所在的院子，「絕對聽不見鶯燕的呢喃笑語」，而「主人」也就是瓊芳，「彷彿是空山絕崖下的老僧」「心目皆空」；這些敘述都說明了瓊芳婚後的生活平靜不問世事。既然如此，瓊芳自然也不曾想到沁芝信上所說的那些愛情婚姻勝利以後的空虛。但是，當瓊芳讀完沁芝的來信，全知敘述者又以最具權威的「缺席的在場者」姿態，[1]告訴讀者：瓊芳「向四周看看她自己的環境，什麼自然的美趣、理想的生活，都只是空中樓閣」；然後，原本滿意婚後生活的瓊芳，便也發出了和沁芝一樣的感嘆：「勝利以後只是如此呵！」（《廬隱小說全集・勝利以後》，頁二二四、二三五）

而為了突出希望以沁芝的喟嘆感染讀者的效果，此篇小說再度出現了廬隱常用的多層敘事手法。第三層敘述者文琪寫信給第二層敘述者沁芝，提醒沁芝思考：「女子進了家庭，不做社會事業，究竟有沒有受高等教育的必要？」同時，她也鼓勵沁芝、肖玉兩人不可輕易放棄過往的壯志。而文琪的來信使得沁芝受到鼓舞，沁芝的來信又使得第一層敘事裡的瓊芳開始覺得自己平靜的生活有所欠缺；於是，這樣一層又一層的思想傳播與情緒感染，如水中漣漪，漾到了讀者的心中。（《廬隱小說全集・勝利以後》，頁二三二、二三五）

[1] 陳順馨認為，敘述者為「缺席的在場者」（即不現身的全知敘述者），其「聲音」比直接與受述者、讀者對話的「在場者」，來得更強烈、也更無法抗拒。因為從讀者接受的角度來說，在場者的感知方式或姿態，縮短了其與受述者、隱含讀者的距離，所以權威相對減低。陳順馨，《中國當代文學的敘事與性別》，頁一九至二〇。

就探索性別主體而言，廬隱〈勝利以後〉不僅以沁芝等人質疑婚姻制度、職場生態等社會現狀不利女性實現自我，同時也以文琪、沁芝、瓊芳等人相互傳遞訊息彼此正面影響的「相濡以沫」，這些皆使其女性群體性別主體意識得到突顯，展現出其有意改變父權社會「男性中心」思維的渴望。

二、凌叔華〈綺霞〉

〈綺霞〉這篇小說，敘述綺霞婚後忙於家務，一年都沒有碰過心愛的琴，以致讓琴被蟲子所蛀。某日，綺霞在公園裡偶遇昔日敬重的朋友輔仁，才驚覺自己「性靈墮落」，以前高談男女平等現在卻為了丈夫卓群荒廢自己最愛的琴藝。翌日，輔仁送來一把新琴。綺霞興致盎然的練了起來，婆婆卻數落她荒廢家務，加上自責練琴剝奪了丈夫卓群的家庭幸福，為家庭著想的綺霞又放棄了拉琴。某日，聆聽了世界第二名聖手義大利音樂家的音樂會以後，綺霞心中的熱情又再度被燃起，她放下家務勤於拉琴，最後甚至離家出走到歐洲學琴。五年後，綺霞學成歸國技藝超群，而卓群也另外結婚了……（《凌叔華文存・綺霞》，頁三〇至四六）

由上來看可知，如果說，廬隱小說〈勝利以後〉是以多位女子的感嘆試圖喚起大眾思考何以女性獲得了愛情婚姻的勝利以後無法從事社會事業；那麼，凌叔華在小說〈綺霞〉便是以一位極富音樂天份的女子為例，講述她如何因獲得愛情婚姻的勝利而放棄她原本應該努力的事業，以致使她的生命長滿了蛀蟲。

換言之，同樣是關注五四女性身處事業與愛情、婚姻之間的衝突，但凌叔華〈綺霞〉並不像廬隱〈勝利以後〉那樣只是叨叨絮絮的感嘆；它更直接的在小說中質問：「女性婚後家庭的責任固然重要，但，如果這位女性有她特殊的天才足以開創事業造福人群呢？」所以，小說一開始就藉著綺霞的遭遇清楚展現了婚姻生活對一個女性天才的斲傷。曾經博得第一梵和林聖手讚美的綺霞，在愛情中、在婚姻中、在妻子應盡的責任中，完全忘記了音樂，就連她曾經寶貝不已的琴也被蛀蟲所蛀；一年多的婚姻生活下來，綺霞就像她們家裡那些人工的東西——「已經失掉了自然」。（《凌叔華文存．綺霞》，頁三〇至三一、三四、三七、三九）因此，比起廬隱〈勝利以後〉，對於女性在事業與愛情、婚姻三者之間的掙扎所展現的思考，凌叔華〈綺霞〉顯然較接近五四女性何以會在妻子性別角色與個人自我期待之間一再發生衝突的問題核心。

小說中，綺霞曾三次反覆掙扎於妻子性別角色與個人自我期待之間的過程。綺霞的第一次掙扎，是發生在朋友輔仁責備她不該放棄音樂並體貼送來一把新琴之後，被輔仁鼓舞恢復努力拉琴的綺霞無意中聽到婆婆的數落，不禁自責：「愛卓群就應當為了他犧牲一切」，意識到自己不該為了「滿足自己的嗜好」放棄做為一個妻子的責任。於是又放棄了拉琴。（《凌叔華文存．綺霞》，頁三〇至三八）此時的綺霞，被「妻子應盡的責任」綑綁而無法發揮自我的音樂天賦。而這妻子應盡的責任，對綺霞來說，並不是為了實踐「夫者妻之天」這樣的婦德閨範，而是為了她深愛的丈夫卓群。換言之，在這樁有愛情的婚姻裡，使綺霞不得發揮音樂天賦的，不是傳統禮教的婦德，而是新潮思想的愛情。

綺霞的第二次掙扎，是發生在聆聽世界第二名聖手的意大利梵和林音樂家所開的音樂會之後。音樂天才給人的感動，使綺霞得以從「妻子應盡的責任」解脫；綺霞終於認知到愛好拉琴並不是自私的嗜好，若「一個人能領千百人進了快活境界」，也是造福人群。而且，連她深愛的卓群也認同這樣的想法。大受振奮的綺霞，又開始期許自己能做一個造福社會的音樂家，又開始放下家中瑣事努力拉琴。（《凌叔華文存‧綺霞》，頁三九至四一）就此而言，比起廬隱〈勝利以後〉只是抱怨家務瑣事對女性從事社會事業的妨礙，凌叔華〈綺霞〉顯然理智許多，其坦率承認未能善盡妻子應盡的責任確實自私，但也表示：若女性具有造福一整個社會的天賦能力，那麼當她不得不放棄去造福一個家、一個丈夫時，她選擇造福社會並不是自私。

綺霞的第三次掙扎，是發生在她終於正視自己努力拉琴對家務所造成的妨害之際。某日，輔仁寄來最近歐洲出的琴譜，綺霞「只一下午竟學了五只大曲，她高興極了」，然而她這樣的高興不但沒有人可以分享，只得到婆婆的抱怨。這讓綺霞明白自己做抉擇的時候到了：若她「想組織幸福的家庭，一定不可繼續琴的工作，想音樂的成功必須暫時脫離家庭的牽掛」。思考了一晚，綺霞最後下定決心告訴自己：「愛卓群的日子還長著呢，現在若不努力學琴，將來便沒希望再學了！」接著便留下了書信，離家出走到歐洲學琴去了。（《凌叔華文存‧綺霞》，頁四一至四三）此時的綺霞，真正體會到了「幸福的家庭」與「音樂的成功」，對她來說已是不可兼得的魚與熊掌。歐洲新出的琴譜讓她愛不釋手，那是她體內的音樂天賦在呼喚她；可是，婆婆的抱怨、卓群的為難，也讓她困擾。最後她選擇了現在不做將來就不能做的音樂事業。綺霞不是不愛卓群，但現在她已經無法為了要替卓群成就一個幸福的家庭而犧牲自己。在此，凌叔華〈綺霞〉稍稍辨析了「愛情」與「有愛情的婚姻」的不同；綺霞愛卓群，但，愛他並不表示要為他綑綁在妻子這個性別角色的責任裡。就這點來看，凌叔華〈綺霞〉比廬隱〈勝利以後〉對愛情與婚姻看得更為深入透徹。

經歷上述掙扎離家出走五年後回到國內的綺霞，不但學有所成，功力也已經到了能令音樂學校女學生深深感動的地步；可見，綺霞拋下愛情、婚姻去歐洲學習音樂的選擇，對於她的音樂天才是正確的。只是，這對她的愛情、婚姻卻造成了無法彌補的遺憾——卓群再婚了。（《凌叔華文存・綺霞》，頁四五至四六）

有人認為，這樣的婚姻變故，表示綺霞是孤獨、淒涼的，甚至以此認為凌叔華小說〈綺霞〉傳達出的是一種女性選擇事業以後，卻只能孑然一身的困惑。[①] 然而，真的是如此嗎？

若此篇小說的敘述視角變化來觀觀察，可以發現：這位異故事、故事內的敘述者本是以綺霞為人物視角，透過綺霞的眼睛、經過綺霞的思想來敘述故事；但是到了綺霞學成歸國的這段敘述，敘述者忽然「拋棄」了綺霞，不再進入綺霞的內心，讓原本擔負「看」世界重責的綺霞，變成了被女學生們看的對

① 韓儀，〈浮出歷史地表之後——凌叔華女性觀發展軌跡探尋〉，《北方論壇》二〇〇三年第五期（二〇〇三年五月），頁九八至一〇一。鍾華麗，〈尋夢者的悲音——論凌叔華二十年代小說創作中的尋夢情結〉，《宜賓學院學報》二〇〇四年第六期（二〇〇四年六月），頁九八至一〇〇。

象，並將敘述位置轉至高於故事發展邏輯的故事外。筆者認為，此處所以出現這樣的敘述視角變化，是因為那些對綺霞充滿好奇與崇拜的女學生，在某個角度上來說其實也是當初的綺霞；她們聚在一起時最愛說的是婚嫁問題，嚮往的是一個有愛情的幸福婚姻，可是，她們也不想變成像學校裡已婚的王先生、周先生那樣無心精進琴藝。（《凌叔華文存・綺霞》，頁四四）利用這樣的安排，敘述者突顯了「音樂的成功」與「幸福的家庭」這個令綺霞兩難的抉擇，在綺霞忍痛放棄愛情、婚姻選擇成就音樂事業之後，仍舊繼續存在這些年輕的女學生身上。

因此，正如凌叔華〈酒後〉留下許多耐人尋味的「空白美」，[1]〈綺霞〉敘述者最後不進入綺霞的內心，也是一種「空白美」的小說風格呈現。因為，比起關注綺霞發現選擇音樂最後卻失去愛情、婚姻的心情感受，〈綺霞〉敘述者更希望讀者能注意到綺霞確實有開創音樂事業的天才，更能關心綺霞在事業與愛情、婚姻之間所遭遇的衝突，因為綺霞並非五四女性當中的特例。於是，讀者僅能知道綺霞在初來這學校時，便「對門房說了又說無論來什麼人她都不能見」，卻不知道本以為「愛卓群的日子還長著」的綺霞，發現卓群真的再婚另娶之時，究竟做何感想？是否後悔過當初離家出走的決定？……這些都成了讀者無法輕易看透的秘密。（《凌叔華文存・綺霞》，頁四四、四五）

就這點來看，筆者認為，與其說凌叔華小說〈綺霞〉傳達出女性選擇了事業以後卻只能孤獨淒涼的

---

[1] 蘇娟，〈淡雅幽麗・悠然意遠〉，頁二四至二七。

困惑，倒不如說其乃在試圖指出當時社會現狀並不合理；換言之，以性別主體的探索來看，凌叔華〈綺霞〉和盧隱〈勝利以後〉叨叨絮絮抱怨婚姻生活對女性實現自我的戕害，其實一樣在企圖喚起讀者注意，希望眾人思考：「為什麼在五四女性身上，就必然會發生事業與愛情、婚姻難以協調的衝突？」也一樣有意藉著訴說婚姻制度如何限制女性發揮才能來改變父權社會「男性中心」的思維。

有趣的是，有關凌叔華〈綺霞〉中刻意留白的部份——五四女性為成就個人的事業而選擇捨棄愛情與婚姻以後的心理感受；另兩位關切此一問題的五四女作家陳衡哲、冰心，剛好分別於她們的小說〈洛綺思的問題〉、〈西風〉補足了這部份的空白。

三、陳衡哲〈洛綺思的問題〉

陳衡哲小說〈洛綺思的問題〉，敘述洛綺思和瓦德這對師生原本已訂婚，但洛綺思卻為了結婚將使自己無法全心投入學問事業，在訂婚後一個月要求解除婚約。瓦德眼見無法挽回，只好答應洛綺思的要求，兩人並於此後成為通信的好友。瓦德不久後便結婚了，洛綺思雖有些不快，但還是以老友的態度寫信祝賀。瓦德原本想回信坦白告訴洛綺思他最愛的還是她，但終究還是只有請求洛綺思兩人繼續維持高尚的友誼。十多年後，洛綺思成了著名女子大學的哲學主任，也完成了昔日的學問事業夢想。有一天，她做夢夢到自己已婚，並和瓦德以及兩個可愛的小孩在一起；然而，夢中瓦德忽然又變成一個素不相識的粗人，洛綺思因此驚醒。後來洛綺思一直無法忘記這個夢；有一天她對著青山想起之前見過的另一個

小湖，她曾經感嘆這兩個美景無法同在一處，但這天她忽然明白這原本就是不可兼得的……①

由上可知，陳衡哲此篇小說所謂「洛綺思的問題」，指的正是前述廬隱〈勝利以後〉、凌叔華〈綺霞〉兩篇小說所討論過的問題：「為什麼對於受過高等教育的女性來說，事業與有愛情的婚姻始終無法兼得？」②事實上，陳衡哲〈洛綺思的問題〉於一九二四年即已發表，早於前述兩篇；而其對此一問題的探討也比其來得更為深入。以下即針對陳衡哲〈洛綺思的問題〉較其他兩篇突出的特點：「說明女性所以無法兼得事業、愛情、婚姻的原因」、「提出女性如何解決事業與愛情婚姻衝突的答案」、「男主角形象較鮮明且深情」、「明白指出事業之於女性的重要性並不低於愛情」等來進行分析。

（一）說明女性所以無法兼得事業、愛情、婚姻的原因

比起廬隱〈勝利以後〉、凌叔華〈綺霞〉兩篇小說，陳衡哲〈洛綺思的問題〉更清楚的說明了何以

---

① 陳衡哲，《小雨點》（臺北：成文出版社，一九八〇年），頁七一至九二。又，為免註腳繁瑣，此後引用將以（《小雨點‧篇名》，頁碼）標示。

② 陳衡哲曾寫信與胡適討論〈洛綺思的問題〉，其指出：「在未著筆之先，我曾把這個問題仔細想過，我覺得第三段的題目，雖甚可愛，然卻不是『她的問題』。『她的問題』的主要分子，乃在第二及第四段，換言之，即是『安於山呢』？還是『安于水呢』？的一個問題」。可見，對作者來說，「事業與有愛情的婚姻何以無法兼得？」確實是其創作此篇小說時的核心問題；此信轉引自沈衛威，〈《洛綺思的問題》的作者告白——關於陳衡哲致胡適的三封信〉，《河南大學學報》第三十九卷第二期（一九九九年三月），頁二四。

對女性來說成就事業與擁有愛情、婚姻會產生衝突。在洛綺思與男主角瓦德在花園談判解除婚約的那場對談中，瓦德認為他們之間只有結婚能使兩人永遠在一起，而兩人在一起還可以對學術界有貢獻。但對於這樣的想法，洛綺思卻表示，他們若不能在一起，彼此學術亦能有成、愛情亦可不變，並不認同「婚姻」可以使沈浸愛河的兩人未來更加幸福。此外，洛綺思還更進一步的指出，結婚對男子只是經濟負擔的增加無損於事業，可是，「女子結婚之後，情形便不同了，家務的主持，兒童的保護及教育，那一樣是別人能夠代勞的？」對於渴望擔任賢妻良母的女性來說，結婚「反能完成她的野心和希望」；不過卻不能令具有學術事業企圖心的洛綺思感到快樂和滿足。瓦德也同意：如果洛綺思婚後「把撫育子女看做人生的唯一目的」，便不是他所欽佩和敬愛的洛綺思了。由上可知，洛綺思和瓦德都同意婚後的家庭生活會對洛綺思的學術事業造成傷害。（《小雨點・洛綺思的問題》，頁七五至七八）

在這部份的小說敘述中，陳衡哲〈洛綺思的問題〉清楚點出了五四女性所以遭遇事業與愛情婚姻的衝突，其問題的關鍵就在於女性結婚以後所要擔負的妻職和母職。以此而言，相較於廬隱〈勝利以後〉偏重陳述五四女性對於婚後生活的失望感受，凌叔華〈綺霞〉強調婚後家庭生活對於女性天才的戕害；陳衡哲〈洛綺思的問題〉顯然較清楚的說明了下述兩點：首先，並不是所有的女性都以自己婚後能扮演賢妻良母為滿足；其次，對於懷抱旺盛事業企圖心的女性而言，婚後的妻職與母職重責，確實可能妨害其事業生命。

（二）提出女性如何解決事業與愛情婚姻衝突的答案

比起廬隱〈勝利以後〉、凌叔華〈綺霞〉，陳衡哲〈洛綺思的問題〉更大膽的提出了女性該如何解決事業與愛情婚姻衝突的答案。

小說中洛綺思年過四十以後，對當年的抉擇「在夢境中」有了不一樣的想法。筆者認為，洛綺思這樣的變化，不只是因為功成名就年華老去之後的孤獨與寂寞，更是人在不同的年齡、不同的人生階段會產生不同的需求。正如，小說中瓦德因對學問的興趣濃厚不曾想要娶妻，但在四十多歲以後卻和洛綺思相戀訂婚，還洋洋得意的表示：「自從我認識了洛綺思以後，纔知道除了學問之外，人生還有別的意味呢！」而與瓦德相似，當洛綺思也四十多歲，也有了和當年瓦德同樣的哲學部主任歷練，便同樣開始想到了自己除了學問以外的其他夢想。（《小雨點・洛綺思的問題》，頁七一至七二、八八）

洛綺思的這個轉變，小說〈洛綺思的問題〉是以潛意識的方式反應在洛綺思的夢境中。在夢中，洛綺思與瓦德擁有一個幸福的家庭和兩個可愛的小孩。在這部份的小說敘述裡，敘述者以「金銀花」作為串起洛綺思重回當年抉擇點的象徵物。當年洛綺思與瓦德在花園談判到最後兩人陷入沉默，「牆角的金銀花」，「輕輕放出他的香味，送到他們兩人的身旁來」；而洛綺思多年後的夢境裡，夢中也是「金銀花的香味，自牆角上陣陣的吹來」。敘述者以此連結起洛綺思的當初與現在。金銀花串起了洛綺思多年前的愛情夢，當年她選擇事業拒絕了瓦德的愛情與婚姻，多年後再度回首，卻只能感嘆「夢中的金銀花」固然可以「永遠開放，永遠馨香，但她自己園中的金銀花，卻是不待秋風之來，便要零落凋謝的。減去了金銀花的香味，那夢還有什麼意思呢？」醒來後，洛綺思雖然因此覺得平日能令她心血沸騰的著作有些無趣，「但她明白，這不過是一時的情緒，是不會永遠留在她心上的」。洛綺思知道就算她可以再繼續完成她愛情婚姻方面的夢想，不過瓦德已經不再是當初的瓦德，而且她再也找不到第二個瓦德了。（《小雨點・洛綺思的問題》，頁八〇、八八至九一）

最後，藉由她喜愛的青山和小湖分隔數十里，洛綺思終於明白了：「那時她曾深惜這兩個湖山，不能同在一處，去相成一個美麗的風景，以致於安於山的，便得不著水的和樂同安閒，安於水的便損失卻山的巍峨同秀峻」。（《小雨點・洛綺思的問題》，頁九一）而像她這樣的女性，事業與愛情婚姻也本就是註定衝突而無法成為一處美麗的風景。這便是陳衡哲〈洛綺思的問題〉對於五四女性發生事業與愛情婚姻衝突問題，所給出的答案：「那是必然衝突而註定無法兩全的選擇題，不必強求」。

（三）男主角形象較鮮明且深情

比起廬隱〈勝利以後〉、凌叔華〈綺霞〉，陳衡哲〈洛綺思的問題〉更費力去塑造男主角的形象。廬隱〈勝利以後〉全是女性彼此之間私密的對話，即使只是因看了沁芝來信而引發感觸的瓊芳，亦不願對身旁的丈夫流洩出自己對於愛情勝利以後竟得來空虛的喟嘆。（《廬隱小說全集・勝利以後》，頁二三五）而凌叔華〈綺霞〉裡，當綺霞為了該替卓群經營幸福家庭或是愛自己追求音樂成功之間苦苦掙扎的時候，造成綺霞這場衝突的始作俑者卓群心中究竟作何感想，小說敘述者唯一透露過的只有：「卓群見母親冷冷的，他也裝作不知」。因此，讀者並無法從小說中得知綺霞拋棄愛情婚姻選擇事業的決定究竟帶給卓群怎樣的心理衝擊，僅知道「聽說」卓群找綺霞「找了三年也找不到，有個朋友的妹妹見他可憐，常安慰他，後來成了朋友」，後來就結婚了。（《凌叔華文存・綺霞》，頁四一、四五）但是，在陳衡哲〈洛綺思的問題〉裡的瓦德，不僅形象鮮明而且也很能令讀者感受到他的深情。

在那一夜的花園對談裡，瓦德聽洛綺思談論結婚將如何妨害她一生事業之後，對洛綺思說：「若能於你有益，我是什麼痛苦都肯領受，什麼犧牲都能擔當……」接著，其便忍痛答應了洛綺思解除婚約的請求。翌日瓦德匆匆離開，只留下書信告訴洛綺思：「我本想多住幾日再回去的，因恐我們再見三見之後，又將生出意料不到的糾葛來，或反於我們的友誼有害，故不如即行為是」。可見，瓦德如何極力在壓抑自己的愛情欲望，以成全洛綺思的事業渴望。後來，當不知內情的朋友揶揄瓦德要到何處去蜜月旅行，瓦德被問得急了，也只是說：「洛綺思是一個百世不一見的奇女子，誰能忍心把結婚的俗事，去毀敗她的前途呢？」縱使解除婚約，縱使做不成夫妻，瓦德細心維護洛綺思之情，仍處處可見。之後，瓦德與中學校的體操教員結婚，還自覺對洛綺思有愧，他本寫了一封信要告訴洛綺思：「瓦德雖是結了婚，但他不會因此關閉了他的心；尤其是對於洛綺思，他的心是永遠開放著的」。可是，瓦德又擔心這樣會帶給洛綺思極大的痛苦，所以便嚴守分寸把信重新寫過，信中除了請求洛綺思的原諒，並祝福洛綺思的事業，希望洛綺思不要因他結婚拋棄了與他的友誼。（《小雨點・洛綺思的問題》，頁八〇至八七）

在這些小說敘述中，由於異故事且故事外的全知敘述者對瓦德所思所想的關注，讓讀者從瓦德身上清楚看見了一個深情、體貼又懂得尊重女性內心需求的男性形象。筆者認為，陳衡哲〈洛綺思的問題〉所以要塑造出瓦德的深情形象，就是為了要強調出洛綺思在掙扎於事業與愛情婚姻之間時，一邊是她渴望的學問事業，而另一邊也是她最理想的愛情。洛綺思和瓦德之間的愛情，不僅僅是因為他們是為學問興趣結合的自由戀愛而可貴，更因為瓦德對她是如此的愛護和珍惜。在瓦德心中有一角之地，是連他的妻子蜜妮都無法進入的，但唯一能令他願意打開心中這私密一角，共享他秘密世界一切苦與樂的，只有洛綺思；這就是瓦德對洛綺思的深情。（《小雨點‧洛綺思的問題》，頁八五）

（四）明白指出事業之於女性的重要性並不低於愛情

在其他的五四女作家小說當中，大概只有一九三三年廬隱〈女人的心〉裡始終深情如一對待素璞的純士，足堪與瓦德的深情比擬。而這樣的瓦德，卻仍然改變不了洛綺思開創學術事業的決心。於是，如此一來，小說〈洛綺思的問題〉便比將男性塑造得面目模糊、隻字不提男性深情的廬隱〈勝利以後〉、凌叔華〈綺霞〉，更明白的指出了：並不是所有的女性都會以愛情為重。

在洛綺思覺悟到自己當初面對的，本就是一個無法兩全的選擇後，小說全知敘述者曾透露：「這個感慨，這個惆悵，除了洛綺思自己之外，卻只有對面的青山，能夠了解和領會。就是她的老朋友瓦德——現在已是子女滿堂的瓦德——也是絕對不容窺見這個神聖的秘密的」。洛綺思這樣的想法，正和瓦德想寄信表明自己婚後也只愛洛綺思一人，但最後又沒寄出那封信的想法相似：「他只應把這個秘密的種子保存在他自己的心中……因為他所開的花，是要給洛綺思以極大的痛苦的」。已婚的瓦德對洛綺思表達情意，已擔心會令洛綺思痛苦，更何況是要洛綺思面對已經子孫滿堂的瓦德呢？（《小雨點・洛綺思的問題》，頁八六、九二）

筆者認為，就此來看，不僅瓦德之於洛綺思是情深意重，提出解除婚約的洛綺思之於瓦德亦是深情款款。而正是由於瓦德的完美深情、由於洛綺思捨棄的是這樣理想的愛情，但她卻寧願獨自一人去努力自己所渴望的學問事業，守著青山無法與小湖並存一處的感慨惆悵，這才使得「洛綺思的問題」——「事業與有愛情的婚姻何以無法兼得？」得到了更強烈的突顯。① 就這個角度來說，小說〈洛綺思的問題〉不啻是完全推翻了習慣認定女性最大的渴望就是從男性那兒得到幸福這樣的父權社會「男性中心」思維，違背了五四社會女性扮演女兒角色時能為戀愛結婚奮鬥的期待。因而，比起廬隱〈勝利以後〉、凌叔華〈綺霞〉這兩篇小說，陳衡哲〈洛綺思的問題〉更清楚的肯定了女性實現自我的欲望，也更清楚的展現了女性性別主體的存在。

① 陳衡哲與胡適討論〈洛綺思的問題〉時，曾說：「這篇小說的難做處，在他的一個矛盾的地方：洛綺思一方面與瓦德做好朋友，而一方面又感到身世之孤寂」。又說：「雖洛綺思已老，而情感則並不因老而減少，情感如此，惆悵便不能免」。由此可知，對作者來說，瓦德的深情形象本就是其用以突顯洛綺思問題的手段；此信轉引自沈衛威，〈《洛綺思的問題》的作者告白〉，頁二五至二六。

四、冰心〈西風〉

而在陳衡哲以小說〈洛綺思的問題〉挑明女性難以兼得理想的愛情婚姻與成功的工作事業之後的十二年，冰心小說〈西風〉裡，出現了另一個與洛綺思處境相似但卻心生後悔的女性人物——秋心。①

小說〈西風〉的故事，是敘述秋心和「遠」原本是一對情人，但因為秋心意欲全心追求事業，兩人只好黯然分手，不久，遠便另與他人結婚。十年後，秋心和遠在同往上海的途中偶然相遇，兩人一路同行多有交流。秋心對於遠已有幸福的家庭，而自己則經常忙碌與寂寞，雖然感慨不已但也想極力維持自己的尊嚴。船隻抵達碼頭後，遠全家都來接他，遠本來還想送秋心一程，秋心卻推辭了，最後她才自己慢慢地走下船……（《冰心全集・西風》，卷三，頁一四六至一五七）

由上情節概述，可以發現冰心〈西風〉與陳衡哲〈洛綺思的問題〉有許多相似之處。女主角同樣都事業心強烈，男主角同樣為成全女主角的事業而分手，也都曾寫信給女主角分手後願意維持友誼，但又很快結婚；此外，這兩篇小說的情節也同樣出現兩人分手後多年男主角有了美滿的家庭，而女主角事業有成但依舊獨身未嫁。（《小雨點・洛綺思的問題》，頁七四、七九至八〇、八二至八三、八八、九

① 馬美愛，〈論「五四」女作家的家庭守望——以冰心、陳衡哲為例〉，《廣西社會科學》二〇〇四年第九期（二〇〇四年九月），頁一一八至一一九。

二；《冰心全集．西風》，卷三，一四六至一四七）

當然，這兩篇小說還是有很多不同的地方。首先，陳衡哲〈洛綺思的問題〉最多也只是由洛綺思在夢中編織當初若選擇與瓦德一起會如何如何的幻想，而冰心小說〈西風〉卻是利用秋心和遠共同搭乘順天號赴上海的機會，以船上餐廳的空間，讓他倆「抬起頭來，這杯盤，這肴饌，這屋裏充滿著的異國的語音」，很快便「把他們完全送到十年前國外的回憶中」。（《冰心全集．西風》，卷三，頁一四九）

換言之，冰心小說〈西風〉的情節，主要乃是從兩人鮮通音信多年以後的偶然重逢開展的。就某個角度來說，冰心〈西風〉中的秋心，也可以說是陳衡哲〈洛綺思的問題〉另一個洛綺思的化身；負責執行一個洛綺思只在夢中藉著金銀花香味進行的任務——多年後，與另一個瓦德，也就是當年愛過秋心的遠，在真實人生中相遇，並以此重新審視自己當初的選擇。

其次，陳衡哲〈洛綺思的問題〉的敘述者是以異故事、故事外的位置進行敘述，兼顧洛綺思與瓦德的心理感受；而冰心〈西風〉的敘述者則是以異故事、故事內的位置敘述，而且幾乎都以秋心為人物視角來看事件的發展，即使偶而以遠為人物視角敘述，也是為了透過遠的眼睛來看秋心的現狀（《冰心全集．西風》，卷三，頁一四九）。由這樣的敘述方式變化，可以發現：比起陳衡哲〈洛綺思的問題〉，冰心〈西風〉更在意那個在凌叔華〈綺霞〉裡刻意留白的部份、更願意探索女性多年後重新審視當初選擇為事業而捨棄愛情時的心理感受。

小說〈西風〉中，秋心多年後面對遠，最先注意到的是自己的年華不再與神情憔悴，為此還曾刻意打扮了一番。只可惜，在遠的眼中，「粉光掩不住她眼旁微微的皺紋，黑大的眼珠中，也不再流動著十年前活潑飛揚的光彩」。意識到無力挽留青春的消逝之後，秋心原本深藏心中的寂寞也難以壓抑，她甚至忍不住對遠吐露了自己的寂寞。但是，儘管如此，秋心並不想承認自己對當年的決定感到後悔。所以，她又告訴自己：不是遠，而是船上的浪漫環境，是她自己脆弱的心情，才讓她有了「假使十年前是另一個決定」那樣的幻想。然而，與遠的朝夕相處，卻又讓她一次次的懷疑起自己當初以為「遠大快樂的光明之路」的事業，其實根本是引她「走向幻滅與黑暗」；甚至因此開始對熱愛的工作感到興趣索然。（《冰心全集‧西風》，卷三，一四九至一五一、一五四）

透過小說敘述者對於秋心內心感受的關注，讀者一再看到了秋心是如何逞強、如何不希望自己在遠的面前示弱。而對照於秋心後悔又逞強的女性形象，遠呈現出的則是一個愛家愛妻愛孩子又願與秋心忠誠為友的男性形象。特別是，小說最後與幸福家庭闔家乘車離去的遠，更與隻身一人走在西風之中的秋心形成強烈對比。（《冰心全集‧西風》，卷三，頁一五五至一五七）

愛情會消失，所愛的男人會變成別人的丈夫，這點凌叔華〈綺霞〉亦然；不過，凌叔華〈綺霞〉並不在意這個變化，甚至刻意迴避了這個部份的敘述。至於重新檢視當年決定而心生懷疑，這點陳衡哲〈洛綺思的問題〉亦是如此；秋心為此幾天都無心工作，洛綺思卻不介意，她只認為那是一時的情緒，不會永遠留在心上。（《小雨點‧洛綺思的問題》，頁八六、九二；《凌叔華文存‧綺霞》，頁四四至四五；《冰心全集‧西風》，卷三，頁一五四）就此看來，冰心〈西風〉似乎有意告訴讀者：像秋心那樣選擇為事業放棄愛情婚姻的女性，縱使年少時無悔，待到年華老去，一個人的寂寞也會讓女性為無法與昔日舊愛共組幸福家庭而心生悔意。

在經歷清末到五四的各類婦女解放運動以後，到了一九三六年，竟然還存在像冰心〈西風〉這樣不認同女性為事業放棄愛情婚姻的態度，表面上看來似乎是一種「倒退」；然而，若從探索性別主體的角度來看，卻非如此。冰心〈西風〉不僅正視了五四女性無法兼得愛情、婚姻與事業時的複雜心境，而且還表現了女性功成名就之後即使深感寂寞也得一個人孤單走在蕭瑟西風中的故作堅強，展現出頗為深刻的女性心理探索。同樣是女性為事業割捨愛情婚姻的故事，如果說凌叔華〈綺霞〉、陳衡哲〈洛綺思的問題〉是以「表明決心」確立女性性別主體的存在，那麼冰心〈西風〉就是以「訴說心境」來突顯女性性別主體的存在；而不論是表明決心或訴說心境，這兩篇小說都排除了男性出面為女性解決此一問題的可能。

小結

綜合本節的探討可知，在五四時人推崇戀愛結婚嚮往愛情神話之時，陳衡哲、廬隱、凌叔華、冰心四位女作家都各自於小說關切五四女性無法兼得事業、愛情與婚姻的問題。

對於此一五四女性愛情處境，廬隱〈勝利以後〉希望引起注意的是：女性婚後的家庭生活會妨害女性事業的成就。凌叔華〈綺霞〉則肯定女性具備開創事業完成自我期許的才華，但也指出女性會因為選擇事業而失去愛情與婚姻的事實。而和凌叔華〈綺霞〉一樣正面肯定女性事業能力的陳衡哲〈洛綺思的問題〉和冰心〈西風〉兩篇小說，則前者重在指出事業與愛情婚姻本就難以兼得，無法強求；後者側重關懷事業、愛情與婚姻無法並存的女子心境。

而就性別主體的探索來看，廬隱〈勝利以後〉和凌叔華〈綺霞〉皆有意藉訴說婚姻制度如何不利女性發揮才能，來改變父權社會「男性中心」的思維；不過，廬隱〈勝利以後〉所突顯的女性群體性別主體意識較為強烈。而突出男主角瓦德完美深情形象以表明女主角洛綺思追求事業決心的陳衡哲〈洛綺思的問題〉，又較前述兩篇更進一步的推翻了習慣認定男性是女性最大的幸福給予者這樣的父權社會「男性中心」思維。至於，冰心〈西風〉則以訴說五四女性無法兼得愛情、婚姻與事業時百感交集、孤單無助的複雜心境，突出了女性面對五四社會矛盾性別角色期待時的主體存在。

本章小結

經由本章探討可知，當五四女作家在小說進行愛情婚姻之中兩性關係問題的思索時，亦是其試圖於愛情、婚姻的兩性關係之中探索女性性別主體的表現。其小說愛情論述以「探索性別主體」為思想脈絡的表現，約可分為四個方面來觀察：

一、質疑五四愛情神話的邊緣發聲

五四愛情神話將「沒有愛情的婚姻」視為舊中國、舊禮教的罪惡，身處無愛婚姻之中的元配，也因此成為被強烈邊緣化的女性人物。五四女作家小說則為這群元配發出質疑之聲。凌叔華小說〈「我那件事對不起他？」〉，以胡少奶奶這樣的元配愛情處境質疑五四愛情神話的思維只是以男性為中心；石評梅〈林楠的日記〉則質疑五四愛情神話不應以女性的「新」「舊」判定婚姻結局。而由廬隱〈傍晚的來客〉、〈碧波〉，則可以發現：五四女作家針對這類被五四愛情神話邊緣化的元配所給予的關切之情，也許早期仍有些膚淺，但後來亦可能從表面的關心轉為同情的理解，展現出較為深刻的性別主體思考，並因此為不願離婚的元配向五四愛情神話提出質疑。

二、顛覆五四愛情神話的勇者形象：

建立在國族論述上的五四愛情神話，邊緣化無愛婚姻中的元配，也刻意突出了第三者的勇敢。但是，五四女作家小說顛覆了此一形象，注意到介入他人婚姻的五四女性，經常困在「既渴望追求自由戀愛，又期待斷絕一切非議」的矛盾愛情處境裡。馮沅君小說〈旅行〉顛覆五四愛情神話中無懼一切將「戀愛自由」、「性自由」、「婚姻自由」綑綁一處的第三者形象；廬隱〈象牙戒指〉顛覆了五四愛情神話中「為愛則強」的第三者形象；廬隱〈一個情婦的日記〉顛覆了五四愛情神話中「愛情道德正確，即是新中國勇士」的第三者形象。

三、重建五四愛情論述的現實基礎：

除了以替身處五四現實女性愛情處境中的元配、第三者發聲，向五四愛情神話提出質疑，五四女作家小說還以關注婚姻生活中的兩性關係如何長久經營。凌叔華〈病〉以多病丈夫對妻子的猜忌描繪五四愛情世界的現實面貌；凌叔華〈酒後〉、冰心〈三年〉以相愛的夫妻在婚姻中仍會發生愛情危機來重建五四愛情論述的現實基礎。廬隱〈人生的夢的一幕〉則以輿論關注焦點的轉移、外界阻撓原因的變化，摘下五四愛情神話的榮耀光環。凡此皆突顯了其不甘受五四愛情神話擺佈的女性性別主體意識，戳破了五四愛情神話將愛情勢力無限上綱的虛幻不實。

四、期許女性性別主體的自我實現：

對於推崇戀愛結婚但期待未婚女性現代而進步已婚女性卻要傳統而賢良的五四社會，五四女作家小說不論是指出結婚只是愛情勝利的空虛，或肯定女性在愛情婚姻之外的對於事業成就需求，或對於事業之於女性的重要性到底可否取代愛情婚姻的思考，都以關注五四女性所受到的愛情、婚姻與事業衝突之苦，來表現其輩對女性性別主體自我實現的期許。而廬隱〈勝利以後〉和凌叔華〈綺霞〉兩篇有意改變父權社會「男性中心」的思維對妻子性別角色的期待；陳衡哲〈洛綺思的問題〉推翻了認定男性能給予女性最大的幸福這樣的看法，三者皆對父權社會「男性中心」思維提出了某種程度的質疑。冰心〈西風〉則以深入探索女性心理，確立了女性性別主體的存在。

至此，本書已探討過五四女作家小說中有關女性婚前發生的愛情與親情衝突，以及戀愛或結婚後與丈夫或情人發生的種種衝突；亦即因此探究了其小說如何以「爭取婚姻自主權」為主要議題、以「探索性別主體」為思想脈絡開展愛情論述。接下來，第伍章筆者就愛情場域、性別角色、文學歷史等面相試圖對五四女作家小說透過這些愛情論述所發出的「女性聲音」做出總評。

第伍章　五四女作家小說愛情書寫之評價

貝克夫婦《愛情常混亂》認為，現代社會帶給「現代女性個體生命經歷產生的新變化」，使女性越來越不願意忽視兩性之間的不平等、也越來越渴望擁有完成自我期許的機會。而過去傳統家庭的凝聚力所以能維持，本就是以女性的利益與個性做為代價，現代社會中的女性愛情處境，因此充滿著夾處在職場與家庭之間、夾處在勞動市場的需求與各種關係（如家庭、婚姻、母職、父職、友情等）的需求之間，時時必須徘徊於「為自己而活」或「為他人而活」的掙扎。①

若以此檢視五四愛情，正如貝克夫婦所言，五四社會提供給五四女性教育、經濟方面的成長助力，確實改變了五四女性的愛情處境。獲得五四社會挹注較多教育、經濟成長助力的五四新女性，比起同時代的舊女性更渴望、也更勇於爭取婚戀自由。然而，不同於貝克對德國第二現代社會的研究結果，由於五四時人期待女性婚前成為進步新女性、婚後只做賢妻良母的自相矛盾；造成五四女性愛情處境之所以

① 貝克，《愛情的正常性混亂》，頁一〇、二三、三七至三八、一〇七至一〇九。

滿佈荊棘的，並不只是因為兩性之間的地位鬥爭，還包括了父母對女兒、社會對女性的性別角色期待。而這也就是為什麼舊女性雖未熱衷爭取婚戀自由，但新舊女性兩者卻同樣都因他人對女性性別角色的「新」「舊」期待在愛情裡左支右絀、動輒得咎。①

蘭瑟《虛構的權威》認為，敘述聲音乃位於「社會地位和文學實踐」的交界處，而藉由敘述者形式上的性別造成的「女性聲音」，便可以觀察女作家的「意識形態」。②若將蘭瑟的定義與五四時代背景結合，並將父權體制視為一種社會體系的思考方式，則五四女作家因關切前述女性愛情處境而在小說當中對五四父權社會所發出的批判性思考，即可視為五四女作家在既身為小說作者又身為五四女性的雙重身分下，藉小說對五四女性愛情處境所發出的女性聲音。簡言之，五四女作家小說中的愛情論述，即是女作家面對五四女性愛情處境發出女性聲音的表現。

以下，筆者即從愛情場域、性別角度、文學歷史三方面，將五四女作家小說中因關切女性愛情處境而發出的女性聲音與愛情書寫，分成「超越五四時期愛情論述的現代性想像」、「回應女性性別角色衝突的主體性建構」、「立足五四／女性文學史的歷史性價值」三大特色來進行評論。

---

① 詳見本書第貳章〈五四社會中的女性愛情處境〉。

② 蘭瑟，《虛構的權威》，頁四。

第一節　超越五四時期愛情論述的現代性想像

晚清新小說家吳趼人曾以西方言情小說譯作為「假想敵」，寫作其心中真正「不把情字看得太輕」的小說《恨海》。換言之，吳趼人《恨海》的寫作，其實可視為中國傳統愛情觀在西潮東漸的晚清社會對西方浪漫愛情觀「大舉入侵」的一種反擊。到了五四，《恨海》式的反擊此時已如螳臂擋車。一方面是吳趼人標榜為第一情長的守節之婦，早被五四社會視為「禮教吃人」的犧牲者，以大節勝私情的中國傳統愛情觀思維因此更為式微。另一方面，瑞典女權作家愛倫凱所提倡的「自由戀愛」，以「新思潮」之姿被引入國內，一時之間蔚為風氣，五四青年因而更加樂於追求浪漫愛。[①] 至此，西方浪漫愛情觀在這場中西愛情文化衝突的戰爭裡可謂大獲全勝。

然而，由於五四社會將浪漫愛視為反抗「舊中國」的武器，[②] 這使得原屬一己私生活的愛情領域，成為了五四時人表現「新思潮」的公共場合；再加上，五四時人尚未能接受完全自由的愛倫凱「自由戀愛」，有意無意之間便將其「修正」簡化為「沒有愛情的婚姻不道德」這樣的口號；因此，五四愛情論

---

① 藍承菊，《五四思潮衝擊下的婚姻觀》，頁六七至八七、九六至一二五。
② 林芳玫，《解讀瓊瑤愛情王國》，頁五〇至五二。

述事實上並非以西方浪漫愛情觀為中心開展自由戀愛的種種自由，而是僅將論述焦點集中在「婚戀自由的爭取」，並將爭取婚姻自主權一事賦予「民主」（尊重個人選擇）、「科學」（順應西方新思潮）的現代性意義，建構出追求愛情等於追求新中國的現代性想像。

筆者認為，相對於五四愛情論述這樣的現代性想像，親身感受五四女性愛情處境滿佈荊棘的五四女作家，其以爭取婚姻自由為主要議題、以探索性別主體為思想脈絡展開的小說愛情論述，似乎更具現代性。以下筆者便將五四女作家小說超越五四時期愛情論述的現代性想像之處，分為：「意識到現代愛情的複雜內涵」、「思考到愛情哲學的本質問題」、「關注到愛情世界的內在阻力」與「注意到兩性關係的地位鬥爭」等四點，進行說明：

一、意識到現代愛情的複雜內涵

一九九〇年代，多位社會學重量級學者不約而同地「根據他們對整體『現代性』（modernity）分析所發展出來的社會理論（social theory）」研究起愛情在現代社會的樣貌，以愛情為觀察角度去探究「整體現代社會運作的特色及發展的問題」。[①] 諸如：貝克夫婦合著的《愛情常混亂》、紀登思《親密關係的轉變》，德國尼可拉斯・盧曼（Niklas Luhmann）《愛情如何表現熱情——論私密生活領域的符碼

① 劉維公，〈愛情與現代性〉，頁二九九至三〇〇。

化》等，[1]都是這時期社會學對現代愛情的研究成果。這樣的研究熱潮，清楚顯示出愛情之於現代社會的意義已不像過去那樣單純。

可是，在五四愛情論述的現代性想像裡，其與過去最大的不同就只是「婚戀自主」，將傳統婚戀的進行模式「**訂婚↓定情↓完婚↓肌膚之親**」改進成「**靈肉合一的戀愛↓結婚**」，但其對於愛情本質的瞭解與兩性相處的技巧，仍與過去相去不遠。而相對於五四愛情論述對愛情內涵的簡化，五四女作家小說則表現出其已經意識到現代愛情並不只是傳統的兒女私情而已，還有著其他複雜的內涵。

舉例來說，其或指出從一而終與愛情至上的中西愛情觀互不相容的衝突，其實帶給了五四女性難以痊癒的傷痛；如廬隱〈象牙戒指〉中的沁珠，其悲劇的一生就是因為其既渴望嫁給自己真心所愛的人，又無法愛上真心想娶自己的人，自甘生於矛盾死於矛盾。或指出，自由戀愛的愛情功課並不容易，需要人們花更多的時間來學習；如馮沅君〈旅行〉中士軫、纗華旅行的目的明明是為了實踐靈肉合一，卻未能及時在兩人共住旅館的這段時間內完成此一使命。或指出，婚姻中的愛情需要付出許多心力去維繫；如凌叔華〈病〉裡為丈夫病情奔波的玉如。（《廬隱小說全集・象牙戒指》，頁八六四至一〇二五；

[1] 紀登思一書於二〇〇一年出版中譯本；盧曼一書中譯本筆者目前尚未發現，但國內有蔡玫琪碩士論文研究盧曼之愛情演化論。此處盧曼著作書名，乃採劉公維之說；又，顧忠華曾另譯為：「作為激情的愛情」；蔡玫琪，《盧曼論愛情演化》（臺北：國立政治大學社會學研究所碩士論文，一九九九年）；顧忠華，〈序二〉，收入貝克，《愛情的正常性混亂》，序頁一八；劉維公，〈愛情與現代性〉，頁二九九。

《馮沅君小說‧旅行》，頁一八至二七；《凌叔華文存‧病》，頁一八四至一九四）

二、思考到愛情哲學的本質問題

而除了意識到現代愛情的複雜內涵，五四女作家小說也更進一步的開始進行有關愛情的形而上思考，思考起何謂愛情、愛情如何發展等本質問題。

其或認為，愛情要經過女性當事人意願的首肯才會發生。例如，蘇雪林《棘心》中的醒秋，其便相信「愛情」便不僅是理想男子的出現，還是要自己親口承認「愛」了才會開始發生的情感。（《棘心》，頁三一、五七至六一、一一二）

或認為，愛情要逐步徵得「女性」同意才能循序發展，馮沅君筆下的纗華就是個最好的例子。〈隔絕之後〉的敘述者表妹這麼形容士軫是「一番癡情，並未白用，不到三年」，方將纗華「對於異性的愛情贏了來」，表明了纗華身為女性這一方對愛情發展的掌控權；而在〈隔絕〉裡纗華所敘述的甜蜜戀愛往事裡，她若與士軫鬧不快，必是士軫沒有徵得她同意便做了什麼親暱的舉動；至於〈旅行〉裡的纗華，更是大大為士軫不做她不同意的事而感到驕傲。（《馮沅君小說‧隔絕之後、隔絕、旅行》，頁一五至一六、六、二三）

而除上之外，也有五四女作家同意愛倫凱愛情至上的主張，認為愛情是神秘難解而無法控制的，例如石評梅〈林楠的日記〉，便藉林楠曾與丈夫有過愛情，但如今丈夫亦另愛他人，而且比林楠更新的新女性岫琴，同樣與林楠感受到愛情善變易逝的危機，表現出愛情無法以婚姻、以條件命令其發生或結束的現實。①

三、關注到愛情世界的內在阻力

在浪漫愛傳入中國以前，愛情僅被視為兒女私情，因此，傳統文學中的愛情糾紛，往往都是外界棒打鴛鴦所致，鮮少「向內」探索情人之間的各種情慾糾葛。而五四女作家小說則注意到阻礙愛情發展的，不僅有外界阻力，也有愛情世界的內在阻力。

在外界阻力的部份，五四女作家小說所提的因素甚多，除馮沅君〈隔絕〉諸篇、廬隱〈傍晚的來客〉中的家長反對因素之外，還有凌叔華〈病〉裡使玉如擔心不已的丈夫健康因素，廬隱〈人生的夢的一幕〉所提到的經濟壓力、愛情易變等等因素，廬隱〈一個情婦的日記〉中令愛情至上的美娟深深受創的「黨國大愛」，以及廬隱〈麗石的日記〉、凌叔華〈說有這麼一回事〉所提到的性別因素等等，這些都是五四女作家小說認為能阻礙愛情發展的原因。

而五四女作家小說關注的愛情世界內在阻力，大致可分為：兩性的隔閡、女性自身內心的掙扎等兩類。關於前者，五四女作家小說經常表現的是：當愛情其中一方無法瞭解另一方時，往往便註定了愛情

---

① 詳見本書第肆章第一節有關石評梅〈林楠的日記〉的分析。

的不幸。例如，凌叔華〈「我那件事對不起他？」〉、石評梅〈林楠的日記〉、廬隱〈象牙戒指〉等篇小說的愛情，皆因如此而增添悲劇意味。不過，在此之外，也有如凌叔華〈酒後〉、〈病〉那樣樂觀相信溝通可以化解隔閡的篇章。①

至於女性自身內心的掙扎，這是五四女作家小說探討愛情著力最深之處。其中，五四女作家感觸最深也最無法解決的掙扎，就是愛情、婚姻、事業三者不可兼得的痛苦，如凌叔華〈綺霞〉、陳衡哲〈洛綺思的問題〉、冰心〈西風〉等篇皆展現了五四女作家對此一問題的思考與無奈。除此之外，其也注意到輿論非議會令女性在追求愛情時矛盾叢生，飽受心理掙扎；如馮沅君〈旅行〉中的纗華，便是既渴望實踐靈肉合一卻又因想起母親會如何因輿論非議傷心而臨陣退縮。而母愛的偉大或母職的責任，也是使女性掙扎不已的痛苦因素，前者如馮沅君〈誤點〉、蘇雪林《棘心》，後者則如廬隱〈女人的心〉。甚至女性本人過去的愛情經驗，也會令女性難以面對新的愛情，如廬隱〈象牙戒指〉中的沁珠，就是因為揮不去伍念秋的影子，所以無法完全接受曹子卿，後來又因為忘不掉曹子卿為她所做的犧牲，而放縱自我遊戲人間。（《馮沅君小說・旅行》，頁二〇至二一；《廬隱小說全集・女人的心、象牙戒指》，頁七〇四至七〇八、七三九至七四〇、七四七至七五〇、七六六至七六八、七七二至七七三、八六四至一〇二五）

① 詳見本書第肆章第三節有關凌叔華〈酒後〉、〈病〉的分析。

四、注意到兩性關係的地位鬥爭

貝克夫婦《愛情常混亂》認為，現代社會愛情世界裡的兩性關係，因為現代女性越來越渴望完成自我期待這樣的變化，展開了「地位鬥爭」，導致人們結婚和離婚都同樣是為了「愛情」。①由此可知，兩性於愛情世界發生地位鬥爭，其實是一種現代性的展現。而此種因女性不滿男性在愛情世界中的舊有表現而啟動的地位鬥爭，也出現在五四女作家小說之中。

林芳玫曾表示，「言情小說」中的女性人物不分中外總是被動而單方面接受男性對她們的體貼照顧；容許讀者藉此以替代、假想的方式，體驗被照顧呵護的感覺。②但，在五四女作家小說愛情世界裡的兩性關係，卻非如此。雖然小說中的五四女性依舊經常是兩性關係裡被動的那一方，等待著男性追求、等待著男性決定是否要為新歡拋棄自己；不過，五四女作家顯然無意築構一個女性備受呵護的愛情王國。最明顯的證據，就是言情小說往往會以出現一個強壯可靠的男性人物來解決女主角所面臨的困境；但五四女作家筆下的女性往往只能依靠自己。

就本書第肆章所論來說，當女性身為無愛婚姻之中的元配時，不管是凌叔華〈「我那件事對不起

---

① 貝克，《愛情的正常性混亂》，二〇頁；孫中興：「愛情社會學」上課講義，頁一七二至一七三。

② 林芳玫，《解讀瓊瑤愛情王國》，頁七〇至七一、一四八。

他？」一〉中的胡少奶奶、石評梅〈林楠的日記〉中的林楠、還是廬隱〈傍晚的來客〉中的張媽、〈碧波〉中的碧波，全都只能獨自面對無愛的婚姻——自己所愛的男性不可靠，亦找不到另一個可靠的男性帶自己走出困境。

當女性愛上一個有婦之夫時，不論其掙扎是如馮沅君〈旅行〉裡渴望自由戀愛又想要名正言順親密共處的纗華，或是廬隱〈象牙戒指〉裡困在西方愛情至上與中國從一而終兩種愛情觀之間的沁珠，或是廬隱〈一個情婦的日記〉裡私人情愛遇上黨國大愛的美娟；她們所愛的男性仍舊無力解決她們的困境，甚至，這些男性他們本身就是造成此一困境的始作俑者。

而女性戀愛結婚後為了維繫婚姻努力經營的時候，男性往往也只是擔任被動收割此一成果的角色。即使是凌叔華〈酒後〉中的永璋，他可能是五四女作家小說中最懂得尊重妻子的好丈夫，但是，其會相信采苕沒有喝醉、正視采苕的要求，不可否認的，這仍舊是采苕一再堅持自我持續進行溝通的結果。而冰心〈三年〉雖有意將槃這個好丈夫塑造成妻子青的教導者，但這卻是青用否定自我的需求之後才換來的結果。①

至於事業與愛情、婚姻必然發生衝突的這個婚戀難題，陳衡哲〈洛綺思的問題〉、廬隱〈勝利以後〉、凌叔華〈綺霞〉、冰心〈西風〉這些小說，亦不約而同的排除了男性幫助女性解除此一困境的可

① 詳見本書第肆章第三節有關冰心〈三年〉、凌叔華〈酒後〉的分析。

能。陳衡哲〈洛綺思的問題〉中的洛綺思、冰心〈西風〉中的秋心雙雙拋下情人獨自追求事業，到老都不願讓情人得知自己後悔的心境。凌叔華〈綺霞〉中的綺霞，拋下的則是她愛的卓群、還有她的妻子身分，不與丈夫商量兩全之策。最決絕的莫過於廬隱〈勝利以後〉，丈夫主動關心探問時，瓊芳還拒絕讓男性得知這樣的女性心事。

筆者認為，五四女作家小說之所以出現上述這些「排擠」男性的特殊現象，是因為雖然五四女作家已經意識到現代愛情的複雜內涵，可是，其卻發現愛情親密世界中的另一個性別——五四男性，對於愛情仍所知有限。[①] 例如陳衡哲就曾在與胡適通信討論〈洛綺思的問題〉時，感嘆胡適和丈夫任叔永都無法理解洛綺思老年時的惆悵和瓦德的友誼之間的關係，乃是「情感如此，惆悵便不能免」。[②] 於是，正如深情的瓦德在陳衡哲筆下終究仍未能瞭解洛綺思心底最深的喟嘆，五四女作家小說也以表露現代女性在愛情世界中的種種渴望來突顯其對男性的不滿；展開一場屬於文學想像的兩性地位鬥爭。

綜上可知，由於五四女作家小說愛情書寫發出了「意識到現代愛情的複雜內涵」、「思考到愛情哲

① 徐仲佳，《性愛問題》，頁二四八。

② 陳衡哲於信中對胡適表示：「他們兩人的友誼，你說我的title是太emphatic了。其實友誼儘自金堅玉潔，儘自一百分的『柏拉圖式』，而惆悵仍不妨如故。雖洛綺思已老，而情感則並不因老而減少，情感如此，惆悵便不能免。此節我以為凡是富於情感的女子都能領會得，但你與叔永都是男子，我怎能使你們領會呢？」；此信轉引自沈衛威，〈《洛綺思的問題》的作者告白〉，頁二五至二六。

學的本質問題」、「關注到愛情世界的內在阻力」、與「注意到兩性關係的地位鬥爭」這些女性聲音，因此表現出了超越五四時期愛情論述的現代性想像。

第二節 回應女性性別角色衝突的主體性建構

所謂「性別角色」，乃是指每個人因為出生時的性別（sex）是男或女而在社會體系中具有特別的權利與義務的特定位置，例如在家庭的社會體系中有「丈夫」與「妻子」、「父親」與「母親」、「兒子」與「女兒」等成組因性別差異而出現的社會角色。① 性別角色的文化概念不僅會隨個體年齡不同而改變，每一種文化對性別角色的期待也有不同。② 李美枝曾指出，中國婦女的傳統角色就只是妻子、母親的角色，她們不需要家事、育子以外的技能知識；其「做人的價值、期望的理想」，「就是她意義男人（significant man）——丈夫與兒子——的成功及他們對她的感激回報」。③

① 白秀玲、柯淑敏等著，《兩性關係與性別教育》（臺北：心理出版社股份有限公司，二〇〇六年），頁一四。

② 〔美〕蘇山A・巴索（Susan A. Basow）著，劉秀娟、林明寬譯，《兩性關係——性別刻板化與角色》（*Gender: Stereotypes and Roles*）（臺北：揚智文化事業股份有限公司，一九九六年），頁四、二〇六至三二四。

③ 李美枝，〈社會變遷中中國女性角色及性格的改變〉，收入國立臺灣大學人口研究中心編，《婦女在國家發展過程中的角色論文集》（臺北：臺灣大學人口研究中心，一九八五年），頁四五四。

而所謂「主體性」（subjectivity），乃是當個人被擺放在語言或象徵或社會秩序裡，產生矛盾時所具有之「身為（being）特殊主體的內在經驗」。①因此，當五四女作家在小說書寫愛情、書寫這些五四新舊女性各自因他人對女性性別角色的「新」「舊」期待所造成的愛情困境時，便也會藉著回應這些不斷發生在五四女性身上的性別角色衝突，建構出個人主體性。以下筆者即分為「女兒角色」、「妻子角色」、「母親角色」、「『女性』角色」等四方面進行探討：

一、女兒角色

在女性性別角色上，五四女作家小說展現主體性最為清晰者，莫過於女兒角色。五四女作家小說中的女性人物，最常以女兒角色挑戰傳統。

除了馮沅君〈隔絕〉、〈隔絕之後〉、〈慈母〉中的女主角以女兒之姿，對抗母親代表的舊禮教傳統，宣示女性應擁有婚戀自主權外；〈旅行〉中的纗華也以未婚男女獨處一室多日的大膽行徑，挑戰傳統性道德觀念，宣示女性應擁有性自主權。此外，廬隱〈麗石的日記〉中的麗石、沅青，以及凌叔華〈說有這麼一回事〉中的影曼、雲羅，也雙雙以同性相愛的故事，挑戰傳統異性戀思維，宣示女性擁

① 〔英〕彼得・布魯克（Peter Brooker）著，王志弘、李根芳譯，《文化理論詞彙》（*A glossary of Cultural Theory*）（臺北：巨流圖書有限公司，二〇〇三年），頁三六九至三七〇。

有同性相戀的權利。而諸如上述權利爭取，往往也等於五四女作家在「新」「舊」性別角色期待中對「新」女兒角色的肯定。

不過，在五四時人熱衷的「迎新棄舊」外，五四女作家小說對於女性該如何在「新」「舊」期待之間扮演「女兒角色」，也有其他的想法。

這點清楚的表現在五四女作家小說中女性人物爭取婚姻自主權所遭遇的親情衝突。起先，她們是為愛情光榮而戰爭取婚戀自主，將親情視為阻擋的敵人，如馮沅君〈隔絕〉、〈隔絕之後〉中的纗華；之後，則轉變成雖然肯定婚戀自主，但心情已開始為辜負親情而深感內疚不安，〈誤點〉中的繼之便是如此；而到了蘇雪林《棘心》，其態度又轉變成寧願不能愛也要盡孝。

若僅僅只是從其最後的決定是「新」或「舊」的角度來看，這或許可以解讀為：在女兒角色的「新」、「舊」期待之戰裡，最後傳統女兒角色期待戰勝了五四時人的現代女兒角色期待。然而，筆者認為，當五四女作家小說中的愛情與親情衝突，逐漸從女性人物的外在對抗轉變為內心掙扎時，其實這也表示五四女作家對於愛情與親情的掙扎思考，正日漸深刻。前曾述及，五四男性對愛情的理解並不如女性，而正是因為愛情這方的男性並不能真正讓五四女作家感覺備受呵護，但母愛卻是五四女作家生長過程裡紮紮實實感受到的；因此，一旦脫離了新思潮必是正確選擇這樣簡單二分法的思維之後，五四女作家自然便開始轉而正視自身情感的需求，逐漸有意識的在小說中描寫女性「既想成為時代之女追求愛情，卻又受困於母親之女無法放棄親情」的種種心理掙扎。

由此說來，五四女作家小說中女兒角色面臨愛情與親情衝突的最後結果，會逐漸由堅持戰鬥的自由戀愛戰士逆轉成屈服於代表舊禮教的親情，顯然並不是因為五四女作家在「傳統」或「現代」的二選一選擇題裡忽然塗改了答案，而乃是其在新思潮與舊禮教的對抗之外，決定選擇更重視自身主體的情感需求。

二、妻子角色

五四女性扮演未婚女兒角色時，五四社會期待她具有接受新思潮的「新」，但家庭裡的父母卻期待她有遵守禮教的「舊」；故而，未婚女兒因性別角色產生的情感衝突，乃在女性自身對於扮演女兒角色應該從「新」或從「舊」的掙扎。

不過，就妻子角色而言，五四女性所面對的角色期待卻並非如此。因為，不管是五四社會或丈夫都期待她們扮演「新思想舊道德的妻子」，扮演一個進步具有現代知識而且懂得愛情、但又能如傳統妻子般善於治家用心教養子女的賢妻。換言之，五四女性因妻子角色所發生的性別角色衝突，其實是來自五四女性自身與外界的角色期待差異，是因「女性自身對於如何扮演妻子角色的期待」，與「社會、丈夫兩者對妻子角色的期待」所產生的衝突。①

① 詳見本書第貳章第三節〈從五四社會事件來看當時新舊女性的愛情處境〉。

五四女作家既受過高等教育、又擁有個人職業收入，對於女性以女兒身分踏過婚姻紅毯成為某人的妻子後，便只能治理家務、教養子女的空虛，自然更加點滴在心頭。因此，五四女作家小說愛情書寫中的女性聲音，便經常流露出對五四社會既鼓勵未婚女性追求戀愛結婚，又限制已婚女性傳統而賢良此一矛盾性別角色期待的不滿。廬隱在〈海濱故人〉、〈勝利以後〉等小說都曾不只一次質疑：「究竟是知識誤我？我誤知識？」筆者認為，就這個角度來說，五四女作家小說中關於探索愛情、婚姻難題的所有篇章，實際上都可以視為五四女作家不甘心在妻子角色上就此對社會期待、對丈夫期待「逆來順受」的一種主體性展現。

其中，有些五四女作家小說，會藉著女性人物明明身處有愛情的婚姻、明明家庭生活平順無虞，卻還是「不知足」的渴望有權利拒絕扮演「賢妻良母」，來表現丈夫愛護、家庭和樂、經濟無虞這些他人眼中的妻子角色需求並不見得能真正滿足女性自我的內心需求。例如廬隱〈勝利以後〉中的沁芝、凌叔華〈無聊〉中的如璧，便皆是如此。

有些五四女作家小說，則是藉女性人物面對婚姻困境時能相信自己可以決定自己的命運來展現其主體性。例如，凌叔華〈病〉中的玉如，面對威脅自己婚姻幸福、也威脅丈夫芷青生命的「病」，不管是要到西山養病，還是要借貸金錢以供養病，玉如都比丈夫更積極的在努力為自己的婚姻創造未來。又如，石評梅〈林楠的日記〉中的林楠，她沒有像凌叔華〈「我那件事對不起他？」〉裡的胡少奶奶那樣為了丈夫要離婚就尋死，死亡只是林楠思考當中的一個選項，她還想到離開、或是就這麼繼續痛苦的活下去……選項的增加，顯示出林楠勇於面對困境的韌性與個性，這使得林楠變成一個有能力開創自己未來的女性人物，不再像胡少奶奶只是一個被同情的對象。[①]

五四女作家小說之中，對女性扮演妻子角色與自我期待之間的落差，思考最為深刻、主體性展現最為強烈的，當推凌叔華〈綺霞〉。凌叔華〈綺霞〉中的綺霞認同他人對於妻子角色的期待，同意妻子不管理家務、不照顧所愛的丈夫起居生活是自私的；但她也堅定的認為完成自我期待並沒有錯。因此，「幸福的家庭」與「音樂的成功」，對她來說，便成了不可兼得的魚與熊掌。換言之，凌叔華〈綺霞〉藉由妻子角色衝突所展現出的個人思考，即是：愛一個人，嫁給他、成為他的妻子，並不表示就要為他終生綑綁在妻子這個角色的責任裡。[②]筆者認為，凌叔華〈綺霞〉這樣切割「愛卓群」與「為卓群盡妻子的責任」的想法，不論在五四社會或是今日社會來看，都是具有強烈主體性的表現。

三、母親角色

基進女性主義者認為，「母親角色」是使婦女不得自由的根源；[③]而在貝克夫婦《愛情常混亂》的

① 詳見本書第肆章第一節有關石評梅〈林楠的日記〉的分析。
② 詳見本書第肆章第四節有關凌叔華〈綺霞〉的分析。
③ 林芳玫等，《女性主義理論與流派》，頁一三八至一四二。佟恩，《女性主義思潮》，頁一四四至一六〇。

研究中，德國第二現代女性在現代個人化社會之中最常發生性別角色衝突的，也是母親角色。① 五四社會雖然仍處於新舊交替，不若德國第二現代社會「現代」，對五四女性的性別角色期待也還與「賢妻良母」關係密切；不過，廬隱一九三三年寫作的〈女人的心〉，也已經開始注意到母親角色對女性追求愛情的影響。

素璞在廬隱〈女人的心〉追求愛情的過程中，她與賀士所生的小女兒多次使她壓抑自我，害怕自己會讓小女兒陷入不幸，於是寧願忍受貌合神離的婚姻。可是，事實上，素璞真正與小女兒的相處時間根本不到幾個月。因此，真正牽絆素璞的，除了天賦母愛的情感，更重要的還有素璞自認母親應盡的職責，亦即母親應提供兒女一個父母雙全的家庭環境。而藉由那些生根於素璞內心自我期待的種種牽絆，廬隱〈女人的心〉比馮沅君〈隔絕〉對五四社會期望女性兼具「新」思想與「舊」道德的期待，傳達出了更鮮明的抗議色彩：素璞不是不肯接受新思潮，也不是不肯反抗舊禮教，但她之所以是五四「時代病」患者、所以「走兩步退一步」，就是因為五四社會對女性的譏彈，讓她難以忽視所有人對她扮演性別角色的期待，也無法滿足自己符合所有人心中性別角色期待的渴望。②

不論是素璞以人母身分接受純士追求的小說情節、或是小說藉母愛對女性的牽絆所傳達的抗議訊

---

① 貝克夫婦書中有不少章節探討女性在妻子、母親這兩個性別角色上所遭遇的男女地位鬥爭問題，而其母職的討論份量又遠大於妻職；貝克，《愛情的正常性混亂》，頁一三九至二八八。

② 詳見本書第參章第二節有關廬隱〈女人的心〉分析。

息，都在某種程度上表現出廬隱這位五四女作家已經開始思考：「女性擔任母親角色時，能否擁有個人主體的情感需求？」、「當這些需求與母職衝突時，女性是否還該繼續滿足自我需求？」等問題。筆者認為，就此而言，廬隱〈女人的心〉所展現出的性別主體性，是極其珍貴的。

另外，還值得一提的是：五四女作家小說愛情書寫中的母親形象，也隨時代變化出現了不同的轉變。起初，在一九二四年的馮沅君〈隔絕〉裡，母親只是固執愚昧的舊禮教幫凶；到了一九二八年的馮沅君〈誤點〉裡，卻轉變成雖然想幫助女兒但苦於無計可施的舊禮教守門人；而一九二九年的蘇雪林《棘心》，母親更成了會讓女兒在反抗舊禮教的同時還想加以保護的舊禮教受害者；至於，廬隱〈女人的心〉裡，母親則成了可以追求愛情並離婚再婚的新思潮實踐者。

由上可知，隨著五四女作家本身的年歲增長、歷練增加、情感經驗增多，其筆下的「母親」形象，也越來越遠離那個在馮沅君〈隔絕〉裡僅僅只是負責捍衛舊禮教的空洞符號，越來越接近一個具有真實血肉、有個人情感需求的女性。因此，筆者認為，這樣日漸跳脫新舊衝突窠臼的母親形象變化，顯示出五四女作家自身在女性如何扮演「母親角色」的角色認知之外，也逐漸正視到女性在扮演「母親」之外還是個有血有肉的「人」，展現出五四女作家性別主體思考的日漸變化。

四、「女性」角色

五四時期，不但國家始終以替社會養成「更進步的賢妻良母」為女子教育政策的目標，在許多長輩與年輕女性的心中，「學歷」也只是增加女子身價的「嫁妝」，而大多數五四未婚女性亦只將工作視為暫時的棲身之所；因此，基本上，五四社會對「女性」的期待、以及大多數女性對於自身身為「女性」的期待，其實就僅僅止於「進步的賢妻良母」。[①]不過，正如貝克夫婦所言，現代女性個體生命經歷產生的新變化，會使得女性重視完成自我期待更勝於去滿足丈夫的期待。[②]所以，五四社會中獲得最多教育、經濟等方面現代力量挹注，受過高等新式教育又擁有個人職業收入的五四女作家，便也因此很難滿足於「進步的賢妻良母」這樣的女性角色期待。

筆者認為，這就是為什麼鮮少關注同一婚戀議題的七位五四女作家，其中陳衡哲、廬隱、凌叔華、冰心四位「婚姻平順」的女作家，皆有志一同的都於「婚後」關切五四女性事業、愛情、婚姻無法兼得的問題。而陳衡哲〈洛綺思的問題〉、廬隱〈勝利以後〉、凌叔華〈綺霞〉、冰心〈西風〉四篇小說，也因此成了五四女作家小說愛情書寫中少數出現「接力」探討、繼續深究同一問題的作品。

而對於女性的事業能力，五四女作家皆表現出肯定自信的態度，期許女性性別主體的自我實現。廬隱〈勝利以後〉強調女性婚後的家庭生活，將會妨害女性事業的成就，表現了懷「才」卻不得發揮的痛苦。凌叔華〈綺霞〉、陳衡哲〈洛綺思的問題〉、冰心〈西風〉三篇則以事業成就正面肯定了女性在

① 詳見本書第貳章第一節〈五四女性在教育與經濟方面所獲得的成長助力〉。
② 貝克，《愛情的正常性混亂》，頁一〇〇。

相夫教子以外的能力。不過，凌叔華〈綺霞〉以綺霞丈夫卓群再婚的情節明白指出，已婚女性選擇事業後，極可能會失去愛情與婚姻；對於女性選擇事業就要準備失去愛情婚姻的困境，陳衡哲〈洛綺思的問題〉認為未婚女性若渴望追求事業完成自我，年老惆悵也無妨；冰心〈西風〉則表示未婚女性這樣的犧牲會帶來許多寂寞與孤單。

這樣看來，五四女作家小說對於事業、愛情、婚姻衝突問題的關切，本身就展現了五四女作家因不滿五四社會「進步的賢妻良母」這樣的女性角色期待而產生的主體性；而女作家各自對此一問題所表示的不同看法，也展現出個別女作家獨立的主體性；當然，小說中綺霞、洛綺思、秋心為完成自我期待選擇事業放棄愛情、婚姻，這亦是一種小說女性人物的主體性展現。

而在女性個人主體性之外，五四女作家小說也展現了其對女性群體主體性的建構。最明顯的證據，就是廬隱〈海濱故人〉、〈勝利以後〉、〈象牙戒指〉諸篇小說時常出現的女性人物群，她們各有各的愛情困境，也會為對方的遭遇而傷心難過，甚至感同身受。而〈麗石的日記〉裡，關心麗石的第一層敘述者，也是看著麗石的日記不斷流著熱淚。（《廬隱小說全集・麗石的日記》，頁五三、五五）不過，凌叔華〈「我那件事對不起他？」〉關切特定女性群體（五四舊女性），卻又未將五四新舊女性視為一完整群體置於五四愛情神話當中進行思考；這也顯示五四女作家小說所建構的女性群體主體性，可能是以新女性而非整體五四女性為中心來展開。

此外，五四「女」作家還一再試圖利用小說敘述者去影響小說外的「女」讀者，以此建立排除男性而專屬女性的群體意識。例如，馮沅君〈隔絕之後〉的敘述者「表妹」，不但取代〈隔絕〉中的敘述者纗華，繼續敘述纗華、士軫的殉情與纗華母親的悔恨；也藉著對眾人陳述纗華之死的機會，代替壯烈成仁的纗華繼續接力為反抗舊中國禮教吃人的「大業」而奮鬥。① 又如，廬隱〈勝利以後〉也以發生於小說女性人物之間一層又一層的思想傳播與情緒感染，產生了一種期待女性讀者共同思考的藝術效果。②

可是，儘管如此，卻出現了另一個極為可惜的現象——七位五四女作家似乎並無意在愛情書寫上成為一個彼此可以相互支援的「女性團體」。這或許是受到五四女作家當時並未組織特定的文學團體，也沒有出現眾人馬首是瞻的女性精神領袖所造成的影響，因此才使得五四女作家們往往習慣「單打獨鬥」；造成了其除了以「期許女性性別主體的自我實現」，回應五四女性無法兼得事業、愛情、婚姻此一眾人皆有感觸的愛情困境之外，皆以「各自為政」的姿態進行其愛情論述。

綜上對五四女作家小說中「女兒角色」、「妻子角色」、「母親角色」、「『女性』角色」的探討可知，五四社會中女性因愛情所發生的性別角色衝突，使五四女作家小說得以建構出其清晰的性別主體性。對於女兒角色這個因社會期待的「新」、父母期待的「舊」而產生的性別角色衝突，五四女作家小說展現了其對主體情感需求的重視。由「女性自身對如何扮演妻子角色的期待」，與「社會、丈夫兩

① 詳見本書第參章第一節有關馮沅君〈隔絕〉、〈隔絕之後〉的分析。
② 詳見本書第肆章第四節有關廬隱〈勝利以後〉的分析。

者對妻子角色的期待」所產生的角色衝突，五四女作家小說展現了不甘心就此對現狀「逆來順受」的主體性。而廬隱〈女人的心〉也展現了五四女作家對於母親角色能否束縛女性追求愛情的主體性思考。此外，對於五四社會、大多數五四女性僅僅期待「女性」成為「進步的賢妻良母」，五四女作家小說亦表現出其對現狀的不以為然。

第三節　立足五四／女性文學史的歷史性價值

五四女作家小說愛情書寫的研究者，經常肯定其為「蹣跚的第一步」；①然而，「蹣跚的第一步」這樣的評語，本身就暗示了五四女作家小說愛情書寫的價值僅僅只在於放眼未來的「第一步」，僅僅只在於五四女作家所站的歷史位置正好是現代中國的開端。這樣將五四視為一切開端的史觀，固然有其形成的時代背景，但是不可否認的，此種歷史評價標準也使得「蹣跚踏出第一步」五四女作家永遠註定樣樣不如「走了很多步以後」的後代。

因此，筆者此處將不採用這樣的「進步史觀」，而是藉五四女作家與同時代男作家愛情書寫的比較，來突顯其在五四文學史上的位置。此外，筆者還會將其置於女性愛情書寫的歷史長河之中，評估其

① 畦海霞，〈狹縫間的兩扇門〉，頁一九至二一。

在中國女性愛情文學上的歷史價值，以試圖彌補現有研究的不足。以下即就此分述之：

一、五四文學史

根據李歐梵的研究，愛情在五四時代成為新道德的象徵，謳歌愛情是二〇年代一個普遍的文學現象。當時徐志摩以其「充滿激情與真誠的堅定信念」，確立了浪漫愛情在情感的中心地位；郁達夫則「視女性為愛情的化身，並把對愛情的追求當作人生的目的」。李歐梵指出，當時所謂的愛情，並「沒有一個確定的內涵，而是一種動盪的情緒；它體現的不是一個思想的範疇，而是一股個人經歷的激流」；當時人們「探討愛情主要是集中於愛與性的關係」。①

不過，經由前述幾章的探討可知，未被李歐梵列入研究對象範圍內的五四女作家小說愛情書寫，其所展現的愛情面貌並未如上所述。五四女作家小說不僅努力探索愛情本質、兩性關係的內涵，也試圖表達自身對於「愛情」內涵的理解，同時無意將愛情思考擴及「愛與性」，亦不願像郁達夫那樣將個人情感經歷直接寫進小說。②

事實上，正如筆者之前所指出的，在五四那樣急切追求自由戀愛卻又不瞭解愛情本質的時代裡，五四

---

① 李歐梵，〈情感的歷程〉，頁一四四至一五三。
② 孟悅，《浮出歷史地表》，頁二二至二四。

女作家小說愛情書寫中的女性聲音，其實超越了五四愛情論述的現代性想像，展現出一個以爭取婚姻自由為主要議題，以探索性別主體為思想脈絡，並「意識到現代愛情的複雜內涵」、「思考到愛情哲學的本質問題」、「關注到愛情世界的內在阻力」與「注意到兩性關係的地位鬥爭」的愛情論述。以此之故，筆者認為，五四女作家小說愛情書寫的文學史價值，即在於其展現了不同於當時文壇主流的愛情面貌。

在此還要附帶一提的是，曾有人認為，整體五四女作家小說愛情書寫的價值，都比不上魯迅唯一的一篇愛情題材小說〈傷逝〉。①

〈傷逝〉這篇小說雖然主要敘述的是女主角子君的愛情悲劇；可是，正如簡瑛瑛所指出的，〈傷逝〉整部小說都是男主角「涓生的手記」，都是涓生以回憶、倒述的方式在敘述他和子君的過去。而子君在〈傷逝〉裡，則是「沉默的」，完全沒有任何為自己發聲的機會，讀者所知的子君都是透過涓生的眼、涓生的筆、涓生的揀擇才呈現出來的。有關子君何以鼓起勇氣與涓生私奔、何以在與涓生同居時視作飯為大事、何以那樣重視那隻花白的叭兒狗阿隨，以及子君在涓生道出分手那刻時究竟有何想法等等……，小說敘述者也就是起先想拯救子君最後又拋棄子君的涓生，從來沒有告訴讀者。②或許，這是涓生忽略了，或許是不願說；但也或許，是涓生對於子君的內心世界，根本一無所知。

① 唐寧麗，〈試談五四女性文學的雙重文本〉，頁九〇。

② 簡瑛瑛，《何處是女兒家》，頁四七至四八。

總之，魯迅〈傷逝〉儘管有其深刻處，也確實比當時時人更早預見到女性的解放不只是個人的問題，還是整個社會的問題；但是，解放女性卻不在乎女性的感受，此篇小說藉由涓生的片面之詞所談的解放，仍舊只是一種閉門造車無濟於事的想像而已。就此而言，筆者認為，能在各種女性性別角色衝突中建構出性別主體性的五四女作家愛情書寫，其文學史價值未必不如魯迅〈傷逝〉。

二、女性文學史

為便於行文，這部份筆者擬將其就時間分為「五四以前」、「五四以後」兩方面來說：

（一）五四以前

五四之前的女性愛情書寫，其實並沒有清楚的脈絡可尋；根據筆者目前可見的資料，僅能從清代女作家所寫的彈詞小說、白話章回小說來進行歷史上溯的觀察。故而以下僅就此進行論述。

清代女性彈詞小說鋪敘的重點，雖然有研究者指出應是女主角一連串的「探險」，而不是浪漫愛情的追求；[1]不過，根據鮑震培對三十六位清代女作家彈詞的研究，其也表示女性彈詞小說愛情書寫確

① 胡曉真，《才女徹夜未眠——近代中國女性敘事文學的興起》（臺北：麥田出版社，二〇〇三年），頁七一。

實反映了女性的某些性愛心理和需求。鮑震培指出，清代女性彈詞小說的愛情書寫約有下列三個特點：一、幾乎小說中所有的般配婚姻都是以男女相見兩情相悅為前提，甚至有時女性還是主動促成婚戀過程的一方。二、女作家除了將男性人物女性化以呈現出癡情的形象外，並經常以人物的女扮男裝、男扮女裝來製造小說中的男女交往機會。三、小說情節中，也出現不少因易裝改扮而發生的女女精神戀愛。①

而在清代白話章回小說的部份，吳宇娟曾就婚戀議題對顧太清《紅樓夢影》（1877）、王妙如《女獄花》（1904）、邵振華《俠義佳人》（1909）這三部晚清女作家的白話章回小說進行過研究。其認為，顧太清《紅樓夢影》並不強調愛情的必要，較看重男女雙方外在條件的般配；但是到了二十世紀初的王妙如《女獄花》、邵振華《俠義佳人》，其已經大力肯定愛情在婚姻中的價值，並且主張女性主動追求愛情絕非是「不當、無恥、淫穢的言論」。而在理想男性形象的塑造上，顧太清《紅樓夢影》讓男主角寶玉官拜翰林，以外在社會條件形塑理想男性；但是，邵振華《俠義佳人》的男主角高劍塵，是一個深情、專情、體貼的丈夫，而王妙如《女獄花》的男主角黃宗祥則不僅敬重、親愛、支持女主角許平權，還深情不渝的守候許平權十數年。由上可知，這些白話章回小說的清代女作家對愛情的重視，乃與西潮東入有關；至於其對理想男性的要求，從外在社會條件轉而為在意內在個人特質這點，應也與其逐漸重視個人愛情需求有關。而和前述清代女性彈詞小說相同的，這三部小說亦皆有排除異性情欲的同性

① 鮑震培，《清代女作家彈詞研究》（天津：南開大學出版社，二〇〇八年），頁一四八至一五九。

情感出現。①

若綜合上述前人研究可知，清代女作家彈詞小說、章回小說之愛情書寫，約可歸納成三個特色：首先，是女性婚戀自主的需求逐漸明顯，所以小說中的理想婚姻往往先經過男女雙方親自見面鑑定，而女性主動表達愛意的空間也增多。其次，對於理想男性的形象塑造，女作家有些重視社會地位，但大多數較重視深情、癡情、體貼這些個性特質。其三，皆有親密的女女情感表現。

而若再以這些特色來檢視五四女作家小說愛情書寫，則可以發現：雖然五四社會鼓勵女性追求婚戀自由，不過，五四女作家小說中的女性人物，通常都只表現了要向父母尊長爭取婚姻自由的這一面，至於戀愛自由，常常還是處於一種被追求的地位，鮮少主動。

例如，馮沅君〈隔絕〉中的纗華就是如此。而廬隱〈象牙戒指〉的沁珠，雖然不必像纗華那樣向父母爭取婚姻自由，但是不論在與伍念秋或是曹子卿的愛情關係裡，沁珠仍然同樣都是扮演被追求的角色。廬隱〈一個情婦的日記〉中的美娟，或許是五四女作家小說中唯一一個為愛情勇於主動追求男性的少見特例，然而，最終女作家還是讓美娟遭到了「人『情』兩失」的嚴重挫敗；既失去處女的貞操、也失去對方的愛情。這樣看來，五四女作家似乎並不贊同女性主動為愛追求男性。

① 吳宇娟，《從閨閣才女到救國女傑——晚清三部女作家小說研究》（臺中：東海大學中國文學系博士論文，二〇〇六年），頁二九三至三〇〇。

至於在理想男性的形象塑造上，儘管五四女作家小說中的男性面目並不清晰，可是，其理想男性情人的形象卻頗變化多端。

或有以愛情堅定相伴的，如馮沅君〈隔絕之後〉中毅然選擇與纗華殉情的士軫；或有即使自己另娶他人也仍將女主角視為畢生最愛的，如陳衡哲〈洛綺思的問題〉中深情成全洛綺思追求事業並終身與之為友的瓦德；或有將愛情與時代革命需求並重的，如馮沅君〈誤點〉中與繼之相愛但也投身革命的漁湘；或有一路深愛相伴最後卻險些動搖愛情意志的，如廬隱〈女人的心〉中以純潔愛情守護素璞多年後來卻一度為其不知所措的純士；或有根本只存在於個人愛情幻想世界的，不屬現實生活的，如蘇雪林《棘心》中醒秋渴望的情人：「有學者冷靜的頭腦，詩人熱烈的性格，同時又有理學家的節操，為愛情可以赴湯蹈火，犧牲一切；為事業，也可以窒情絕欲，終身不娶。」（《棘心》，頁一八八）

筆者認為，五四女作家小說所以出現這麼多類型的理想男性情人，這是因為五四女作家身處於愛情狂熱時代所見、所聞、所遭遇的愛情體驗，已足以使其較過去的清代女作家更清楚的認識到：愛情之於女性，並不僅僅只是一個遇到狀元才子、遇到深情夫君的機會而已，還是一個完成自我期待的機會、可以讓自己遇見個人心儀對象並創造自己理想中的愛情與未來。這是自由戀愛新思潮為五四女作家所帶來的影響，也是清代女作家所缺乏的刺激。換言之，五四女作家小說所以出現這麼多類型的理想男性情人，就是因為五四女作家乃根據個人不同的渴望在塑造不同的理想男性情人形象。就此而言，這亦可視為五四女作家一種性別主體性的展現。

至於有關女女親密情感的表現，雖然可以證明清代女作家所寫的彈詞小說、白話章回小說中已開始出現這類特殊的同性情感；不過，其與五四女作家小說仍有所不同。因為，廬隱〈麗石的日記〉、凌叔華〈說有這麼一回事〉中的麗石、沅青、影曼、雲羅這些女主角們，兩情正濃時皆曾渴望與對方廝守終身，也曾描繪過雙方廝守的未來遠景，並同時表現出信任對方會為這個未來努力的信心；只是，由於麗石、影曼並非男子，最後沅青、雲羅只好在家人逼迫下嫁給男子為妻。①換言之，五四女作家所書寫的女女情感，除了是女性間親密相處而排除異性情欲的情感外，還雙雙涉及了婚戀問題。因此，其比起清代女作家不但更接近現代浪漫愛情、也更富有反抗異性戀婚姻制度的意義，兩者之間存在著一定的差異性。

總而言之，與清代女作家小說愛情書寫相較，五四女作家小說中的女性人物，雖然勇於向父母爭取婚姻自由，但在戀愛上常常還是處於一種等待被追求的位置，不若清代女作家小說裡的女性人物主動。而五四女作家小說對理想男性情人的形象塑造，也較其變化多端，不再僅是要求事業成功等社會條件、或深情體貼等個人特質；此外，廬隱〈麗石的日記〉、凌叔華〈說有這麼一回事〉其抗議異性戀霸權的意味也較其明顯。

① 詳見本書第參章第三節〈暗伏在異性婚制下的女同心聲〉。

（二）五四以後

孟悅、戴錦華《浮出歷史地表》探討五四女性文學時，曾特意指出：

在「五四」女作家的創作中常常可以看到一種困窘：女性的經驗要求被本文化，而且一旦它們進入本文，又消失於本文中。盧隱的人物儘管與作者相互對映，但她從未寫出真正的自傳，從未寫過自幼被母親輕蔑所帶來的母女情結，或她那不合禮教的愛情始末以及所遭受的社會壓力，她似乎總是「將真事隱去」（甚至將有可能洩漏真事的情節也隱去），而大篇補寫「事」所引起的內心焦慮——一種泛泛的人生信念，人生出路的迷惘不決。①

若以此觀察五四女作家小說中的愛情書寫，可以發現這的確所言不虛。有趣的是，盧隱等五四女作家雖然不曾將自己真實的愛情故事始末寫入小說，卻願意在小說中書寫他人的愛情故事；比如盧隱〈象牙戒指〉寫的是好友石評梅的愛情故事，而馮沅君〈隔絕〉則以表妹吳天的戀愛故事為基本架構寫成。②

① 孟悅，《浮出歷史地表》，頁二二。

② 盧隱小說〈象牙戒指〉，與盧隱為好友石評梅所寫的〈石評梅略傳〉內容頗為相似。而根據陸侃如的說法，馮沅君表妹吳天的故事，就是小說〈隔絕〉和〈隔絕之後〉等篇的寫作背景；盧隱，〈石評梅略傳〉，頁五三六至五三九。陸

此外，更值得注意的是，五四女作家不僅不願在小說中書寫個人真實愛情經歷，而且還出現了小說情節與作家生活截然相反的情況。比如，陳衡哲〈洛綺思的問題〉表達了女性放棄婚姻選擇事業而終生不悔的堅強意志，但事實上陳衡哲在夫婿任叔永到南京擔任國立東南大學副校長之後，便為了教育三個子女選擇辭去教職，專心戮力母職。又比如，石評梅接連與有婦之夫吳天放、高君宇發生戀愛，但其〈林楠的日記〉卻寫出丈夫另有所愛而一籌莫展痛苦無奈的元配心聲。

小說本就是虛構，其情節當然不必然要與作家真實生活相符，可是，當真實與虛構之間的落差竟可以如此巨大，而書寫又是一種權力的行使，這其間所展現出來的兩性關係審思與操縱渴望；怎不耐人尋味？筆者認為，女作家的愛情真實生活與小說世界所展現的落差，正可顯示出其對愛情世界中的另一個性別——「五四男性」的失望。五四社會中困難重重的女性愛情處境，雖然與「進步的賢妻良母」這樣的性別角色期待有關，但五四男性亦是使更形動輒得咎的幫凶；[1]有些五四女性因此選擇獨身或自殺來逃避婚姻，而手中握有書寫權利的五四女作家，則藉小說虛構世界的建立來完成操縱兩性關係的渴望，突顯其性別主體性的存在。

侃如，〈憶沅君〉，頁一七九至一八〇。

① 詳見本書第貳章〈五四五四社會中的女性愛情處境〉。

而五四女作家小說愛情書寫的這些成果，到了三〇年代仍有延續。儘管當時文學風氣已經轉變，但仍有部份女作家如沉櫻、袁昌英、陳學昭等人依然繼續探討現代社會中的兩性關係，甚至「藉愛情寓言女性的苦悶」，使愛情「成為女作家隱喻兩性關係的現代化過程中，一種感傷的覺悟」。①

以上即為有關五四女作家小說愛情書寫在五四文學史、女性文學史的歷史價值探討。在此之外，筆者認為，五四女作家小說某個程度上也反映了陳衡哲等這些女作家，即受過高等新式教育又擁有個人職業收入的五四新女性當時對於愛情、婚姻的看法，亦具有婦女史研究史料的價值，值得重視。因為，在五四一片爭取婚戀自由聲中，五四女作家小說卻在探索、思考女性獲得婚戀自由後所產生的種種掙扎和困惑。這些背景相似的五四女作家，不但發現時人崇尚的戀愛結婚並無法保證愛情、婚姻的長久，也每每喜好在因愛情產生的各類性別角色衝突中思索親情、愛情、婚姻、事業、孩子之於女性的意義。這些與現有「五四思潮衝擊下的婚姻觀」② 研究不同的表現，應該都可以作為婦女史學者研究五四女性婚戀觀之用。

① 劉乃慈，《第二／現代性》，頁二五二至二五三。
② 藍承菊，《五四思潮衝擊下的婚姻觀》。

本章小結

綜合本章探討可知，若將五四社會中的女性愛情處境對照五四女作家小說中的愛情論述，可從愛情場域、性別角度、文學歷史三方面，發現五四女作家小說愛情書寫：「超越五四時期愛情論述的現代性想像」、「回應女性性別角色衝突的主體性建構」、「立足五四／女性文學史的歷史性價值」等特色。

相對於五四將論述焦點集中在「婚戀自由的爭取」，並以爭取婚姻自主權建構出追求愛情等於追求新中國這樣的現代性想像；五四女作家小說愛情書寫中的女性聲音，能意識到現代愛情的複雜內涵、思考到愛情哲學的本質問題、關注到愛情世界的內在阻力、注意到兩性關係的地位鬥爭，其實是超越了五四時期對愛情的現代性想像。而五四社會中發生的多種女性性別角色衝突，亦使五四女作家小說愛情書寫中的女性聲音，因此得以藉著小說虛構世界回應現實世界的書寫權力，建構出清晰的性別主體性。至於，五四女作家小說愛情書寫得以立足五四文學史的歷史價值，即在於其展現了不同於當時主流的面貌，能在各種女性性別角色衝突中突顯出主體性。而就女性文學史來看，五四女作家小說之愛情書寫的價值，除了在於其展現出五四女性愛情處境的左支右絀外，也在於其藉書寫權力表現其對兩性關係的審思與操縱渴望，展現出其探索性別主體的努力。接下來，筆者即將進行的便是本書的結論。

第陸章　結論

筆者以「五四女作家」小說愛情書寫為對象展開探究，乃因對前人研究現況感到不滿而有意試圖解決下述問題：**面對因重視「自由戀愛」而為五四女性帶來複雜愛情處境的五四社會，五四女作家如何以其虛構小說的愛情書寫回應現實生活的女性愛情處境壓力？**

而經過這幾章的探討，可以發現：

一、由於身處五四社會之中的女性愛情處境，若不是容易在婚前為爭取婚姻自由而與父母家長發生衝突，便是在戀愛後或婚後常常會因種種問題與情人或丈夫發生衝突。因此，五四女作家小說中的愛情論述，乃以「爭取婚姻自由」為主要議題、「探索性別主體」為思想脈絡展開。

二、五四女作家小說以「爭取婚姻自由」為主要議題探討了其建立在國族論述上的愛情認同、困頓在母女關係中的角色衝突、暗伏在異性婚制下的女同心聲。其並或以成功爭取婚姻自由的故事，表達其反父權的堅定立場；或以爭取失敗的故事，表現其對父權體制如何以種種形式壓迫女性的觀察與思考。此外，五四女作家小說還以「探索性別主體」為重要思想脈絡，依其對不同女性的關切，以提出質疑五四愛情神話的邊緣發聲、試圖顛覆五四愛情神話的勇者形象、關注女性性別主體的自我實現，與嘗試重建五四愛情論述的現實基礎等等論點來開展其愛情論述。

三、若從愛情場域、性別角度、文學歷史三方面來看，五四女作家小說愛情書寫中的女性聲音不僅有著超越五四時期愛情論述的現代性想像、回應五四社會女性性別角色衝突的主體性建構等特色，同時還具備立足五四／女性文學史的歷史性價值；凡此，皆展現了五四女作家對五四女性愛情處境的觀察與思考，突顯出其性別主體性的存在。

不論古今中外，「愛情」，總被視為無關國計民生的女兒心事；愛情書寫也經常被評論家視為女性文學視野狹隘的「罪證」。齊邦媛〈閨怨之外——以實力論台灣女作家〉（1985）便曾指出，「女性文學」在中國文學傳統裡被認為是：「如果有什麼見解的話，也是無足輕重的。因為她對政治、社會、醜惡的人生大概是無知的」。①而下列這段阿英（原名錢德富，筆名錢杏邨、阿英，一九〇〇至一九七七）對五四女作家的評論，正好可以為齊邦媛所言佐證：

什麼社會、什麼群眾、什麼革命，我們女作家筆下沒有這樣的人物，女作家仍在舊夢中徘徊，除

① 齊邦媛，〈閨怨之外——以實力論臺灣女作家〉，《聯合文學》第一卷第五期（一九八五年三月），頁六至一九。

去努力把握得已失去的自己的生命，拋棄自己的環境，委實是沒有出路的。①

由上不難看出，阿英對於五四女作家未能跟上時代腳步創作關注社會革命的作品，頗為失望。而在諸多五四女作家之中，陳衡哲（1890-1976）所以能博得阿英青睞，也是因為其在人生問題方面「有比較正確的理解」、能深刻認識到文學的社會使命，不像其他女作家「題材跳不出個人生活的周圈」又無法用理智去支配情感。②

然而，經由本書探討卻可發現：愛情之於五四女作家小說，其實是五四女作家因自身處於五四時期社會中的女性愛情處境，進而嘗試在虛構小說世界對兩性關係所展現的個人審思與操縱渴望。五四女作家小說中的愛情論述，非但不是五四愛情論述的複製品，而且還是為因應五四社會中的女性愛情處境，而以「爭取婚姻自由」為主要議題、「探索性別主體」為思想脈絡展開的女性聲音。故此，筆者認為，五四女作家小說愛情書寫不只是五四女兒心事的表現，還是五四女作家得以在女性性別角色抱持許多新舊矛盾期待的五四社會之中為女性性別主體發聲的重要媒介。換言之，五四女作家小說女性人物所經歷的愛情之爭，亦即是五四女作家為回應五四社會現實女性愛情處境而起的性別主體之戰。

① 阿英，〈女作家筆下的女性〉，《阿英全集》（合肥：安徽教育出版社，二〇〇三年），第一卷，頁三五。
② 阿英，《現代中國女作家》，《阿英全集》，第二卷，頁三二五至三二八。

不得不提的是，研究過程裡相關史料的不足，著實令筆者頗為困擾。除了五四女性愛情處境的相關研究本就不多，而可供瞭解五四女性愛情處境的史料也散見各處收集不易，有關五四社會中女同志處境的史料更如鳳毛麟角之外；在文學史上，不論五四文學史或女性文學史，關注五四女作家小說愛情書寫的研究亦不多。甚至，女性文學史本身也缺乏對五四女作家愛情書寫溯源的探討。而且，即使是五四女作家本身，其作品或相關史料也不一定就會被完整的保存，例如石評梅就是。由於研究材料的不足，又無結合社會學、文學研究女作家作品的前人研究可供參考，這些在在都增添了本書的研究困難，使其研究成果不得不受到某些侷限。

故而，若假以時日，來者能對五四女作家、五四女性愛情處境、五四以前女性愛情書寫的相關史料有更多、更全面的掌握，相信必能更為深入的挖掘出五四女作家小說愛情書寫隱而未發的意涵；並可發掘出更多五四女作家因自身女性愛情處境而藉小說敘事對兩性關係所展現出的個人思考。

此外，本書雖然將陳衡哲等七位具有相似背景的五四女作家視為一個女性群體來進行研究，但是，事實上，五四女作家們彼此之間對於愛情、婚姻等等看法仍同中有異；筆者相信，若可掌握更多相關史料，以個別女作家為深入探究的對象，必然會更有助於解開五四女作家的虛構小說世界和真實人生經驗之間何以經常存在巨大落差的問題。

引用書目

本書目概分「專書」、「學位論文」、「期刊論文」、「其他」等四類，並依作者姓名筆劃排列，同一作者再依其出版時間排序。

一、專書

（一）中文書目

毛彥文：《往事》，臺北：永裕印刷廠，一九九九年。

中國論壇編輯委員會編：《女性知識份子與臺灣發展》，臺北：聯經出版事業公司，一九八九年。

王緋：《空前之跡——一八五一－一九三〇中國婦女思想與文學發展史論》，北京：商務印書館，二〇〇四年。

王德威：《小說中國——晚清到當代的中文小說》，臺北：麥田出版社，一九九三年。

——：《歷史與怪獸——歷史、暴力、敘事》，臺北：麥田出版社，二〇〇四年。
白秀玲、柯淑敏等著：《兩性關係與性別教育》，臺北：心理出版社股份有限公司，二〇〇六年。
司馬長風：《中國新文學史》，臺北：古楓出版社，一九八六年。
石評梅著，黃紅宇編：《石評梅小說——只有梅花知此恨》，上海：上海古籍出版社，一九九九年。
冰心著，卓如編：《冰心全集》，福州：海峽文藝出版社，一九九四年。
呂芳上：《革命之再起——中國國民黨改組前對新思潮的回應（1914-1924）》，臺北：中央研究院近代史研究所，一九八九年。
——編：《無聲之聲（I）——近代中國的婦女與國家》，臺北市：中央研究院近代史研究所，二〇〇三年。
李又寧、張玉法編：《中國婦女史論文集》，臺北：臺灣商務印書館，1981年。
李明偉：《清末民初中國城市社會階層研究（一八九七－一九二七）》，北京：社會科學文獻出版社，二〇〇五年。
李銀河：《中國女性的性與愛》，牛津大學出版社，一九九六年。
李歐梵：《現代性的追求——李歐梵文化評論精選集》，臺北：麥田出版社，一九九六年。
沈衛威：《吳宓傳——泣淚青史與絕望情慾的癲狂》，臺北：立緒文化出版社，二〇〇〇年。
吳趼人著，海鳳編：《吳趼人全集》，哈爾濱：北方文藝出版社，一九九八年。

茅盾著，茅盾全集編輯委員會編：《茅盾全集》，北京：人民文學出版社，一九九〇年。
阿英著，柯靈編：《阿英全集》，合肥：安徽教育出版社，二〇〇三年。
孟悅、戴錦華：《浮出歷史地表——現代婦女文學研究》，北京：中國人民大學出版社，二〇〇四年。
林芳玫：《解讀瓊瑤愛情王國》，臺北：臺灣商務印書館，二〇〇六年。
——等：《女性主義理論與流派》，臺北：女書文化事業股份有限公司，二〇〇〇年。
林樹明：《多維視野中的女性主義文學批評》，北京：中國社會科學出版社，二〇〇四年。
周伯乃：《情愛與文學》，臺北：東大圖書有限公司，一九八四年。
周策縱：《五四運動史》，臺北：龍田出版社，一九八四年。
周敘琪：《一九一〇—一九二〇年代都會新婦女生活風貌——以《婦女雜誌》為分析實例》，臺北：國立臺灣大學出版委員會，一九九六年。
范銘如：《眾裡尋她——臺灣女性小說縱論》，臺北：麥田出版社，二〇〇二年。
夏志清：《中國現代小說史》，香港：中文大學出版社，二〇〇一年。
孫康宜：《古典與現代的女性闡釋》，臺北：聯合文學出版社有限公司，一九九八年。
胡曉真：《才女徹夜未眠——近代中國女性敘事文學的興起》，臺北：麥田出版社，二〇〇三年。
徐仲佳：《性愛問題——一九二〇年代中國小說的現代性闡釋》，北京：社會科學文獻出版社，二〇〇五年。

凌叔華著，陳學勇編：《凌叔華文存》，成都：四川文藝出版社，一九九八年。
盛英、喬以鋼等編：《二十世紀中國女性文學史》，天津：天津人民出版社，一九九五年。
張小虹：《後現代／女人——權力、慾望與性別表演》，臺北：時報文化出版企業股份有限公司，一九九四年。
——：《慾望新地圖》，臺北：聯合文學出版社有限公司，一九九六年。
張李璽：《角色期望的錯位——婚姻衝突與兩性關係》，北京：中國社會科學出版社，二〇〇六年。
張岩冰：《女權主義文論》，濟南：山東教育出版社，一九九九年。
陳方：《失落與追尋——世紀之交中國女性價值觀的變化》，北京：中國社會科學出版社，二〇〇三年。
陳平原：《陳平原小說史論集》，石家莊：河北人民文學出版社，一九九七年。
陳東原：《中國婦女生活史》，上海：上海文藝出版社，一九九〇年。
陳順馨：《中國當代文學的敘事與性別（增訂版）》，北京：北京大學出版社，二〇〇七年。
陳碧月：《大陸女性婚戀小說——五四時期與新時期的女性意識書寫》，臺北：秀威資訊科技股份有限公司，二〇〇二年。
陳衡哲：《小雨點》，臺北：成文出版社，一九八〇年。
梅家玲編：《文化啟蒙與知識生產》，臺北：麥田出版社，二〇〇六年。
許志杰：《陸侃如和馮沅君》，濟南：山東畫報出版社，二〇〇六年。

許慧琦：《「娜拉」在中國——新女性形象的塑造及其演變（1900s-1930s）》，臺北：國立政治大學歷史系，二〇〇三年。

國立臺灣大學人口研究中心編：《婦女在國家發展過程中的角色論文集》，臺北：臺灣大學人口研究中心，一九八五年。

黃中：《我國近代教育的發展》，臺北：臺灣商務印書館，一九八〇年。

馮沅君著，孫曉忠編：《馮沅君小說——春痕》，上海：上海古籍出版社，一九九七年。

楊義：《二十世紀中國小說與文化》，臺北：業強出版社，一九九三年。

——：《楊義文存》，北京：人民出版社，一九九八年。

楊念群編：《新史學（第一卷）——感覺・圖像・敘事》，北京：中華書局，二〇〇七年。

劉小楓：《現代性社會理論緒論——現代性與現代中國》，香港：牛津大學出版社，一九九六年。

劉乃慈：《第二／現代性——五四女性小說研究》，臺北：臺灣學生書局有限公司，二〇〇四年。

廖冰凌：《尋覓「新男性」——論五四女性小說中的男性書寫》，臺北：文史哲出版社，二〇〇六年。

鮑家麟編：《中國婦女史論集續集》，臺北：稻鄉出版社，一九九一年。

鮑震培：《清代女作家彈詞研究》，天津：南開大學出版社，二〇〇八年。

蔡登山：《人間四月天——名人的愛情故事》，臺北：翰音文化事業股份有限公司，二〇〇〇年。

——：《人間花草太匆匆——卅年代女作家美麗的愛情故事》，臺北：裏仁書局，二〇〇〇年。

曹聚仁：《魯迅評傳》，上海：復旦大學出版社，二〇〇六年。
熊賢君：《中國女子教育史》，太原：山西教育出版社，二〇〇六年。
盧燕貞：《中國近代女子教育史》，臺北：文史哲出版社，一九八九年。
盧君：《廬隱新傳——驚世駭俗才女情》，臺北：新潮社，一九九六年。
簡瑛瑛：《何處是女兒家——女性主義與中西比較文學／文化研究》，臺北：聯合文學出版社，一九九八年。
廬隱著，李杰編：《廬隱小說全集》，長春：時代文藝出版社，一九九七年。
——著，吳丹青編：《廬隱散文全集》，鄭州：中原農民出版社，一九九六年。
蘇雪林：《棘心》（台中：中臺印刷廠，一九五一七年）。
——：《浮生九四——雪林回憶錄》，臺北：三民書局股份有限公司，一九九一年。
——：《蘇雪林自傳》，淮陰：江蘇文藝出版社，一九九六年。
嚴明、樊琪：《中國女性文學的傳統》，臺北：洪葉文化事業有限公司，一九九九年。

（二）外文翻譯書目

〔美〕亞倫·強森（Allan G. Johnson）著，成令方等譯：《性別打結——拆除父權違建》，臺北：群學出版有限公司，二〇〇八年。

〔英〕安東尼・紀登思（Anthony Giddens）著，周素鳳譯，何春蕤校訂導讀：《親密關係的轉變──現代社會的性、愛、慾》，臺北：巨流圖書有限公司，二〇〇一年。

〔美〕柏妮絲・羅特（Bernice Lott）著，危芷芬、陳瑞雲譯：《女性心理學》，臺北：五南圖書出版有限公司，一九九六年。

〔美〕裘伊・瑪姬西絲（Joy Magezis）著，何穎怡譯：《女性研究自學讀本》，臺北：女書文化事業股份有限公司，二〇〇〇年。

〔英〕奈傑・達德（Nigel Dodd）著、張君玫譯、陳巨擘校訂：《社會理論與現代性》，臺北：巨流圖書有限公司，二〇〇三年。

〔美〕張邦梅（Pang-Mei Natasha Chang）著，譚家瑜譯：《小腳與西服──張幼儀與徐志摩的家變》，臺北：智庫股份有限公司，一九九六年。

〔英〕彼得・布魯克（Peter Brooker）著，王志弘、李根芳譯：《文化理論詞彙》，臺北：巨流圖書有限公司，二〇〇三年。

〔美〕羅思瑪莉・佟恩（Rosemarie Tong）著，刁筱華譯：《女性主義思潮》，臺北：時報文化出版企業股份有限公司，一九九六年。

〔美〕蘇山A・巴索（Susan A. Basow）著，劉秀娟、林明寬譯，《兩性關係──性別刻板化與角色》，臺北：揚智文化事業股份有限公司，一九九六年。

〔美〕蘇姍・S・蘭瑟（Susan Sniader Lanser）著，黃必康譯：《虛構的權威——女性作家與敘述聲音》，北京：北京大學出版社，二〇〇二年。
〔德〕烏利西・貝克（Ulrich Beck）、伊利莎白・貝克－葛恩胥茲（Elisabeth Beck-Gernsheim）合著，蘇峰山、魏書娥、陳雅馨譯：《愛情的正常性混亂》，臺北：立緒文化事業有限公司，二〇〇〇年。

二、學位論文

何文玲：《「五四」女性小說中現代性愛的彰顯與缺失》，成都：四川師範大學碩士論文，二〇〇八年。
吳宇娟：《從閨閣才女到救國女傑——晚清三部女作家小說研究》，臺中：東海大學中國文學系博士論文，二〇〇六年。
李曉蓉：《五四前後女性知識份子的女性意識》，高雄：國立高雄師範大學教育學系博士論文，二〇〇一年。
張三郎：《五四時期的女權運動（1915-1923）》，臺北：國立臺灣師範大學歷史研究所碩士論文，一九八五年。
陳明秀：《邁向「自由」的艱難步履——論「五四」女作家筆下知識女性的情智衝突》，合肥：安徽大學碩士論文，二〇〇三年。
陳慧文：《廬隱的女同性愛文本》，新竹：國立清華大學中國文學系碩士論文，二〇〇一年。

張佩珍：《臺灣當代女性文學中的母女關係探討》，嘉義：南華大學文學研究所碩士論文，二〇〇〇年。
喻蓉蓉：《五四時期之中國知識婦女》，臺北：國立政治大學歷史研究所碩士論文，一九八七年。
趙淑萍：《民國初年的女學生（1912-1928）》，臺北：國立臺灣師範大學歷史研究所碩士論文，一九九六年。
蔡佳瑩：《凌叔華小說藝術手法研究》，臺北：東吳大學中國文學研究所碩士論文，一九九九年。
蔡玫姿：《發現女學生——五四時期通行文本女學生角色之呈現》，新竹：國立清華大學中國文學研究所碩士論文，一九九七年。
蔡玫琪：《盧曼論愛情演化》，臺北：國立政治大學社會學研究所碩士論文，一九九九年。
劉慧霞：《論「五四」女性文學的小說創作》，西安：西北大學碩士論文，二〇〇七年。
藍承菊：《五四思潮衝擊下的婚姻觀（1915-1923）》，臺北：國立臺灣師範大學歷史研究所碩士論文，一九九二年。

三、期刊論文

（一）中文書目

Y.D：〈戀愛自由與自由戀愛——讀了鳳子女士的答客問〉，《婦女雜誌》第九卷第二期（一九二三年二月），頁四二。
史偉：〈「妹妹找哥哥淚花流」——「五四」女性文學中的愛情書寫〉，《科教文匯（下旬刊）》二〇〇八年第一期（二〇〇八年一月），頁一四九至一五〇。
王政：〈「女性意識」、「社會性別意識」辨異〉，《婦女研究論叢》一九九七年第一期，頁一五至一六；又收入杜芳琴、王向賢編：《婦女與社會性別研究在中國（一九八七至二〇〇三）》（天津：天津人民出版社，二〇〇三年），頁八〇至八二。
王　爽：〈五四女作家筆下的情愛世界〉，《呼蘭師專學報》一九九九年第四期（一九九九年四月），頁四六至四九。
王志萍：〈女兒・妻子・母親——從陳衡哲小說析「五四」女性角色定位的困境〉，《昌吉學院學報》第3期（二〇〇二年九月），頁五至六。
——：〈馮沅君愛情敘事的解構之力〉，《烏魯木齊職業大學學報》第十三卷第一期（二〇〇四年三月），頁七七至七九。
王彩萍：〈愛情、婚姻與事業——凌叔華作品中的女性問題〉，《山西大學師範學院學報》，二〇〇一年第二期（二〇〇一年二月），頁三二至三四。
王鳳仙：〈五四女性寫作主體意識的反思〉，《洛陽大學學報》第十八卷第一期（二〇〇三年三月），頁四四至四七。

——：〈世紀兩極——五四女性寫作與晚生代女性寫作〉，《廣西社會科學》二〇〇三年第七期（二〇〇三年七月），頁一一五至一一七。
朱晶：〈論凌叔華小說中的女性形象〉，《邵陽師範高等專科學校學報》二〇〇一年第三期（二〇〇一年六月），頁四七。
李玲：〈直面封建父權、夫權時的勇敢與怯懼——馮沅君小說論〉，《江蘇社會科學》二〇〇〇年第六期（二〇〇〇年六月），頁一七二至一七七。
李有亮：〈從渴望到失望——「五四」時期女性小說中愛情主題的變奏〉，《呂梁高等專科學校學報》二〇〇三年第四期（二〇〇三年四月），頁二八至三三。
李志宏：〈丁玲〈莎菲女士的日記〉中的女性愛慾及其性別書寫〉，《臺北教育大學語文集刊》第一二期（二〇〇七年七月），頁二九至五三。
李洪源、蔣　理：〈純粹之愛——試論廬隱小說的愛情觀念及其成因〉，《湖南大眾傳媒職業技術學院學報》第六卷第五期（二〇〇六年九月），頁九七至一〇一。
沙菲：〈婚姻不是女學生的急務〉，《婦女雜誌》第十一卷第六期（一九二五年六月），頁九二九至九三九。
沈衛威：〈《洛綺思的問題》的作者告白——關於陳衡哲致胡適的三封信〉，《河南大學學報》第三十九卷第二期（一九九九年三月），頁二二至二六。

吳振漢：〈吳宓與毛彥文——鉅變下的兩性關係〉，《人文學報》第二三期（二〇〇一年六月），頁二三五至二六七。
明星：〈評一個離婚者〉，《婦女雜誌》第八卷四期（一九二二年四月），頁一五二。
金根希：〈試探凌叔華的小說創作〉，《蘇州大學學報》第三期（二〇〇一年七月），頁七六。
范國英：〈「五四」女作家對兩性關係的審視〉，《青海社會科學》二〇〇三年第1期（二〇〇三年一月），頁七二至七四。
胡芳：〈愛的雛聲・性的缺席——陳衡哲作品新議〉，《廣西師範學院學報（哲學社會科學版）》第二十七卷第二期（二〇〇六年四月），頁五四至五七。
胡赤兵：〈母愛與情愛的衝突——馮沅君《卷葹》談片〉，《安順師範高等專科學校學報》一九九九年第一期（一九九九年一月），頁三九至四四。
高山：〈今日女子教育的缺陷〉，《婦女雜誌》第九卷第六期（一九二四年六月），頁二至四。
晏始：〈男女的隔離與同性愛〉，《婦女雜誌》第九卷第五期（一九二三年五月），頁一四至一五
徐岱：〈民國往事——論五四女性小說四家〉，《杭州師範學院學報（人文社會科學版）》二〇〇一年第五期（二〇〇一年九月），頁一至八。
唐旭君：〈女性意識的沉睡與覺醒——五四女作家婚戀小說中的女性世界之一〉，《湖南廣播電視大學學報》第一期（二〇〇〇年三月），頁一七至二〇。

——：〈婚姻戀愛與個性解放、人格獨立——五四女作家婚戀小說中的女性世界之二〉，《湖南廣播電視大學學報》第二期（二〇〇〇年六月），頁一至七。
——：〈永遠的精神流浪——五四女作家婚戀小說中的女性世界之三〉，《湖南廣播電視大學學報》第三期（二〇〇〇年九月），頁一二至一七。
畦海霞：〈狹縫間的兩扇門——對「五四」女作家情愛小說的另一種透視〉，《名作欣賞》二〇〇六年第一一期（二〇〇六年十一月），頁一九至二一。
馬美愛：〈論「五四」女作家的家庭守望——以冰心、陳衡哲為例〉，《廣西社會科學》二〇〇四年第九期（二〇〇四年九月），頁一一八至一一九。
——：〈驚濤駭浪裡的自救之舟——論廬隱和石評梅及其筆下女性的戀愛觀〉，《黑龍江社會科學》二〇〇七年第五期（二〇〇七年五月），頁一〇二至一〇四。
唐寧麗：〈試談五四女性文學的雙重文本〉，《南京師大學報（社會科學版）》一九九八年第四期（一九九八年四月），頁八七至九二。
栗慶冬：〈論五四時期女性小說的愛情描寫〉，《中華女子學院山東分院學報》，一九九九年第三期（一九九九年三月），頁四〇至四三。
郭懷玉：〈女作家期待的理想丈夫形象——凌叔華《酒後》現代解讀〉，《濮陽職業技術學院學報》二〇〇四年第四期（二〇〇四年十一月），頁七。

常立霓、吳小美：〈廬隱的情愛世界——兼與郁達夫比較〉，《中國現代文學研究叢刊》一九九八年第一期（一九九八年一月），頁一七八至一八八。
常彬：〈「五四」及一九二〇年代女性文學綜論〉，《河北大學學報（哲學社會科學版）》二〇〇八年第三期（二〇〇八年三月），頁一二至二二。
崔濤：〈傳統與現代之間女性的情愛鏡像——凌叔華小說物體意象解讀〉，《宿州學院學報》第十九卷第二期（二〇〇四年六月），頁六五至六六、九六。
陸文采、馬殿超：〈論丁玲創作的性愛描寫特色及其女性觀〉，《遼寧稅務高等專科學校學報》一九九七年第三期（一九九七年三月），頁四三至四七。
黃亞中：〈戀愛的悲劇〉，《婦女雜誌》第九卷一二期（一九二三年十二月），頁三七至四一。
黃嫣梨：〈中國近代史上的革新婦女——陳衡哲的女性意識〉，《徐州師範大學學報》第三十卷第四期（二〇〇四年七月），頁一至三。
陳寧、喬以鋼：〈論五四女性情愛主題寫作中的邊緣文本和隱形文本〉，《學術交流》二〇〇二年第一期（二〇〇二年一月），頁一五二至一五六。
陳慧：〈蹣跚的第一步——從婚戀家庭視角透視五四運動後女性意識的嬗變〉，《牡丹江教育學院學報》二〇〇五年第六期（二〇〇五年六月），頁一三至一四。

——：〈從五四後新女性離婚態度的改變透視女性意識的嬗變〉，《滄桑》二〇〇八年第四期（二〇〇八年四月），頁二七至二八。

陳明秀：〈「五四」女作家筆下知識女性的情智衝突〉，《文藝理論與批評》二〇〇六年第一期（二〇〇六年一月），頁九二至九六。

張朋園：〈梁啟超的兩性觀——論傳統對知識份子的約束〉，《近代中國婦女史研究》第二期（一九九四年六月），頁六〇。

慨士：〈同性愛和婚姻問題〉，《婦女雜誌》第十一卷第五期（一九二五年五月），頁七二七至七二九。

樂鑠：〈博愛・母愛・情愛——「五四」女作家主題的演變與「五四」批判理性〉，《中國文化研究》第二一期（一九九八年三月），頁九六至一〇〇。

瑟盧：〈近代思想家的性慾觀與戀愛觀〉，《婦女雜誌》第六卷第一〇期（一九二〇年十月），頁六至八。

彭彩雲：〈女性意識的表層覺醒——論二十世紀初的女性文學〉，《理論與創作》，二〇〇四年第六期（二〇〇四年六月），頁四五至四八。

雲菁女士：〈男女同學中的女同學之二〉，《婦女雜誌》第十一卷六期（一九二五年六月），頁九七八。

馮曉青：〈廬隱筆下女性情感命運的困惑與衝突〉，《現代文學》二〇〇八年第二期（二〇〇八年二月），頁五三至五五。

游鑑明：〈千山我獨行？——二十世紀前半期中國有關女性獨身的言論〉，《近代中國婦女史研究》第九期（二〇〇一年八月），頁一二五至一八七。
楊　斌：〈從婚姻悲劇中誕生的美的文學——從婚戀角度解讀蘇雪林的《綠天》、《棘心》〉，《當代經理人（下旬刊）》，二〇〇六年第二期（二〇〇六年二月），頁一九八至一九九。
齊邦媛：〈閨怨之外——以實力論臺灣女作家〉，《聯合文學》第一卷第五期（一九八五年三月），頁六至一九。
鳳子：〈關於離婚的事實及其批評〉，《婦女雜誌》第八卷四期（一九二二年四月），頁一四三至一四五。
廖冰凌：〈民主化的情慾認知與實踐——從男性形象論五四女性文學中的兩性關係〉，《政大中文學報》第四期（二〇〇五年十二月），頁一五五至一八二。
劉剛：〈試論《花之寺》中的女性形象〉，《濮陽職業技術學院學報》第十八卷第二期（二〇〇五年五月），頁五九。
劉湘香：〈五四——女性主體意識覺醒的現代性想像〉，《湖南科技學院學報》第二十七卷第三期（二〇〇六年三月），頁六一至六三。
劉維公：〈愛情與現代性——評Ulrich Beck與Elisabeth Beck-Gernsheim《愛情之完全正常混亂》〉，《東吳社會學報》第一〇期（二〇〇一年五月），頁二九九至三一一。

劉靜貞：〈劉向《列女傳》的性別意識〉，《東吳歷史學報》第五期（一九九九年三月），頁一至三〇。
劉慧霞：〈「五四」女作家關于母愛與情愛的抒寫〉，《西安航空技術高等專科學校學報》第二十六卷第二期（二〇〇八年三月），頁九至一〇。
樊青美：〈覺醒與困惑──論「五四」女性文學中的愛情抒寫〉，《忻州師範學院學報》第二十一卷第二期（二〇〇五年二月），頁二一至二四、二八。
──：〈凌叔華小說的藝術特色〉，《山西廣播電視大學學報》第五期（二〇〇五年十月），頁七九。
鄭振壎：〈我自己的婚姻史〉，《婦女雜誌》第九卷第二期（一九二三年二月），頁七至八。
鍾華麗：〈尋夢者的悲音──論凌叔華二十年代小說創作中的尋夢情結〉，《宜賓學院學報》二〇〇四年第六期（二〇〇四年六月），頁九八至一〇〇。
盧松芳：〈蘇雪林──女性意識的覺醒與堅守〉，《江漢大學學報》第二十三卷第二期（二〇〇四年四月），頁五二。
韓儀：〈浮出歷史地表之後──凌叔華女性觀發展軌跡探尋〉，《北方論壇》二〇〇三年第五期（二〇〇三年五月），頁九八至一〇一。
謝海平：〈「五四」女性文學中「愛」的話語〉，《中華女子學院山東分院學報》二〇〇六年第四期（二〇〇六年四月），頁四六至四九。

蘇娟：〈淡雅幽麗・悠然意遠——論繪畫對凌叔華小說風格的影響〉，《語文學刊》一九九六年第一期（一九九六年一月），頁二四至二七。
蘇曉芳：〈女兒國的烏托邦與「男性化抗議」——試論廬隱、凌叔華兩篇同性戀小說之異同〉，《洛陽師範學院學報》二〇〇四年第四期（二〇〇四年四月），頁六九至七一。

（二）外文翻譯書目

〔瑞典〕愛倫凱（Ellen Key）著，四珍譯：〈愛情與結婚〉，《婦女雜誌》第六卷第三期（一九二〇年三月），頁一至一二。
——著，董香白譯：〈愛倫凱的婦人道德〉，《婦女雜誌》第八卷第七期（一九二二年七月），頁一六至二一。
——著，董香白譯：〈愛倫凱的婦人道德（續）〉，《婦女雜誌》第八卷第八期（一九二二年八月），頁二〇至二五。
〔日〕古屋登代子著，薇生譯：〈同性愛在女子教育上的新意義〉，《婦女雜誌》第十一卷第六期（一九二五年六月），頁一〇六四至一〇六九。

四、其他

中央研究院近代史研究所數位資料庫之《婦女雜誌》下載網址：http:\\www.mh.sinina.edu.tw\fnzz\index.htm#。

孫中興：〈閱讀愛情〉，《中央日報》，二〇〇〇年十月三十日。

孫中興教授教學網站及二〇〇六年秋季「愛情社會學」上課講義下載網址：http:\\catsun.social.ntu.edu.tw\menu.htm。

國家圖書館全國碩博士論文資訊網：http:\\etds.ncl.edu.tw\theabs\index.jsp

教育部國語推行委員會：《重訂標點符號手冊（修訂版）》，二〇〇八年九月臺灣學術網路試用版，連結網址：http:\\www.edu.tw\iles\site_content\M0001\hau\h11.htm。

【附錄一】「五四女作家」指涉對象整理

一、本表僅為呈現文學史相關著作中運用「五四女作家」一詞指涉對象之大致趨勢所作簡要整理。表中除後人研究五四女作家之著作外，並包括五四時人對中國現代女作家的討論。橫欄為女作家姓名，縱列則以作者姓名表示並依其發表序排列。

二、因表格擁擠，本表未列僅被提及1次五四女作家，沉櫻（見阿英《現代中國女作家》）與濮舜卿（見盛英《二十世紀中國女性文學史》）共二人。加以本表所列十二人，因此，曾名列五四女作家者至少應有十五人。

三、因楊義說法前後略有變化，故本表以楊義一代表其早期的《中國現代小說史》，楊義二指晚期的《二十世紀中國小說與文化》。

四、本附錄資料來源如下：毅真：〈幾位當代中國女小說家〉，《婦女雜誌》第十六卷第七期（一九三〇年七月），轉引自秦賢次：〈凌叔華年表〉，附錄於凌叔華：《凌叔華小說集》（台北：洪範書店有限公司，一九八四年），頁四七九。賀玉波：《中國現代女作家》（上海：現代書局，一九三〇年），頁二四二，轉引自秦賢次：〈凌叔華年表〉，頁四八〇。趙奇：〈現代中國的幾個女作家〉，《清華中國文學會月刊》第一卷第四期（一九三一年八月），轉引自秦賢次：〈凌叔華年表〉，頁四八〇。阿英：《現代中國女作家》，收入《阿英全集‧第二卷》（合肥：安徽教育出版社，二〇〇三年），頁二七五至三九三。司馬長風：《中國新文學史》（台北：古楓出版社，一九八六年），頁一六八至一六九。陳敬之：《現代文學早期的女作家》（台北：成文出版社，一九八〇年）。楊義：《中國現代小說史》，收入《楊義文存第二卷》（北京：人民出版社，一九九八年），頁二一三至二三四。孟悅、戴錦華：《浮出歷史地表——現代婦女文學研究》（北京：中國人民大學出版社，二〇〇四年），頁一四至二七。楊義：《二十世紀中國小說與文化》（台北：業強出版社，一九九三年），頁九七至一一三。盛英、喬以鋼等主編：《二十世紀中國女性文學史》（天津：天津人民出版社，一九九五年），頁二七至四二。范銘如：〈新文學女作家小史〉，《中國女性文學研究室學刊》第五期（二〇〇二年九月），頁一至一二。任一鳴：《抗爭與超越——中國女性文學與美學衍論》（北京：九州出版社，二〇〇四年），頁五六至六四。周海波、孫婧：《尋找失去的天空：中國現代女性文學論》（北京：中國社會科學出版社，二〇〇四年），頁二三。王緋：《空前之跡——一八五一至一九三〇中國婦女思想與文學發展史論》（北京：商務印書館，二〇〇四年），頁六三〇至六三六。劉乃慈：《第二／現代性——五四女性小說研究》（台北：台灣學

作家＼作者	毅真	賀玉波	趙奇	阿英	司馬長風	陳敬之	楊義1	孟悅	楊義2	盛英	范銘如	任一鳴	周海波	王緋	劉乃慈	壽靜心	總計
冰心	◎	◎	◎	◎	◎	◎	◎	◎	◎	◎	◎	◎	◎	◎	◎	◎	16
馮沅君	◎	◎	◎	◎	◎	◎	◎	◎	◎	◎	◎	◎	◎	◎	◎	◎	16
廬隱		◎	◎	◎	◎	◎	◎	◎	◎	◎	◎	◎	◎	◎	◎	◎	15
凌叔華	◎	◎	◎	◎	◎	◎	◎	◎	◎	◎	◎	◎	◎		◎	◎	15
陳衡哲		◎		◎	◎	◎	◎	◎	◎	◎	◎	◎		◎	◎	◎	13
蘇雪林	◎	◎	◎	◎	◎	◎	◎		◎	◎		◎			◎	◎	12
石評梅							◎		◎	◎	◎	◎		◎	◎		7
丁玲	◎	◎	◎	◎	◎											◎	6
白薇		◎		◎	◎			◎		◎						◎	6
陳學昭		◎								◎							2
謝冰瑩					◎	◎											2
袁昌英				◎			◎										2

生書局有限公司，二〇〇四年），頁五三。壽靜心：《女性文學的革命——中國當代女性主義文學研究》（北京：中國社會科學出版社，二〇〇七年），頁三一。

【附錄二】五四女作家大事記

一、本表依年代排列，依出生年次條列「陳衡哲、廬隱、蘇雪林、冰心、凌叔華、馮沅君、石評梅」等七位本書研究之五四女作家生平大事，以及小說發表出版之紀錄。

二、本附錄資料來源如下：周錦編：《中國新文學大事記》（臺北：成文出版社，一九八〇年）。秦賢次：〈凌叔華年表〉，收入凌叔華：《凌叔華小說集》（臺北：洪範書店有限公司，一九八四年）。蘇雪林：《浮生九四——雪林回憶錄》（臺北：三民書局股份有限公司，一九九一年）。純德：《二十世紀中國著名女作家傳》（北京：中國文聯，一九九五年）。卓如：〈冰心生平、著作年表簡編〉，收入冰心著，卓 如編：《冰心全集（第八卷）》（福州：海峽文藝出版社，一九九四年）。凌叔華著，傅光明譯：《古韻》，收入陳學勇編：《凌叔華文存（上）》（成都：四川文藝出版社，一九九八年）。楊義：《中國現代小說史》，收入《楊義文存》（第二卷）（北京：人民出版社，一九九八年）。陳慧文：〈廬隱著作年表〉，收入《廬隱的女同性愛文本》（國立清華大學中國文學系碩士論文，二〇〇一年）。劉乃慈：〈五四女作家小傳暨文學創作概覽〉，收入《第二／現代性：五四女性小說研究》（臺北：臺灣學生書局有限公司，二〇〇四年）。許志杰：〈陸侃如、馮沅君年表〉，收入《陸侃如和馮沅君》（濟南：山東畫報出版社，二〇〇六年）。

西元	女作家	生平大事	小說發表出版
一八九〇	陳衡哲	誕生（一八九〇至一九七六）	
一八九八	廬隱	誕生（一八九八至一九三四）	
一八九九	蘇雪林	誕生（一八九九至一九九九）	
一九〇〇	冰心	誕生（一九〇〇至二〇〇〇）	
	凌叔華	誕生（一九〇〇至一九九〇）	
	馮沅君	誕生（一九〇〇至一九七四）	
一九〇二	石評梅	誕生（一九〇二至一九二八）	
一九〇三	廬隱	父親去世，到北京舅舅家居住。	
一九一一	陳衡哲	至上海愛國女校求學（至一九一四）。	
一九一二	廬隱	考入女子師範學校（至一九一三）。	
	冰心	考取福州女子師範學校預科（至一九一三）。	
一九一三	冰心	隨父遷居至北京。	
一九一四	陳衡哲	考取清華學堂赴美留學名額。	
	冰心	進北京教會學校貝滿女中就讀，第一篇作文得到優異的滿分。	
	凌叔華	插班考入天津直隸第一女子師範學校二年級。	

一九一五	蘇雪林	考入安慶省立初級女子師範（至一九一七）。	
一九一七	陳衡哲		於《留美學生季報》發表〈一日〉。
	廬隱	中學畢業後，任教北平公立女子中學、安徽安慶小學及河南女子師範學校。	
	蘇雪林	自安徽省立初級女子師範畢業，任教於女師附小。	
	凌叔華	自天津一女師畢業，同年考入同校家事專修科。	
	馮沅君	進入北京女子高等師範就讀。	
一九一八	陳衡哲	獲瓦沙女子大學文學士學位，又進芝加哥大學繼續學習。	於《新青年》五卷四號（一說《新青年》八卷八號）發表〈老夫妻〉。
	蘇雪林	進入北京高等女子師範學校就讀（至一九二一）。	
	冰心	從貝滿女中畢業，同年考入協和女子大學理預科學習（協和女大後來併入燕京大學）。	
一九一九	陳衡哲	與任叔永訂婚。	
	廬隱	考入北京女子高等師範學校國文系。	
	冰心		1. 於《晨報》九月四日第七版發表〈「破壞與建設時代」的女學生〉，署名：女學生謝婉瑩投稿。 2. 於《晨報》九月十八日至二十二日第七版連載〈兩個家庭〉，署名：冰心女士。後收入小說集《去國》，北新書局一年十月初版。 3. 於《晨報》十月七日至十二日第七版連載〈斯人獨憔悴〉，後收入小說集《去國》。 4. 於北京《晨報》十月三十日至十一月三日第七版連載〈秋風秋雨愁煞人〉，發表時題前注：「實事小說」。

年代	作家	生平	作品
			5. 於北京《晨報》十一月十一日第五版發表〈我做小說，何曾悲觀呢？〉（本文為對〈斯人獨憔悴〉讀者反應的回饋） 6. 於《晨報》十一月二十二日至二十六日第七版連載〈去國〉，後收入小說集《去國》。
	凌叔華	1. 以第一名自天津一女師家事專修科畢業，畢業後又請家教在家補習。 2. 開始用文言文寫作，時有作品刊載於校刊。	
	馮沅君	自編自演話劇〈孔雀東南飛〉，這是北京女大學聲地一次登台演出話劇，轟動一時。	
	石評梅	就讀北京女子高等師範學校，並熱心於文學創作。	
一九二〇	陳衡哲	1. 與任叔永結婚。 2. 應蔡元培之邀回國至北大任教，為北大第一位女教授。 3. 「五四」運動後，其針對中國當時存在的婦女問題，寫了許多文章，如《復古與獨裁勢力下婦女的立場》、《婦女問題的根本談》等。	於《新青年》發表〈小雨點〉、〈波兒〉兩篇小說。
	冰心		1. 於《燕大季刊》發表〈世界上有的是快樂……光明〉、〈一個憂鬱的青年〉。 2. 於《晨報》發表〈莊鴻的姊姊〉（1月）、〈一篇小說的結局〉（1月）、〈最後的安息〉（3月）、〈骰子〉（4月）、〈還鄉〉（5月）、〈一個兵丁〉（6月）、〈一個奇異的夢〉（8月）、〈一個軍官的筆記〉（8月）、〈是誰斷送了你〉（9月）、〈三兒〉（9月）、〈懺悔〉（10月）、〈魚兒〉（12月）。

年份	作家	生平	作品
一九二二	馮沅君	發表散文〈「五四」紀念雜感〉（《晨報》紀念專號）。	
	廬隱	加入文學研究會。	1.於《小說月報》發表〈一個著作家〉、〈一封信〉、〈兩個小學生〉、〈靈魂可以賣嗎？〉、〈思潮〉。 2.於《時事新報》發表〈海洋裡底一齣慘劇〉、〈月夜裡的簫聲〉、〈「作什麼？」〉、〈哀音〉；於《世界日報》發表〈一個病人〉。
	蘇雪林	女師肄業，赴法留學，進入中法學院。	
	冰心	1.經由許地山、瞿世英介紹加入了文學研究會，成為該會早期會員。 2.開始經常在茅盾和鄭振鐸主編的《小說月報》上發表作品。	1.於《晨報》發表〈國旗〉、〈月光〉、〈一個不重要的軍人〉。 2.於《小說月報》發表〈超人〉、〈愛的實現〉、〈最後的使者〉、〈離家的一年〉。
一九二三	陳衡哲		於《努力周報》發表〈巫峽裡的女子〉（《小雨點》未收）。
	廬隱	大學畢業後到安徽宣城中學任教，半年後回北平師範大學附屬中學教國文。	1.於《小說匯刊》發表〈一個夜裡的印象〉、〈郵差〉、〈傍晚的來客〉、〈一個快樂的村莊〉。 2.於《世界日報》發表〈一個女教員〉。 3.於《小說月報》發表〈餘淚〉、〈月下的回憶〉、〈或人的悲哀〉。
	蘇雪林	赴法國留學，先後在吳稚暉創辦的海外中法學院和里昂國立藝術學院學習美術和文學。	
	冰心		於《小說月報》發表〈煩悶〉、〈瘋人筆記〉、〈遺書〉、〈寂寞〉。

一九二三	凌叔華	考入燕京大學預科。	
	馮沅君	從北京高等女子師範學校畢業，旋即考入北京大學國學研究所。	
	石評梅	於《晨報》發表劇本《這是誰的罪》。	
	冰心	1.夏，以優異的學習成績由燕京大學提前畢業，獲得學士學位及學校頒發的金鑰匙獎。 2.8月，與吳文藻、許地山等人同船赴美國留學，入燕京大學的姊妹學校麻塞諸塞州波士頓城的威爾斯利大學（Vellesley College）學習。	出版短篇小說集《超人》（商務印書館）、新詩集《繁星》、《春水》。
	廬隱	與郭夢良在上海以「同室」名義舉辦婚禮。	1.於《小說月報》發表〈傍徨〉、〈麗石的日記〉、〈海濱故人〉。 2.於《晨報》發表〈流星〉、〈淡霧〉。 3.於《星海》發表〈新的遮攔〉。
一九二四	凌叔華	升入燕京大學外文系。	
	石評梅	以優異的成績畢業於女高師，之後曾在北京師範大學附屬中學女子部當訓育主任和體操教師。	
	陳衡哲	1.至南京東南大學任教半年。 2.參與朱君毅與毛彥文解除婚約之協調會，因毛彥文仍猶袒護見異思遷的朱君毅，一度氣憤欲離席抗議，經朱經農等勸阻而留下。	於《小說月報》十五卷一〇號發表〈絡綺思的問題〉。
	廬隱		1.於《東方雜誌》發表〈灰色的路程〉。 2.於《小說月報》發表〈淪落〉、〈舊稿〉、〈前塵〉。 3.於《時事新報》發表〈醉鬼〉。

	蘇雪林	因母病輟學歸國，與張寶齡成婚。	
	冰心		於《小說月報》發表〈悟〉、〈六一姊〉、〈別後〉。
	凌叔華	1.舞月，擔任接待印度大詩人泰戈爾訪問中國的代表，認識當時為北京大學教授的陳源。 2.開始用白話文寫作。	於《晨報》副刊上，先以瑞唐為筆名發表短篇小說處女作〈女兒身世太淒涼〉（一月），接著又發表〈資本家之聖誕〉、雜感〈朝霧中的哈大門大街〉、〈我哪件事對不起他〉等。
	馮沅君		於《創造》發表〈隔絕〉、〈隔絕之後〉、〈旅行〉、〈慈母〉。
	石評梅	與摯友陸晶清編輯《京報副刊‧婦女週刊》。	
一九二五	廬隱	郭夢良去世	1.出版小說集《海濱故人》（商務出版社）（收有：〈一個著作家〉、〈一封信〉、〈兩個小學生〉、〈靈魂可以賣嗎？〉、〈思潮〉、〈餘淚〉、〈月下的回憶〉、〈或人的悲哀〉、〈麗石的日記〉、〈彷徨〉、〈海濱故人〉、〈淪落〉、〈舊稿〉、〈前塵〉等十四篇）。 2.於《小說月報》發表小說〈父親〉、〈幽弦〉、〈勝利以後〉、〈秦教授的失敗〉、〈危機〉。
	冰心	十一月，感恩節在惠波車中戲作小說〈姑姑〉；但遲至一九二九年方才發表。	

	凌叔華	加入新月社。	1.於《現代評論》發表〈酒後〉、〈繡枕〉、〈吃茶〉、〈再見〉、〈花之寺〉。 2.於《晨報副刊》發表〈中秋晚〉、〈太太〉。 3.發表〈茶會以後〉。
	馮沅君	從北京大學國學研究所畢業。經女高師中文系主任陳鍾凡、胡先驌等人介紹到南京金陵大學、上海暨南大學、復旦大學等校中文系任教。	1.於《莽原》發表〈誤點〉。 2.於《語絲》發表〈緣法〉。 3.發表〈林先生的信〉、〈我已在愛神前犯了罪〉。
	石評梅	情人高君宇因肺病及情傷，於一九二五年三月病故。	於《京報副刊》發表〈只有梅花知此恨〉、〈董二嫂〉、〈棄婦〉。
一九二六	陳衡哲		於《現代評論》發表〈一支扣針的故事〉。
	廬隱		於《小說月報》發表〈寂寞〉、〈血泊中的英雄〉、〈西窗風雨〉。
	蘇雪林	任教蘇州景海女子師範、東吳大學。	
	冰心	1.獲得威爾斯利大學碩士學位，回國後即在燕京大學文學系任教，同時亦在清華大學兼課。 2.出版散文集《寄小讀者》。	於《小說月報》發表〈劇後〉。
	凌叔華	1.六月，從燕京大學外文系畢業，任職北京故宮博物院書法繪畫部門。 2.七月，與陳源結婚。 3.九月，擔任燕京大學美術學義務助教，為期一年。	1.於《現代評論》發表〈等〉、〈春天〉、〈有福氣的人〉、〈小姑娘〉。 2.於《晨報》發表〈說有這麼一回事〉。
	馮沅君	1.從南京金陵大學的教職轉回北京中法大學。 2.出版個人第一部學術著作《張玉田年譜》。	1.於《語絲》發表〈貞婦〉、〈晚飯〉、〈劫灰〉。 2.發表〈寫於母親走後〉。 3.出版小說集《卷葹》、《春痕》。
	石評梅	與陸晶清繼續合編《世界日報·薔薇週刊》。	

一九二七	陳衡哲	於一九二七年至一九三三年，曾先後四次代表中國出席在美國檀香山、日本東京、中國上海、加拿大班府召開的太平洋學會學術會議。	
	盧隱	任北京市立女子第一中學校長，時約半年。	1.於《小說月報》發表〈藍田的懺悔錄〉、〈何處是歸程〉。 2.於《薔薇周刊》發表〈秋風秋雨愁煞人〉、〈憔悴梨花風雨後〉、〈公事房〉。 3.於《晨報》發表〈曼麗〉、〈房東〉、〈風欺雪虐〉。 4.發表〈一幕〉。
	蘇雪林	返回上海，任教滬江大學。	
	凌叔華	得北大研究院公費，與陳源同往日本作短期旅行，後凌叔華留京都一年，研讀菊池寬、佐藤春夫、芥川龍之介、谷崎潤一郎、夏目漱石的作品及日本藝術。	於《現代評論》發表〈病〉、〈他倆的一日〉、〈弟弟〉、〈綺霞〉。
	馮沅君	陸侃如清華大學研究院畢業，即受聘於中法大學，與馮沅君成為同事。	
	石評梅		1.於《晨報》發表散文〈墓畔哀歌〉、小說〈禱告——婉婉的日記〉、〈紅鬃馬〉； 2.於《世界日報．薔薇周刊》發表〈餘暉〉、〈歸來〉、〈被踐踏的嫩芽〉、〈白雲庵〉、〈流浪的歌者〉、〈匹馬嘶風錄〉。

一九二八		
陳衡哲		出版小說集《小雨點》。
盧隱		1.於《小說月報》發表〈雨夜〉； 2.於《薔薇周刊》發表〈偵探〉。 3.出版小說集《曼麗》（北平古城書店）（收有：〈時代的犧牲者〉、〈西窗風雨〉、〈月夜孤舟〉、〈一幕〉、〈血泊中的英雄〉、〈愁情一縷付征鴻〉、〈憔悴梨花〉、〈風欺雪虐〉、〈曼麗〉、〈寄燕北人〉、〈房東〉、〈秋風秋雨愁煞人〉、〈生命的光榮〉、〈一鞭殘照裡〉、〈醉後〉、〈不安定的心〉、〈雷峰塔下〉、〈最後的一夜〉等十八篇）。
蘇雪林	任蘇州東吳大學、上海滬江大學等校教授。	
冰心	五月，濟南慘案後，寫作詩篇〈我愛，歸來吧！我愛！〉	
凌叔華	九月，陳源任國立武漢大學文學院教授兼外國文學系主任；凌叔華因此常居武漢。	1.於《新月》發表〈瘋了的詩人〉。 2.出版第一本短篇小說集《花之寺》。
馮沅君	陸侃如受聘至上海中國公學大學，馮沅君亦經陳鐘凡引介到暨南大學、中國公學大學部任教。	1.出版小說集《劫灰》（北新書局）。 2.發表〈潛悼〉、〈EPOCH MAKING……〉、〈春痕〉。
石評梅	於一九二八年七月三十日因病逝世。	1.於《薔薇週刊》發表〈噩夢中的扮演〉、〈毒蛇〉、〈偶然來臨的貴婦人〉、〈晚宴〉、〈卸妝之夜〉、〈懺悔〉； 2.於《中央日報》發表〈林楠的日記〉； 3.另有〈病〉、〈惆悵〉、〈蕙娟的一封信〉、〈一夜〉等寫作時間不詳。

年份	作家	生平	作品
一九二九	陳衡哲	出席日本西京「太平洋國際會議」。	
	盧隱		1.於《小說月報》發表〈雲蘿姑娘〉。 2.於《華嚴月刊》發表〈歸雁〉、〈乞丐〉、〈亡命〉。 3.於《認識周報》發表〈樹蔭下〉。 4.於《真善美》發表〈畸侶先生〉。 5.於《河北國民日報副刊》發表〈病中〉。
	蘇雪林		出版長篇自傳體小說《棘心》。
	冰心	1.六月，與著名社會學家吳文藻結婚。創作量減少。 2.一九二九年起在燕京大學兼課，至一九三六年為止。	於《睿湖》發表〈姑姑〉（但實寫作於一九二四年）。
	凌叔華	任教於武漢大學。	於《新月》發表〈小劉〉、〈小蛤蟆〉、〈小哥倆兒〉、〈送車〉、〈楊媽〉、〈搬家〉。
	馮沅君	與陸侃如一月二十日在上海結婚。同年停止創作。	出版短篇小說集《劫灰》。
一九三〇	陳衡哲	回北大史學系任教。	
	盧隱	與李唯建結婚。	1.於《新月》發表〈地上的樂園〉。 2.出版小說《歸雁》。
	蘇雪林	1.任教安徽省立大學。 2.七月，毅真於《婦女雜誌》第十六卷第七期發表〈幾位當代中國女小說家〉提出有代表性的女作家共五人，其中，蘇雪林被歸為閨秀派作家。	
	冰心	1.兼課任教於北京女子文理學院，至一九三一年即止。 2.七月，被毅真〈幾位當代中國女小說家〉歸為閨秀派作家。	1.出版小說散文集《往事》。 2.於《小說月報》發表〈三年〉；於《新月》發表〈第一次宴會〉。

	凌叔華	七月，被毅真〈幾位當代中國女小說家〉歸為新閨秀派作家。	1.出版第二本短篇小說集《女人》、第三本小說集《小孩》。 2.於《新月》發表小說〈鳳凰〉。
	馮沅君	1.七月，被毅真〈幾位當代中國女小說家〉歸為新女性作家。 2.應聘至北京大學中文系。	
一九三二	陳衡哲	出席上海舉行的「太平洋國際學會」會議。	
	廬隱	1.出版通信集《雲歐情書集》。 2.婚後一度在東京居住，出版《東京小品》。 3.擔任上海工部局女子中學國文教師。	於《小說月報》發表〈蘋果爛了〉、〈象牙戒指〉。
	蘇雪林	任教武漢大學。	
	冰心		於《新月》發表小說〈分〉。
	凌叔華	為哀悼徐志摩，於《晨報》發表〈志摩真的不回來了嗎？〉	於《北斗》發表〈晶子〉，後收入《小哥兒倆》時改名為〈生日〉
	馮沅君	出版與陸侃如合著的第一部學術著作《中國史詩》。	
一九三三	廬隱		於《申江日報》發表〈漂泊的女兒〉、〈碧波〉、〈跳舞場歸來〉。
	冰心		出版小說集《姑姑》（北新書局）。
	馮沅君	1.與陸侃如共同考取巴黎大學文學院博士班。 2.出版與陸侃如合著的第二部學術著作《中國文學史簡編》。	

一九三三	廬隱		1. 於《前途》發表〈前途〉。 2. 於《申江日報》發表〈人生的夢的一幕〉、〈一個情婦的日記〉。 3. 於《女聲》發表〈好丈夫〉。 4. 於《時代畫報》發表〈一段春愁〉、〈女人的心〉；出版《女人的心》。
	冰心	任教於清華大學。	1. 於天津《大公報》發表〈我們太太的客廳〉。 2. 於《文學季刊》發表〈冬兒姑娘〉。 3. 出版小說集《冰心小說集》（北新書局）、《去國》（北新書局）。
一九三四	廬隱	因分娩死於上海大華醫院。	
	冰心	應鄭振鐸之聘任《文學季刊》編輯委員，創作量漸增。	於《文學季刊》發表〈相片〉。
	凌叔華		於《文學季刊》發表〈千代子〉。
一九三五	冰心		出版小說集《冬兒姑娘》（北新書局）。
	凌叔華		1. 於《武漢日報》副刊《現代文藝》第三一、三二期發表〈轉變〉。 2. 《小孩》改名《小哥兒倆》，由上海良友圖書印刷公司出版。
	馮沅君	1. 與陸侃如雙雙從巴黎大學文學院獲得博士學位歸來。 2. 馮沅君應聘至天津河北女子師範學院。	
一九三六	冰心	1. 暑期赴歐美遊歷，至一九三七年六月返國。 2. 同魯迅、郭沫若等二十一人，發表〈文藝界同仁為團結禦侮與言論自由宣言〉。	於《文季月刊》發表〈西風〉。

	凌叔華	東京帝大外語系徵得凌叔華同意將〈一件喜事〉被譯為日文及俄文在日本刊載。	1.於《文季月刊》發表〈旅途〉。 2.於《大公報》發表〈無聊〉、〈一件喜事〉。
一九三七	凌叔華	特意於天津《國聞報》第十四卷第四二期發表〈慰勞漢陽傷兵〉。	
	馮沅君	抗日戰爭爆發，至安徽大學任教。	
一九三八	凌叔華	隨武漢大學遷往四川，開始與英國女作家吳爾芙（Virginia Woolf）通信。	於《中學生》雜誌第七三號發表〈一個故事〉。
	馮沅君	隨安徽大學到武漢，執教武漢大學中文系。	
一九三九	馮沅君	陸侃如受聘中山大學師範學院教務主任，馮沅君一同前往。	
一九四〇	凌叔華	任教燕京大學。	
一九四一	冰心	被選為中華全國文藝界抗敵協會第三屆理事。	於《星期評論》重慶版，署名男士發表〈我最尊敬體貼她們〉、〈我的母親〉、〈我的教師〉、〈叫我老頭子的弟婦〉、〈使我心疼頭痛的弟婦〉，後收入《關於女人》。
一九四二	馮沅君	與陸侃如到達流亡的四川省三台縣，陸侃如任文學院中文系主任，馮沅君則任中文系教授。	
一九四三	冰心		1.出版《關於女人》，除一九四一年諸篇外，並收入〈我的同學〉、〈我的朋友的太太〉、〈我的鄰居〉、〈我的學生〉、〈我的朋友的母親〉、〈我的房東〉等篇。 2.出版《冰心著作集》（開明書店），分小說集、散文集、詩集共三卷。
	凌叔華	陳源應美國國務院邀請，赴美兩年，研究二次大戰如何善後問題；凌叔華並未隨行。	

一九四四	冰心		於《華聲》第一卷第一二期發表〈空屋〉。
一九四五	凌叔華	陳源由政府派令，從英赴美，在倫敦主持中英文化協會。	
一九四六	馮沅君	與陸侃如隨東北大學回瀋陽，繼續任教。	
一九四七	冰心		寫作小說〈無題〉，收入趙清閣編《無題集》。
	凌叔華	攜女小瀅至倫敦與陳源相聚，自此定居倫敦。	
	馮沅君	與陸侃如一起至山東大學文學院中文系任教。	
一九四九	蘇雪林	因戰亂走避香港，於真理學會任編輯。	
	冰心	受日本東京大學之聘，赴日講授中國文學。	
一九五〇	蘇雪林	遠赴巴黎，停留兩年。	
一九五一	馮沅君	主編《中國文學史教學大綱》、《中國歷代詩歌選》。	
一九五二	蘇雪林	由法抵台，任教於臺灣省立師範學院（臺灣師範大學前身）。	
	冰心	周恩來在中南海辦公室接見由其安排自日返國的吳文藻和冰心。	
一九五三	冰心	出席中國文學藝術工作者代表大會、全國文協會員代表大會，並參加中印友好協會而前往印度訪問。	創作小說〈陶奇的暑期日記〉。
	凌叔華	於倫敦出版英文小說《古韻》（Ancient Melodies）。	
	馮沅君	與陸侃如一同被評為全國一級教授。	
一九五四	冰心	被選為第一屆全國人民代表大會代表。	出版《冰心散文小說集》（人民文學出版社）。
一九五六	蘇雪林	轉任至臺南工學院改制的成功大學。	
	凌叔華	由倫敦前往新加坡南洋大學任教。	

一九五七	馮沅君	八月二十四日陸侃如於《大衆日報》發表〈向全省人民低頭認罪〉，馮沅君四天後亦於《大衆日報》發表〈批判陸侃如的反黨謬論〉。	
一九五九	冰心	被選為第二屆全國人民代表大會代表。	於《人民文學》發表小說〈回國以前〉。
一九六〇	冰心	被選為第三屆全國人民代表大會代表、中國作家協會理事。	
	凌叔華	辭去教職，曾短暫返回中國大陸，再回到倫敦與陳源團聚。	出版短篇自選集《凌叔華選集》。
一九六二	蘇雪林	赴新加坡講學。	
一九六三	冰心		於《兒童文學叢刊》發表小說〈在火車上〉。
一九六四	馮沅君	出版與林庚共同主編的《中國歷代詩歌選》（人民文學出版社）	
一九六六	冰心	文化大革命開始，受到抄家、批鬥等迫害，幸得周恩來保護。	
一九六八	馮沅君	文化大革命繼續進行，陸侃如被「依法逮捕」。	
一九七〇	凌叔華	1. 陳源病逝，享年七十五歲，凌叔華一人獨居於倫敦。 2. 專程回臺參加中國古畫討論會。	
一九七一	馮沅君	陸侃如被無罪釋放。	
一九七三	蘇雪林	自教職退休，研究與寫作仍不輟。	
	馮沅君	罹患直腸癌，住進山東省人民醫院。	
一九七四	馮沅君	逝世。	
一九七五	冰心	被選為第四屆全國人民代表大會代表。	
一九七六	陳衡哲	逝世。	

一九七七	冰心		於《兒童文學叢刊》發表小說〈記一件最難忘的事情〉。
一九七八	冰心	被選為第五屆全國人民代表大會代表、中國婦女第四次全國代表大會代表。	
一九七九	凌叔華	返回中國大陸，參觀敦煌石窟。	
一九八○	冰心		於《北方文學》發表小說〈空巢〉，隔年，此文獲全國優秀短篇小說獎。
一九八四	凌叔華		1. 於《聯合文學》發表〈個驚心動魄的早晨〉。 2. 授權洪範書局出版《凌叔華小說集》。
一九八八	冰心		於《人民文學》發表小說〈干涉〉。
一九九○	凌叔華	逝世。	
一九九二	冰心	冰心研究會成立，由巴金擔任會長。	
一九九九	蘇雪林	逝世。	
二○○○	冰心	逝世。	

【附錄三】女作家愛情文學之學位論文研究概況

一、本附錄乃為呈現目前國內女作家愛情文學之學位論文研究概況而製；依發表年代排列，同年發表則以作者姓名筆畫為序。

二、據筆者統計，「國家圖書館全國碩博士論文資訊網」至二〇〇九年四月二十二日為止所登錄涉及女作家愛情文學研究之論文題目，約收有八十一筆。由本附錄可知，越趨晚近，投入女作家愛情文學相關研究者越多，研究方法亦越趨多樣。

三、本附錄參考資料來源為：國家圖書館全國碩博士論文資訊網http:／／etds.ncl.edu.tw／theabs／index.jsp

時間	作者	論文題目	系所
二〇〇八	郭瑜林	張愛玲及其小說《怨女》研究	國立彰化師範大學／國文學系／碩士
	黃琡云	論廖輝英小中的女性成長——從迷失到覺醒研究	國立臺南大學／國語文學系／教學碩士
	鄭宛真	邱心如《筆生花》的女性刻劃與文化意涵	國立臺灣師範大學／中國文學系研究所／碩士

二〇〇七		
王梅郁	女性、婚戀、言情——席絹小說的女性書寫研究	國立新竹教育大學／人資處語文教育學系／碩士
江碧芬	九〇年代台灣女同志小說中的情慾書寫——以邱妙津、陳雪為主要探討對象	佛光大學／文學系／碩士
何佳倫	蕭麗紅小說婚戀書寫之研究	國立臺中教育大學／語文教育學系／碩士
李宜芳	臺灣當代施家朱家姐妹九〇年代小說創作風貌	佛光大學／文學系／博士
吳柳蓓	論在臺馬華女性作家——以商晚筠、方娥真、鍾怡雯為觀察核心	南華大學／文學系碩士班／碩士
那敏紀爾	王令嫻及其小說研究	國立屏東教育大學／中國語文學系／碩士
林美娟	女性主體論述——台灣現代女性小說的空間想像與身體書寫	東海大學／中國文學系／碩士
周筱葳	台灣同志小說人物情感研究——以《孽子》與《逆女》為例	國立臺灣師範大學／國文學系／96／碩士在職
洪靜儀	施叔青小說女性書寫之研究	國立政治大學／國文教學／碩士
陳美君	林海音小說女性人物之研究	中國文化大學／中國文學研究所／碩士在職
唐雅慧	邊境中的搗蛋鬼——露薏絲・鄂萃曲《愛情靈藥》中的離散、疾病和雙重視境	淡江大學／英文學系／碩士
詹孟蓉	張抗抗小說中的女性意識	淡江大學／中國文學系／碩士
劉希珍	虹影小說中的女性情／慾	國立政治大學／中國文學研究所／碩士
劉純吟	並置對體間融合與破碎之弔詭——論童妮・摩里森《愛》中性別認同的重建	輔仁大學／英國語文學系／碩士
樊蕙蓉	張愛玲與蘇偉貞《沉默之島》的人物心理及女性意識	高雄師範大學／國文教學／碩士

二〇〇六			
	賴憶姿	尋訪心靈的故鄉——陳丹燕小說研究	東海大學／中國文學系／碩士
	謝鳳娟	愛慾癲狂的性圖像——凱薩琳・布蕾亞的情慾書寫	輔仁大學／大眾傳播學研究所／碩士
	鍾欣怡	郭良蕙婚戀小說	國立臺北教育大學／台灣文化研究所／碩士
	朱雯彥	張愛玲小說人物之變態心理研究	國立中央大學／中國文學研究所／碩士
	呂佳勳	探討萬花筒式的多元主題思想——以多麗絲・萊辛《金色筆記》的兩本中譯為例	輔仁大學／翻譯學研究所／碩士在職
	金小萍	張愛玲及其《半生緣》研究	國立彰化師範大學／國文學系／碩士
	林芳俐	圖繪女性主體——多麗絲・萊辛小說中的性別與空間	國立中山大學／外國語文學系研究所／博士
	林秀蘭	論李昂、平路與朱天心的記憶書寫	國立臺北教育大學／台灣文學研究所／碩士
	林雪如	白朗特《簡愛》小說中女英雄成長過程的主型意義	靜宜大學／英國語文學系研究所／碩士
	林雲鈿	蔡素芬長篇小說女性主體書寫研究	臺北市立教育大學／應用語言文學研究所／碩士
	紀姿菁	論現代主義旅美女性小說家——以歐陽子、叢甦、陳若曦、李渝為研究對象	國立東華大學／中國語文學系／碩士
	張西燕	琦君小說中女性意識書寫研究	國立屏東教育大學／中國語文學系／碩士
	張鳳玲	葛楚德、史坦茵之「鼓舉的肚腹」詩中浮現的三種感知形態——視覺、聽覺、觸覺感知	國立中央大學／英美語文學研究所／碩士
	許雅茹	蕭颯小說中母親形象的研究	雲林科技大學／漢學資料整理研究所碩士班／碩士
	陳怡君	日治時期女性自我主體的實踐——論楊千鶴及其作品	國立成功大學／台灣文學研究所／碩士
	陳柏慧	愛與創傷——阿蘭達蒂・洛伊的《微物之神》	國立中山大學／外國語文學系研究所／碩士

	陳婉蘋	蕭颯小說中以女性為中心的人倫關係研究	國立中山大學／中國文學系研究所／碩士
	陳淑娟	邊緣論述．身體書寫——第三世界／亞裔女性文學與藝術再現	輔仁大學／比較文學研究所／博士
	趙立寰	林海音小說研究	國立屏東教育大學／中國語文學系／碩士
	程慈敏	袁瓊瓊小說女性書寫之研究	國立臺中教育大學／語文教育學系／碩士
	楊君柔	女性凝視——論崔西．雪佛蘭之《戴珍珠耳環的少女》	中興大學／外國語文學系所／碩士
	劉秋眉	童妮．摩里森《愛》中之禮物經濟	國立成功大學／外國語文學系／碩士
	盧相如	愛戀的真實與現實——從A．S．拜雅特《著魔：一部浪漫傳奇小說》談起	國立東華大學／創作與英語文學研究所／碩士
	謝惠莉	蕭麗紅《白水湖春夢》小說研究	南華大學／文學研究所／碩士
	蕭玉清	張潔小說研究	中國文化大學／中國文學研究所／碩士在職
二〇〇五	余嘉雯	袁瓊瓊小說的女性主題研究	國立高雄師範大學／國文系／教學碩士
	吳宇娟	從閨閣才女到救國女傑——晚清三部女作家小說研究	東海大學／中國文學系／博士
	林柳村	尋家之旅——奧黛．羅德的《查米：我的名字之新拼寫》	國立成功大學／外國語文學系／碩士
	范翠玲	席絹小說及其流行現象之研究	東海大學／中國文學系／碩士
	柯雅雯	當代女同志文學的悼亡、自療與自我完成（一九六〇至二〇〇三）	中興大學／中國文學系所／碩士
	郭晉宜	亂倫期盼vs.亂倫禁忌——夏綠蒂．勃朗特《簡愛》中的亂倫型態	國立成功大學／外國語文學系／碩士在職
	莊婉玲	女性主義先驅者 珍．奧斯汀——《傲慢與偏見》與《艾瑪》研究	國立高雄師範大學／英語學系／碩士

	張凱瑩	柯溫愛《名為空缺之地》中女同志情慾與性別身分認同	國立中山大學／外國語文學系研究所／碩士
二〇〇四	王順平	臺灣新世代女作家小說中性別跨界與情愛書寫之研究	中國文化大學／中國文學研究所／碩士
	李淑君	身體‧權力‧認同──論陳雪女同志小說中的身體政治	國立成功大學／台灣文學研究所／碩士
	施家雯	賢良之路──林海音婚戀小說研究	國立清華大學／中國文學系／碩士
	陳函謙	邱妙津小說研究	國立清華大學／中國文學系／碩士
	陸雪芬	解嚴後台灣女同志小說敘事結構研究（一九八七至二〇〇三）	國立中正大學／中國文學所／碩士
	蘇佳蕙	亦舒小說研究	國立彰化師範大學／國文學系／碩士
二〇〇三	莊惠婷	論莫里森〈蘇拉〉──次文本之女同性戀議題	國立中興大學／外國語文學系／碩士
二〇〇二	周秀諫	楊小雲小說研究	中國文化大學／中國文學研究所／碩士
	陳皇宇	「焦慮的愉悅與愉悅的焦慮」──法蘭克奧哈拉給文生華倫的情詩	國立臺灣師範大學／英語研究所／碩士
	郭淑文	袁瓊瓊小說研究	彰化師範大學／國文學系／碩士在職
	許哲銘	言情小說中的女性身體政治──瓊瑤小說與九〇年代後言情小說之比較	南華大學／教育社會學研究所／碩士
二〇〇一	沈文田	張愛玲小說人物研究	中國文化大學／中國文學研究所／碩士在職
	林欣儀	台灣戰後通俗言情小說之研究──以瓊瑤六〇至九〇年代作品為例	國立中興大學／中國文學系／碩士
	陳慧文	廬隱的女同性愛文本	國立清華大學／中國文學系／碩士
	莊宜文	張愛玲的文學投影──臺、港、滬三地張派小說研究	東吳大學／中國文學系／博士

	劉乃慈	第二／現代性——五四女性小說研究	淡江大學／中國文學系／碩士
	謝靜怡	施篤姆之「茵夢湖」與瓊瑤之「窗外」	輔仁大學／德國語文學系／碩士
二○○○	尤美琪	「黑雨中的腳尖舞」——陳染文本的書寫／閱讀／性別政治	國立清華大學／中國文學系／碩士
	周淑嬪	蘇偉貞小說研究——以女性觀照與眷村題材為主	國立臺灣師範大學／國文研究所／碩士
	陳碧月	五四時期與新時期大陸女性婚戀小說之女性意識研究	中國文化大學／中國文學研究所／博士
一九九九	鄭玉惠	重新書寫女性慾望——論愛麗絲·渥克《紫色姊妹花》和莉塔·梅·布朗《紅寶果叢林》中的情慾政治	國立臺灣大學／外國語文學系研究所／碩士
	鄭宜芳	愛麗絲·華克之《紫色姊妹花》與芬妮·富蕾格之《油炸綠蕃茄》中的同性戀	國立清華大學／外國語文學系碩士
一九九七	吳玉芳	張愛玲小說的情愛世界	東海大學／中國文學研究所／碩士
一九九六	劉秀美	臺灣女作家婚戀題材小說研究（一九六○至一九九○）	文化大學／中國文學研究所／碩士
一九九五	鄭宜芬	五四時期（一九一七至一九二七）的女性小說研究	國立政治大學／中國文學系／碩士
一九九四	石秋燕	拉發耶德夫人的《克列芙公主》一書之研究	文化大學／西洋文學學系／碩士
一九九三	王寶貴	論愛麗絲渥克「紫色姐妹花」的顛覆特質	國立師範大學／英國語文學研究所／碩士
一九九二	吳孟純	莎岡的《怯寒的愛神》一書之研究	文化大學／西洋文學學系／碩士
一九九一	盧正珩	張愛玲小說的時代感研究	國立臺灣師範大學／國文研究所／碩士

要文評03 PG1124

要有光 FIAT LUX

擁擠的灰色愛情世界
——「五四女作家」小說之愛情書寫研究（1918-1936）

作　　者	楊雅琄
責任編輯	蔡曉雯
圖文排版	楊家齊
封面設計	秦禎翊

出版策劃	要有光
製作發行	秀威資訊科技股份有限公司 114 台北市內湖區瑞光路76巷65號1樓 電話：+886-2-2796-3638　傳真：+886-2-2796-1377 服務信箱：service@showwe.com.tw http://www.showwe.com.tw
郵政劃撥	19563868　戶名：秀威資訊科技股份有限公司
展售門市	國家書店【松江門市】 104 台北市中山區松江路209號1樓 電話：+886-2-2518-0207　傳真：+886-2-2518-0778
網路訂購	秀威網路書店：http://www.bodbooks.com.tw 國家網路書店：http://www.govbooks.com.tw
法律顧問	毛國樑　律師
總 經 銷	易可數位行銷股份有限公司 地址：231新北市新店區寶橋路235巷6弄3號5樓 電話：+886-2-8911-0825　傳真：+886-2-8911-0801 e-mail：book-info@ecorebooks.com 易可部落格：http://ecorebooks.pixnet.net/blog

出版日期	2014年1月　BOD一版
定　　價	420元

國家圖書館出版品預行編目

擁擠的灰色愛情世界：「五四女作家」小說之愛情書寫研究
(1918-1936) / 楊雅琄著. -- 初版. -- 臺北市：要有光,
2014. 01
面； 公分. -- (要文評；PG1124)
ISBN 978-986-99057-5-6(平裝)

1. 小說 2. 女性文學 3. 文學評論

820.9708 102025264

讀者回函卡

感謝您購買本書，為提升服務品質，請填妥以下資料，將讀者回函卡直接寄回或傳真本公司，收到您的寶貴意見後，我們會收藏記錄及檢討，謝謝！

如您需要了解本公司最新出版書目、購書優惠或企劃活動，歡迎您上網查詢或下載相關資料：http:// www.showwe.com.tw

您購買的書名：________________________________

出生日期：________年________月________日

學歷：□高中（含）以下　□大專　□研究所（含）以上

職業：□製造業　□金融業　□資訊業　□軍警　□傳播業　□自由業

□服務業　□公務員　□教職　□學生　□家管　□其它______

購書地點：□網路書店　□實體書店　□書展　□郵購　□贈閱　□其他

您從何得知本書的消息？

□網路書店　□實體書店　□網路搜尋　□電子報　□書訊　□雜誌

□傳播媒體　□親友推薦　□網站推薦　□部落格　□其他__________

您對本書的評價：（請填代號　1.非常滿意　2.滿意　3.尚可　4.再改進）

封面設計____　版面編排____　內容____　文／譯筆____　價格____

讀完書後您覺得：

□很有收穫　□有收穫　□收穫不多　□沒收穫

對我們的建議：________________________________

____

____

____

請貼
郵票

11466
台北市內湖區瑞光路 76 巷 65 號 1 樓
秀威資訊科技股份有限公司 收
BOD 數位出版事業部

....
（請沿線對折寄回，謝謝！）

姓　　名：＿＿＿＿＿＿＿＿　年齡：＿＿＿＿　性別：□女　□男

郵遞區號：□□□□□

地　　址：＿＿＿＿＿＿＿＿＿＿＿＿＿＿＿＿＿＿＿＿

聯絡電話：(日)＿＿＿＿＿＿＿＿＿＿(夜)＿＿＿＿＿＿＿＿＿＿

E-mail：＿＿＿＿＿＿＿＿＿＿＿＿＿＿＿＿＿＿＿＿